gross.druck

K · G · Saur

Bücher in größerer Schrift

Brüder Grimm

Die schönsten Kinder- und Hausmärchen

gross.druck
K · G · Saur

Die vorliegende Ausgabe folgt dem Text der 7. Auflage von 1857, die zugleich die letzte zu Lebzeiten von Jacob und Wilhelm Grimm erschienene "große" Ausgabe darstellt. Die Texte sind nicht buchstabengetreu abgedruckt, sondern in der Rechtschreibung heutigem Verständnis angepaßt; dies gilt auch für die Zeichensetzung

Die Deutsche Bibliothek - CIP-Einheitsaufnahme

Die schönsten Kinder- und Hausmärchen : [die vorliegende Ausgabe folgt dem Text der 7. Auflage von 1857] / Brüder Grimm. - München : Saur, 2002
(gross.druck)

ISBN 3-598-80005-3

Umschlaggestaltung: Zembsch' Werkstatt, München

Gesamtherstellung: Bookwise, München
Printed in Slovakia

ISBN 3-598-80005-3

Inhalt

Der Froschkönig oder der eiserne Heinrich

In den alten Zeiten, wo das Wünschen noch geholfen hat, lebte ein König, dessen Töchter waren alle schön, aber die jüngste war so schön, daß die Sonne selber, die doch so vieles gesehen hat, sich verwunderte, sooft sie ihr ins Gesicht schien. Nahe bei dem Schlosse des Königs lag ein großer dunkler Wald, und in dem Walde unter einer alten Linde war ein Brunnen; wenn nun der Tag recht heiß war, so ging das Königskind hinaus in den Wald und setzte sich an den Rand des kühlen Brunnens; und wenn sie Langeweile hatte, so nahm sie eine goldene Kugel, warf sie in die Höhe und fing sie wieder; und das war ihr liebstes Spielwerk.

Nun trug es sich einmal zu, daß die goldene Kugel der Königstochter nicht in ihr Händchen fiel, das sie in die Höhe gehalten hatte, sondern vorbei auf die Erde schlug und geradezu ins Wasser hineinrollte. Die Königstochter folgte ihr mit den Augen nach, aber die Kugel verschwand, und der Brunnen war tief, so tief, daß man keinen Grund sah. Da fing sie an zu weinen und weinte immer lauter und konnte sich gar nicht trösten. Und wie sie so klagte, rief ihr jemand zu: "Was hast du vor, Königstochter, du schreist ja, daß sich ein Stein erbarmen möchte." Sie sah sich um, woher die Stimme käme, da erblickte sie einen Frosch, der seinen dicken häßlichen Kopf aus dem Wasser streckte. "Ach, du bist's, alter Wasserpatscher", sagte sie, "ich weine über meine goldene Kugel, die mir in den Brunnen hinabgefallen ist."

"Sei still und weine nicht", antwortete der Frosch, "ich kann wohl Rat schaffen, aber was gibst du mir, wenn ich dein Spielwerk wieder heraufhole?"

"Was du haben willst, lieber Frosch", sagte sie, "meine Kleider, meine Perlen und Edelsteine, auch noch die goldene Krone, die ich trage." Der Frosch antwortete: "Deine Kleider, deine Perlen und Edelsteine und deine goldene Krone, die mag ich nicht; aber wenn du mich liebhaben willst, und ich soll dein Geselle und Spielkamerad sein, an deinem Tischlein neben dir sitzen, von deinem goldenen Tellerlein essen, aus deinem Becherlein trinken, in deinem Bettlein schlafen: wenn du mir das versprichst, so will ich hinuntersteigen und dir die goldene Kugel wieder heraufholen."

"Ach ja", sagte sie, "ich verspreche dir alles, was du willst, wenn du mir nur die Kugel wiederbringst." Sie dachte aber: Was der einfältige Frosch schwätzt, der sitzt im Wasser bei seinesgleichen und quakt und kann keines Menschen Geselle sein.

Der Frosch, als er die Zusage erhalten hatte, tauchte seinen Kopf unter, sank hinab, über ein Weilchen kam er wieder heraufgerudert, hatte die Kugel im Maul und warf sie ins Gras. Die Königstochter war voll Freude, als sie ihr schönes Spielwerk wieder erblickte, hob es auf und sprang damit fort. "Warte, warte", rief der Frosch, "nimm mich mit, ich kann nicht so laufen wie du." Aber was half ihm, daß er ihr sein Quak, quak so laut nachschrie, als er konnte! Sie hörte nicht darauf, eilte nach Haus und hatte bald den armen Frosch vergessen, der wieder in seinen Brunnen hinabsteigen mußte.

Am andern Tage, als sie mit dem König und allen Hofleuten sich zur Tafel gesetzt hatte und von ihrem goldenen Tellerlein aß, da kam, plitsch platsch, plitsch platsch, etwas die Marmortreppe heraufgekrochen, und als es oben angelangt war, klopte es an der Tür und rief: "Königstochter, jüngste, mach mir auf." Sie lief und wollte sehen, wer draußen wäre, als sie aber aufmachte, so saß der Frosch davor. Da warf sie die Tür hastig zu, setzte sich wieder an den Tisch, und war ihr ganz angst. Der König sah wohl, daß ihr das Herz gewaltig klopfte, und sprach: "Mein Kind, was fürchtest du dich, steht etwa ein Riese vor der Tür und will dich holen?"

"Ach nein", antwortete sie, "es ist kein Riese, sondern ein garstiger Frosch."

"Was will der Frosch von dir?"

"Ach, lieber Vater, als ich gestern im Wald bei dem Brunnen saß und spielte, da fiel meine goldene Kugel ins Wasser. Und weil ich so weinte, hat sie der Frosch wieder heraufgeholt, und weil er es durchaus verlangte, so versprach ich ihm, er sollte mein Geselle werden, ich dachte aber nimmermehr, daß er aus seinem Wasser heraus könnte. Nun ist er draußen und will zu mir herein." Indem klopfte es zum zweitenmal und rief:

"Königstochter, jüngste,
Mach mir auf,

Weißt du nicht, was gestern
Du zu mir gesagt
Bei dem kühlen Brunnenwasser?
Königstochter, jüngste,
Mach mir auf!"

Da sagte der König: "Was du versprochen hast, das mußt du auch halten; geh nur und mach ihm auf."

Sie ging und öffnete die Türe, da hüpfte der Frosch herein, ihr immer auf dem Fuße nach, bis zu ihrem Stuhl. Da saß er und rief: "Heb mich herauf zu dir." Sie zauderte, bis es endlich der König befahl. Als der Frosch erst auf dem Stuhl war, wollte er auf den Tisch, und als er da saß, sprach er: "Nun schieb mir dein goldenes Tellerlein näher, damit wir zusammen essen." Das tat sie zwar, aber man sah wohl, daß sie's nicht gerne tat. Der Frosch ließ sich's gut schmekken, aber ihr blieb fast jedes Bißlein im Halse. Endlich sprach er: "Ich habe mich satt gegessen und bin müde, nun trag mich in dein Kämmerlein und mach dein seiden Bettlein zurecht, da wollen wir uns schlafen legen."

Die Königstochter fing an zu weinen und fürchtete sich vor dem kalten Frosch, den sie nicht anzurühren getraute und der nun in ihrem schönen reinen Bettlein schlafen sollte. Der König aber ward zornig und sprach: "Wer dir geholfen hat, als du in der Not warst, den sollst du hernach nicht verachten." Da packte sie ihn mit zwei Fingern, trug ihn hinauf und setzte ihn in eine Ecke. Als sie aber im Bett lag, kam er gekrochen und sprach: "Ich bin müde, ich will schlafen so gut wie du: heb mich herauf, oder ich sag's deinem Vater." Da ward sie erst bitterböse, holte ihn herauf und warf ihn aus allen Kräften wider die Wand. "Nun wirst du Ruhe haben, du garstiger Frosch."

Als er aber herabfiel, war er kein Frosch, sondern ein Königssohn mit schönen und freundlichen Augen. Der war nun nach ihres Vaters Willen ihr lieber Geselle und Gemahl. Da erzählte er ihr, er wäre von einer bösen Hexe verwünscht worden, und niemand hätte ihn aus dem Brunnen erlösen können als sie allein, und morgen wollten sie zusammen in sein Reich gehen. Dann schliefen sie ein, und am andern Morgen, als die Sonne sie aufweckte, kam ein Wagen herangefahren, mit acht weißen Pferden bespannt, die hatten weiße Straußfedern auf dem Kopf und gingen in goldenen Ketten, und hinten stand der Diener des jungen Königs, das war der treue Heinrich.

Der treue Heinrich hatte sich so betrübt, als sein Herr war in einen Frosch verwandelt worden, daß er drei eiserne Bande hatte um sein Herz legen lassen, damit es ihm nicht vor Weh und Traurigkeit zerspränge. Der Wagen aber sollte den jungen König in sein Reich abholen; der treue Heinrich hob beide hinein, stellte sich wieder hinten auf und war voller Freude über die Erlösung. Und als sie ein Stück Wegs gefahren waren, hörte der Königssohn, daß es hinter ihm krachte, als wäre etwas zerbrochen. Da drehte er sich um und rief:

"Heinrich, der Wagen bricht."
"Nein, Herr, der Wagen nicht,

Es ist ein Band von meinem Herzen,
Das da lag in großen Schmerzen,
Als Ihr in dem Brunnen saßt,
Als Ihr eine Fretsche (Frosch) wast (wart)."

Noch einmal und noch einmal krachte es auf dem Weg, und der Königssohn meinte immer, der Wagen bräche, und es waren doch nur die Bande, die vom Herzen des treuen Heinrich absprangen, weil sein Herr erlöst und glücklich war.

Der Wolf und die sieben jungen Geißlein

Es war einmal eine alte Geiß, die hatte sieben junge Geißlein und hatte sie lieb, wie eine Mutter ihre Kinder liebhat. Eines Tages wollte sie in den Wald gehen und Futter holen, da rief sie alle sieben herbei und sprach: "Liebe Kinder, ich will hinaus in den Wald, seid auf eurer Hut vor dem Wolf, wenn er hereinkommt, so frißt er euch alle mit Haut und Haar. Der Bösewicht verstellt sich oft, aber an seiner rauhen Stimme und an seinen schwarzen Füßen werdet ihr ihn gleich erkennen."

Die Geißlein sagten: "Liebe Mutter, wir wollen uns schon in acht nehmen, Ihr könnt ohne Sorge fortgehen." Da meckerte die Alte und machte sich getrost auf den Weg.

Es dauerte nicht lange, so klopfte jemand an die Haustür und rief: "Macht auf, ihr lieben Kinder, eure Mutter ist da und hat jedem von euch etwas mitgebracht." Aber die Geißerchen hörten an der rauhen Stimme, daß es der Wolf war. "Wir machen nicht auf", riefen sie, "du bist unsere Mutter nicht, die hat eine feine und liebliche Stimme, aber deine Stimme ist rauh; du bist der Wolf." Da ging der Wolf fort zu einem Krämer und kaufte sich ein großes Stück Kreide: die aß er und machte damit seine Stimme fein. Dann kam er zurück, klopfte an die Haustür und rief: "Macht auf, ihr lieben Kinder, eure Mutter ist da und hat jedem von euch etwas mitgebracht." Aber der Wolf hatte seine schwarze Pfote in das Fenster gelegt, das sahen die Kinder und riefen: "Wir machen nicht auf, unsere Mutter hat keinen schwarzen Fuß wie du: du bist der Wolf."

Da lief der Wolf zu einem Bäcker und sprach: "Ich habe mich an den Fuß gestoßen, streich mir Teig darüber." Und als ihm der Bäcker die Pfote bestrichen hatte, so lief er zum Müller und sprach: "Streu mir weißes Mehl auf meine Pfote." Der Müller dachte: "Der Wolf will einen betrügen", und weigerte sich, aber der Wolf sprach: "Wenn du es nicht tust, so fresse ich dich." Da fürchtete sich der Müller und machte ihm die Pfote weiß. Ja, das sind die Menschen.

Nun ging der Bösewicht zum drittenmal zu der Haustüre, klopfte an und sprach: "Macht mir auf, Kinder, euer liebes Mütterchen ist heimgekommen und hat jedem von euch etwas aus dem Walde mitgebracht." Die Geißerchen riefen: "Zeig uns erst deine Pfote, damit wir wissen, daß du unser liebes Mütterchen bist." Da legte er die Pfote ins Fenster, und als sie sahen, daß sie weiß war, so glaubten sie, es wäre alles wahr, was er sagte, und machten die Türe auf.

Wer aber hereinkam, das war der Wolf. Sie erschraken und wollten sich verstecken. Das eine sprang unter den Tisch, das zweite ins Bett, das dritte in den Ofen, das vierte in die Küche, das fünfte in den Schrank, das sechste unter die Waschschüssel, das siebente in den Kasten der Wanduhr. Aber der Wolf fand sie alle und machte nicht langes Federlesen: eins nach dem andern schluckte er in seinen Rachen; nur das jüngste in dem Uhrkasten, das fand er nicht. Als der Wolf seine Lust gebüßt hatte, trollte er sich fort, legte sich draußen auf der grünen Wiese unter einen Baum und fing an zu schlafen.

Nicht lange danach kam die alte Geiß aus dem Walde wieder heim. Ach, was mußte sie da erblicken! Die Haustüre stand sperrweit auf: Tisch, Stühle und Bänke waren umgeworfen, die Waschschüssel lag in Scherben, Decke und Kissen waren aus dem Bett gezogen. Sie suchte ihre Kinder, aber nirgend waren sie zu finden. Sie rief sie nacheinander bei Namen, aber niemand antwortete. Endlich als sie an das jüngste kam, da rief eine feine Stimme: "Liebe Mutter, ich stecke im Uhrkasten." Sie holte es heraus, und es erzählte ihr, daß der Wolf gekommen wäre und die andern alle gefressen hätte. Da könnt ihr denken, wie sie über ihre armen Kinder geweint hat. Endlich ging sie in ihrem Jammer hinaus, und das jüngste Geißlein lief mit. Als sie auf die Wiese kam, so lag da der Wolf an dem Baum und schnarchte, daß die Äste zitterten. Sie betrachtete ihn von allen Seiten und sah, daß in seinem angefüllten Bauch sich etwas regte und zappelte.

"Ach Gott", dachte sie, "sollten meine armen Kinder, die er zum Abendbrot hinuntergewürgt hat, noch am Leben sein?" Da mußte das Geißlein nach Haus laufen und Schere, Nadel und Zwirn holen. Dann schnitt sie dem Ungetüm den Wanst auf, und kaum hatte sie einen Schnitt getan, so streckte schon ein Geißlein den Kopf heraus, und als sie weiter schnitt, so sprangen nacheinander alle sechse heraus, und waren noch alle am Leben und hatten nicht einmal Schaden gelitten, denn das Ungetüm hatte sie in der Gier ganz hinuntergeschluckt. Das war eine Freude! Da herzten sie ihre liebe Mutter und hüpften wie ein Schneider, der Hochzeit hält.

Die Alte aber sagte: "Jetzt geht und sucht Wackersteine, damit wollen wir dem gottlosen Tier den Bauch füllen, solange es noch im Schlafe liegt."

Da schleppten die sieben Geißerchen in aller Eile die Steine herbei und steckten sie ihm in den Bauch, soviel sie hineinbringen konnten. Dann nähte ihn die Alte in aller Geschwindigkeit wieder zu, daß er nichts merkte und sich nicht einmal regte.

Als der Wolf endlich ausgeschlafen hatte, machte er sich auf die Beine, und weil ihm die Steine im Magen so großen Durst erregten, so wollte er zu einem Brunnen gehen und trinken. Als er aber anfing zu gehen und sich hin und her zu bewegen, so stießen die Steine in seinem Bauch aneinander und rappelten. Da rief er:

"Was rumpelt und pumpelt
In meinem Bauch herum?
Ich meinte, es wären sechs Geißlein,
So sind's lauter Wackerstein."

Und als er an den Brunnen kam und sich über das Wasser bückte und trinken wollte, da zogen ihn die schweren Steine hinein, und er mußte jämmerlich ersaufen. Als die sieben Geißlein das sahen, da kamen sie herbeigelaufen, riefen laut: "Der Wolf ist tot! Der Wolf ist tot!", und tanzten mit ihrer Mutter vor Freude um den Brunnen herum.

Die zwölf Brüder

Es war einmal ein König und eine Königin, die lebten in Frieden miteinander und hatten zwölf Kinder, das waren aber lauter Buben. Nun sprach der König zu seiner Frau: "Wenn das dreizehnte Kind, was du zur Welt bringst, ein Mädchen ist, so sollen die zwölf Buben sterben, damit sein Reichtum groß wird und das Königreich ihm allein zufällt." Er ließ auch zwölf Särge machen, die waren schon mit Hobelspänen gefüllt, und in jedem lag das Totenkißchen, und ließ sie in eine verschlossene Stube bringen, dann gab er der Königin den Schlüssel und gebot ihr, niemand etwas davon zu sagen. Die Mutter aber saß nun den ganzen Tag und trauerte, so daß der kleinste Sohn, der immer bei ihr war und den sie nach der Bibel Benjamin nannte, zu ihr sprach: "Liebe Mutter, warum bist du so traurig?"

"Liebstes Kind", antwortete sie, "ich darf dir's nicht sagen." Er ließ ihr aber keine Ruhe, bis sie ging und die Stube aufschloß und ihm die zwölf mit Hobelspänen schon gefüllten Totenladen zeigte. Darauf sprach sie: "Mein liebster Benjamin, diese Särge hat dein Vater für dich und deine elf Brüder machen lassen, denn wenn ich ein Mädchen zur Welt bringe, so sollt ihr allesamt getötet und darin begraben werden."

Und als sie weinte, während sie das sprach, so tröstete sie der Sohn und sagte: "Weine nicht, liebe Mutter, wir wollen uns schon helfen und wollen fortgehen." Sie aber sprach: "Geh mit deinen elf Brüdern hinaus in den Wald, und einer setze sich immer auf den höchsten Baum, der zu finden ist, und halte Wacht und schaue nach dem Turm hier im Schloß. Gebär ich ein Söhnlein, so will ich eine weiße Fahne aufstecken, und dann dürft ihr wiederkommen; gebär ich ein Töchterlein, so will ich eine rote Fahne aufstecken, und dann flieht fort, so schnell ihr könnt, und der liebe Gott behüte euch. Alle Nacht will ich aufstehen und für euch beten, im Winter, daß ihr an einem Feuer euch wärmen könnt, im Sommer, daß ihr nicht in der Hitze schmachtet." Nachdem sie also ihre Söhne gesegnet hatte, gingen sie hinaus in den Wald. Einer hielt um den andern Wacht, saß auf der höchsten Eiche und schauete nach dem Turm.

Als elf Tage herum waren und die Reihe an Benjamin kam, da sah er, wie eine Fahne aufgesteckt wurde: es war aber nicht die weiße, sondern die rote Blutfahne, die verkündigte, daß sie alle sterben sollten. Wie die Brüder das hörten, wurden sie zornig und sprachen: "Sollten wir um eines Mädchens willen den Tod leiden! Wir schwören, daß wir uns rächen wollen: wo wir ein Mädchen finden, soll sein rotes Blut fließen."

Darauf gingen sie tiefer in den Wald hinein, und mittendrein, wo er am dunkelsten war, fanden sie ein kleines, verwünschtes Häuschen, das leerstand. Da sprachen sie: "Hier wollen wir wohnen, und du, Benjamin, du bist der jüngste und schwächste, du sollst daheim bleiben und haushalten, wir andern wollen ausgehen und Essen holen." Nun zogen sie in den Wald und schossen Hasen, wilde Rehe, Vögel und Täuberchen und was zu essen stand; das brachten sie dem Benjamin, der mußte es ihnen zurechtmachen, damit sie ihren Hunger stillen konnten. In dem Häuschen lebten sie zehn Jahre zusammen, und die Zeit ward ihnen nicht lang. Das Töchterchen, das ihre Mutter, die Königin, geboren hatte, war nun herangewachsen, war gut von Herzen und schön von Angesicht und hatte einen goldenen Stern auf der Stirne.

Einmal, als große Wäsche war, sah es darunter zwölf Mannshemden und fragte seine Mutter: "Wem gehören diese zwölf Hemden, für den Vater sind sie doch viel zu klein?"

Da antwortete sie mit schwerem Herzen: "Liebes Kind, die gehören deinen zwölf Brüdern."

Sprach das Mädchen: "Wo sind meine zwölf Brüder, ich habe noch niemals von ihnen gehört." Sie antwortete: "Das weiß Gott, wo sie sind: sie irren in der Welt herum."

Da nahm sie das Mädchen und schloß ihm das Zimmer auf und zeigte ihm die zwölf Särge mit den Hobelspänen und den Totenkißchen. "Diese Särge", sprach sie, "waren für deine Brüder bestimmt, aber sie sind heimlich fortgegangen, eh du geboren warst", und erzählte ihm, wie sich alles zugetragen hatte. Da sagte das Mädchen: "Liebe Mutter, weine nicht, ich will gehen und meine Brüder suchen."

Nun nahm es die zwölf Hemden und ging fort und geradezu in den großen Wald hinein. Es ging den ganzen Tag, und am Abend kam es zu dem verwünschten Häuschen. Da trat es hinein und fand einen jungen Knaben, der fragte: "Wo kommst du her, und wo willst du hin?", und erstaunte, daß sie so schön war, königliche Kleider trug und einen Stern auf der Stirne hatte. Da antwortete sie: "Ich bin eine Königstochter und suche meine zwölf Brüder und will gehen, soweit der Himmel blau ist, bis ich sie finde." Sie zeigte ihm auch die zwölf Hemden, die ihnen gehörten. Da sah Benjamin, daß es seine Schwester war, und sprach: "Ich bin Benjamin, dein jüngster Bruder." Und sie fing an zu weinen vor Freude, und Benjamin auch, und sie küßten und herzten einander vor großer Liebe. Hernach sprach er: "Liebe Schwester, es ist noch ein Vorbehalt da, wir hatten verabredet, daß ein jedes Mädchen, das uns begegnete, sterben sollte, weil wir um ein Mädchen unser

Königreich verlassen mußten." Da sagte sie: "Ich will gerne sterben, wenn ich damit meine zwölf Brüder erlösen kann."

"Nein", antwortete er, "du sollst nicht sterben, setze dich unter diese Bütte, bis die elf Brüder kommen, dann will ich schon einig mit ihnen werden."

Also tat sie; und wie es Nacht ward, kamen die andern von der Jagd, und die Mahlzeit war bereit. Und als sie am Tische saßen und aßen, fragten sie: "Was gibt's Neues?" Sprach Benjamin: "Wißt ihr nichts?"

"Nein", antworteten sie. Sprach er weiter: "Ihr seid im Walde gewesen, und ich bin daheim geblieben und weiß doch mehr als ihr."

"So erzähle uns", riefen sie. Antwortete er: "Versprecht ihr mir auch, daß das erste Mädchen, das uns begegnet, nicht soll getötet werden?"

"Ja", riefen sie alle, "das soll Gnade haben, erzähl uns nur."

Da sprach er: "Unsere Schwester ist da", und hub die Bütte auf, und die Königstochter kam hervor in ihren königlichen Kleidern mit dem goldenen Stern auf der Stirne und war so schön, zart und fein. Da freueten sie sich alle, fielen ihr um den Hals und küßten sie und hatten sie vom Herzen lieb. Nun blieb sie bei Benjamin zu Haus und half ihm in der Arbeit. Die elfe zogen in den Wald, fingen Gewild, Rehe, Vögel und Täuberchen, damit sie zu essen hatten, und die Schwester und Benjamin sorgten, daß es zubereitet wurde. Sie suchte das Holz zum Kochen und die Kräuter zum Gemüs und stellte die Töpfe ans Feuer, also daß die Mahlzeit immer fertig war, wenn die elfe kamen. Sie hielt auch sonst Ordnung im Häuschen und deckte die Bettlein hübsch weiß und rein, und die Brüder waren immer zufrieden und lebten in großer Einigkeit mit ihr.

Auf eine Zeit hatten die beiden daheim eine schöne Kost zurechtgemacht, und wie sie nun alle beisammen waren, setzten sie sich, aßen und tranken und waren voller Freude. Es war aber ein kleines Gärtchen an dem verwünschten Häuschen, darin standen zwölf Lilienblumen, die man auch Studenten heißt; nun wollte sie ihren Brüdern ein Vergnügen machen, brach die zwölf Blumen ab und dachte jedem aufs Essen eine zu schenken. Wie sie aber die Blumen abgebrochen hatte, in demselben Augenblick waren die zwölf Brüder in zwölf Raben verwandelt und flogen über den Wald hin fort, und das Haus mit dem Garten war auch verschwunden.

Da war nun das arme Mädchen allein in dem wilden Wald, und wie es sich umsah, so stand eine alte Frau neben ihm, die sprach: "Mein Kind, was hast du angefangen? Warum hast du die zwölf weißen Blumen nicht stehen lassen? Das waren deine Brüder, die sind nun auf immer in Raben verwandelt." Das Mädchen sprach weinend: "Ist denn kein Mittel, sie zu erlösen?"

"Nein", sagte die Alte, "es ist keins auf der ganzen Welt als eins, das ist aber so schwer, daß du sie damit nicht befreien wirst, denn du mußt sieben Jahre stumm sein, darfst nicht sprechen und nicht lachen, und sprichst du ein einziges Wort, und es fehlt nur eine Stunde an den sieben Jahren, so ist alles umsonst, und deine Brüder werden von dem einen Wort getötet."

Da sprach das Mädchen in seinem Herzen: "Ich weiß gewiß, daß ich meine Brüder erlöse", und ging und suchte einen hohen Baum, setzte sich darauf und spann und sprach nicht und lachte nicht.

Nun trug's sich zu, daß ein König in dem Walde jagte, der hatte einen großen Windhund, der lief zu dem Baum, wo das Mädchen draufsaß, sprang herum, schrie und bellte hinauf. Da kam der König herbei und sah die schöne Königstochter mit dem goldenen Stern auf der Stirne und war so entzückt über ihre Schönheit, daß er ihr zurief, ob sie seine Gemahlin werden wollte. Sie gab keine Antwort, nickte aber ein wenig mit dem Kopf. Da stieg er selbst auf den Baum, trug sie herab, setzte sie auf sein Pferd und führte sie heim.

Da ward die Hochzeit mit großer Pracht und Freude gefeiert; aber die Braut sprach nicht und lachte nicht. Als sie ein paar Jahre miteinander vergnügt gelebt hatten, fing die Mutter des Königs, die eine böse Frau war, an, die junge Königin zu verleumden, und sprach zum König: "Es ist ein gemeines Bettelmädchen, das du dir mitgebracht hast, wer weiß, was für gottlose Streiche sie heimlich treibt. Wenn sie stumm ist und nicht sprechen kann, so könnte sie doch einmal lachen, aber wer nicht lacht, der hat ein böses Gewissen." Der König wollte zuerst nicht daran glauben, aber die Alte trieb es so lange und beschuldigte sie so viel böser

Dinge, daß der König sich endlich überreden ließ und sie zum Tod verurteilte.

Nun ward im Hof ein großes Feuer angezündet, darin sollte sie verbrannt werden; und der König stand oben am Fenster und sah mit weinenden Augen zu, weil er sie noch immer so liebhatte. Und als sie schon an den Pfahl festgebunden war und das Feuer an ihren Kleidern mit roten Zungen leckte, da war eben der letzte Augenblick von den sieben Jahren verflossen. Da ließ sich in der Luft ein Geschwirr hören, und zwölf Raben kamen hergezogen und senkten sich nieder; und wie sie die Erde berührten, waren es ihre zwölf Brüder, die sie erlöst hatte. Sie rissen das Feuer auseinander, löschten die Flammen, machten ihre liebe Schwester frei und küßten und herzten sie.

Nun aber, da sie ihren Mund auftun und reden durfte, erzählte sie dem Könige, warum sie stumm gewesen wäre und niemals gelacht hätte. Der König freute sich, als er hörte, daß sie unschuldig war, und sie lebten nun alle zusammen in Einigkeit bis an ihren Tod. Die böse Stiefmutter [Schwiegermutter] ward vor Gericht gestellt und in ein Faß gesteckt, das mit siedendem Öl und giftigen Schlangen angefüllt war, und starb eines bösen Todes.

Brüderchen und Schwesterchen

Brüderchen nahm sein Schwesterchen an der Hand und sprach: "Seit die Mutter tot ist, haben wir keine gute Stunde mehr; die Stiefmutter schlägt uns alle Tage, und wenn wir zu ihr kommen, stößt sie uns mit den Füßen fort. Die harten Brotkrusten, die übrigbleiben, sind unsere Speise, und dem Hündlein unter dem Tisch geht's besser: dem wirft sie doch manchmal einen guten Bissen zu. Daß Gott erbarm, wenn das unsere Mutter wüßte! Komm, wir wollen miteinander in die weite Welt gehen."

Sie gingen den ganzen Tag über Wiesen, Felder und Steine, und wenn es regnete, sprach das Schwesterchen: "Gott und unsere Herzen, die weinen zusammen!" Abends kamen sie in einen großen Wald und waren so müde von Jammer, Hunger und dem langen Weg, daß sie sich in einen hohlen Baum setzten und einschliefen.

Am andern Morgen, als sie aufwachten, stand die Sonne schon hoch am Himmel und schien heiß in den Baum hinein. Da sprach das Brüderchen: "Schwesterchen, mich dürstet, wenn ich ein Brünnlein wüßte, ich ging und tränk einmal; ich mein, ich hört eins rauschen."

Brüderchen stand auf, nahm Schwesterchen an der Hand, und sie wollten das Brünnlein suchen. Die böse Stiefmutter aber war eine Hexe und hatte wohl gesehen, wie die beiden Kinder fortgegangen waren, war ihnen nachgeschlichen, heimlich, wie die Hexen schleichen, und hatte alle Brunnen im Walde verwünscht. Als sie nun ein Brünnlein fanden, das so glitzerig über die Steine sprang, wollte das Brüderchen daraus trinken; aber das Schwesterchen hörte, wie es im Rauschen sprach: "Wer aus mir trinkt, wird ein Tiger; wer aus mir trinkt, wird ein Tiger." Da rief das Schwesterchen: "Ich bitte dich, Brüderchen, trink nicht, sonst wirst du ein wildes Tier und zerreißest mich." Das Brüderchen trank nicht, ob es gleich so großen Durst hatte, und sprach: "Ich will warten bis zur nächsten Quelle." Als sie zum zweiten Brünnlein kamen, hörte das Schwesterchen, wie auch dieses sprach: "Wer aus mir trinkt, wird ein Wolf; wer aus mir trinkt, wird ein Wolf." Da rief das Schwesterchen: "Brüderchen, ich bitte dich, trink nicht, sonst wirst du ein Wolf und frissest mich." Das Brüderchen trank nicht und sprach: "Ich will warten, bis wir zur nächsten Quelle kommen, aber dann muß ich trinken, du magst sagen, was du willst: mein Durst ist gar zu groß." Und als sie zum dritten Brünnlein kamen, hörte das Schwesterlein, wie es im Rauschen sprach: "Wer aus mir trinkt, wird ein Reh; wer aus mir trinkt, wird ein Reh." Das Schwesterchen sprach: "Ach Brüderchen, ich bitte dich, trink nicht, sonst wirst du ein Reh und läufst mir fort."

Aber das Brüderchen hatte sich gleich beim Brünnlein niedergekniet, hinabgebeugt und von dem Wasser getrunken, und wie die ersten Tropfen auf seine Lippen gekommen waren, lag es da als ein Rehkälbchen. Nun weinte das Schwesterchen über das arme, verwünschte Brüderchen, und das Rehchen weinte auch und saß so traurig neben ihm. Da sprach das Mädchen endlich: "Sei still, liebes

Rehchen, ich will dich ja nimmermehr verlassen." Dann band es sein goldenes Strumpfband ab und tat es dem Rehchen um den Hals, und rupfte Binsen und flocht ein weiches Seil daraus. Daran band es das Tierchen und führte es weiter und ging immer tiefer in den Wald hinein. Und als sie lange, lange gegangen waren, kamen sie endlich an ein kleines Haus, und das Mädchen schaute hinein, und weil es leer war, dachte es: "Hier können wir bleiben und wohnen." Da suchte es dem Rehchen Laub und Moos zu einem weichen Lager, und jeden Morgen ging es aus und sammelte sich Wurzeln, Beeren und Nüsse, und für das Rehchen brachte es zartes Gras mit, das fraß es ihm aus der Hand, war vergnügt und spielte vor ihm herum.

Abends, wenn Schwesterchen müde war und sein Gebet gesagt hatte, legte es seinen Kopf auf den Rücken des Rehkälbchens, das war sein Kissen, darauf es sanft einschlief. Und hätte das Brüderchen nur seine menschliche Gestalt gehabt, es wäre ein herrliches Leben gewesen. Das dauerte eine Zeitlang, daß sie so allein in der Wildnis waren.

Es trug sich aber zu, daß der König des Landes eine große Jagd in dem Wald hielt. Da schallte das Hörnerblasen, Hundegebell und das lustige Geschrei der Jäger durch die Bäume, und das Rehlein hörte es und wäre gar zu gerne dabei gewesen. "Ach", sprach es zum Schwesterlein, "laß mich hinaus in die Jagd, ich kann's nicht länger mehr aushalten", und bat so lange, bis es einwilligte. "Aber", sprach es zu ihm, "komm mir ja abends wieder, vor den wilden Jägern schließ ich mein Türlein; und damit ich dich kenne, so klopf und sprich: Mein Schwesterlein, laß mich herein; und wenn du nicht so sprichst, so schließ ich mein Türlein nicht auf."

Nun sprang das Rehchen hinaus und war ihm so wohl und war so lustig in freier Luft. Der König und seine Jäger sahen das schöne Tier und setzten ihm nach, aber sie konnten es nicht einholen, und wenn sie meinten, sie hätten es gewiß, da sprang es über das Gebüsch weg und war verschwunden. Als es dunkel ward, lief es zu dem Häuschen, klopfte und sprach: "Mein Schwesterlein, laß mich herein." Da ward ihm die kleine Tür aufgetan, es sprang hinein und ruhete sich die ganze Nacht auf seinem weichen Lager aus.

Am andern Morgen ging die Jagd von neuem an, und als das Rehlein wieder das Hüfthorn hörte und das Hoho! der Jäger, da hatte es keine Ruhe und sprach: "Schwesterchen, mach mir auf, ich muß hinaus." Das Schwesterchen öffnete ihm die Türe und sprach: "Aber zu Abend mußt du wieder da sein und dein Sprüchlein sagen."

Als der König und seine Jäger das Rehlein mit dem goldenen Halsband wieder sahen, jagten sie ihm alle nach, aber es war ihnen zu schnell und behend. Das währte den ganzen Tag, endlich aber hatten es die Jäger abends umzingelt, und einer verwundete es ein wenig am Fuß, so daß es hinken mußte und langsam fortlief. Da schlich ihm ein Jäger nach bis zu dem Häuschen und hörte, wie es rief: "Mein Schwesterlein, laß mich herein", und sah, daß die Tür ihm aufgetan und alsbald wieder zugeschlossen ward.

Der Jäger behielt das alles wohl im Sinn, ging zum König und erzählte ihm, was er gesehen und gehört hatte. Da sprach der König: "Morgen soll noch einmal gejagt werden." Das Schwesterchen aber erschrak gewaltig, als es sah, daß sein Rehkälbchen verwundet war. Es wusch ihm das Blut ab, legte Kräuter auf und sprach: "Geh auf dein Lager, lieb Rehchen, daß du wieder heil wirst." Die Wunde aber war so gering, daß das Rehchen am Morgen nichts mehr davon spürte. Und als es die Jagdlust wieder draußen hörte, sprach es: "Ich kann es nicht aushalten, ich muß dabei sein; so bald soll mich keiner kriegen." Das Schwesterchen weinte und sprach: "Nun werden sie dich töten, und ich bin hier allein im Wald und bin verlassen von aller Welt: ich laß dich nicht hinaus."

"So sterb ich dir hier vor Betrübnis", antwortete das Rehchen, "wenn ich das Hüfthorn höre, so mein ich, ich müßt aus den Schuhen springen!" Da konnte das Schwesterchen nicht anders und schloß ihm mit schwerem Herzen die Tür auf, und das Rehchen sprang gesund und fröhlich in den Wald. Als es der König erblickte, sprach er zu seinen Jägern: "Nun jagt ihm nach den ganzen Tag bis in die Nacht, aber daß ihm keiner etwas zuleide tut."

Sobald die Sonne untergegangen war, sprach der König zum Jäger: "Nun komm und zeige mir das Waldhäuschen." Und als er vor dem Türlein war, klopfte er an und rief: "Lieb Schwesterlein, laß mich herein." Da ging die Tür auf, und der König trat herein, und da stand ein Mädchen, das war so schön, wie er noch keins gesehen hatte. Das Mädchen erschrak, als es sah, daß nicht sein Rehlein, sondern ein Mann hereinkam, der eine goldene Krone auf dem Haupt hatte. Aber der König sah es freundlich an, reichte ihm die Hand und sprach: "Willst du mit mir gehen auf mein Schloß und meine liebe Frau sein?"

"Ach ja", antwortete das Mädchen, "aber das Rehchen muß auch mit, das verlaß ich nicht." Sprach der König: "Es soll bei dir bleiben, solange du lebst, und soll ihm an nichts fehlen." Indem kam es hereingesprungen, da band es das Schwesterchen wieder an das Binsenseil, nahm es selbst in die Hand und ging mit ihm aus dem Waldhäuschen fort.

Der König nahm das schöne Mädchen auf sein Pferd und führte es in sein Schloß, wo die Hochzeit mit großer Pracht gefeiert wurde, und war es nun die Frau Königin und lebten sie lange Zeit vergnügt zusammen; das Rehlein ward gehegt und gepflegt und sprang in dem Schloßgarten herum. Die böse Stiefmutter aber, um derentwillen die Kinder in die Welt hineingegangen waren, die meinte nicht anders, als Schwesterchen wäre von den wilden Tieren im Walde zerrissen worden und Brüderchen als ein Rehkalb von den Jägern totgeschossen. Als sie nun hörte, daß sie so glücklich waren und es ihnen so wohl ging, da wurden Neid und Mißgunst in ihrem Herzen rege und ließen ihr keine Ruhe, und sie hatte keinen andern Gedanken, als wie sie die beiden doch noch ins Unglück bringen könnte. Ihre rechte Tochter, die häßlich war wie die Nacht und nur ein

Auge hatte, die machte ihr Vorwürfe und sprach: "Eine Königin zu werden, das Glück hätte mir gebührt."

"Sei nur still", sagte die Alte und sprach sie zufrieden: "Wenn's Zeit ist, will ich schon bei der Hand sein."

Als nun die Zeit herangerückt war und die Königin ein schönes Knäblein zur Welt gebracht hatte und der König gerade auf der Jagd war, nahm die alte Hexe die Gestalt der Kammerfrau an, trat in die Stube, wo die Königin lag, und sprach zu der Kranken: "Kommt, das Bad ist fertig, das wird Euch wohltun und frische Kräfte geben: geschwind, eh es kalt wird." Ihre Tochter war auch bei der Hand, sie trugen die schwache Königin in die Badstube und legten sie in die Wanne; dann schlossen sie die Tür ab und liefen davon.

In der Badstube aber hatten sie ein rechtes Höllenfeuer angemacht, daß die schöne junge Königin bald ersticken mußte. Als das vollbracht war, nahm die Alte ihre Tochter, setzte ihr eine Haube auf und legte sie ins Bett an der Königin Stelle. Sie gab ihr auch die Gestalt und das Ansehen der Königin, nur das verlorene Auge konnte sie ihr nicht wiedergeben. Damit es aber der König nicht merkte, mußte sie sich auf die Seite legen, wo sie kein Auge hatte.

Am Abend, als er heimkam und hörte, daß ihm ein Söhnlein geboren war, freute er sich herzlich und wollte ans Bett seiner lieben Frau gehen und sehen, was sie machte. Da rief die Alte geschwind: "Beileibe, laßt die Vorhänge zu, die Königin darf noch nicht ins Licht sehen und muß

Ruhe haben." Der König ging zurück und wußte nicht, daß eine falsche Königin im Bette lag.

Als es aber Mitternacht war und alles schlief, da sah die Kinderfrau, die in der Kinderstube neben der Wiege saß und allein noch wachte, wie die Türe aufging und die rechte Königin hereintrat. Sie nahm das Kind aus der Wiege, legte es in ihren Arm und gab ihm zu trinken. Dann schüttelte sie ihm sein Kißchen, legte es wieder hinein und deckte es mit dem Deckbettchen zu. Sie vergaß aber auch das Rehchen nicht, ging in die Ecke, wo es lag, und streichelte ihm über den Rücken. Darauf ging sie ganz stillschweigend wieder zur Türe hinaus, und die Kinderfrau fragte am andern Morgen die Wächter, ob jemand während der Nacht ins Schloß gegangen wäre, aber sie antworteten: "Nein, wir haben niemand gesehen."

So kam sie viele Nächte und sprach niemals ein Wort dabei; die Kinderfrau sah sie immer, aber sie getraute sich nicht, jemand etwas davon zu sagen. Als nun so eine Zeit verflossen war, da hub die Königin in der Nacht an zu reden und sprach:

"Was macht mein Kind? Was macht mein Reh?
Nun komm ich noch zweimal und dann nimmermehr."

Die Kinderfrau antwortete ihr nicht, aber als sie wieder verschwunden war, ging sie zum König und erzählte ihm alles. Sprach der König: "Ach Gott, was ist das! Ich will in der nächsten Nacht bei dem Kinde wachen."

Abends ging er in die Kinderstube, aber um Mitternacht erschien die Königin wieder und sprach:

"Was macht mein Kind? Was macht mein Reh?
Nun komm ich noch einmal und dann nimmermehr."

Und pflegte dann des Kindes, wie sie gewöhnlich tat, ehe sie verschwand. Der König getraute sich nicht, sie anzureden, aber er wachte auch in der folgenden Nacht. Sie sprach abermals:

"Was macht mein Kind? Was macht mein Reh?
Nun komm ich noch diesmal und dann nimmermehr."

Da konnte sich der König nicht zurückhalten, sprang zu ihr und sprach: "Du kannst niemand anders sein als meine liebe Frau."

Da antwortete sie: "Ja, ich bin deine liebe Frau", und hatte in dem Augenblick durch Gottes Gnade das Leben wiedererhalten, war frisch, rot und gesund. Darauf erzählte sie dem König den Frevel, den die böse Hexe und ihre Tochter an ihr verübt hatten. Der König ließ beide vor Gericht führen, und es ward ihnen das Urteil gesprochen.

Die Tochter ward in Wald geführt, wo sie die wilden Tiere zerrissen, die Hexe aber ward ins Feuer gelegt und mußte jammervoll verbrennen. Und wie sie zu Asche verbrannt war, verwandelte sich das Rehkälbchen und erhielt seine menschliche Gestalt wieder; Schwesterchen und Brüderchen aber lebten glücklich zusammen bis an ihr Ende.

Rapunzel

Es war einmal ein Mann und eine Frau, die wünschten sich schon lange vergeblich ein Kind, endlich machte sich die Frau Hoffnung, der liebe Gott werde ihren Wunsch erfüllen. Die Leute hatten in ihrem Hinterhaus ein kleines Fenster, daraus konnte man in einen prächtigen Garten sehen, der voll der schönsten Blumen und Kräuter stand; er war aber von einer hohen Mauer umgeben, und niemand wagte hineinzugehen, weil er einer Zauberin gehörte, die große Macht hatte und von aller Welt gefürchtet ward.

Eines Tags stand die Frau an diesem Fenster und sah in den Garten hinab, da erblickte sie ein Beet, das mit den schönsten Rapunzeln bepflanzt war; und sie sahen so frisch und grün aus, daß sie lüstern ward und das größte Verlangen empfand, von den Rapunzeln zu essen. Das Verlangen nahm jeden Tag zu, und da sie wußte, daß sie keine davon bekommen konnte, so fiel sie ganz ab, sah blaß und elend aus. Da erschrak der Mann und fragte: "Was fehlt dir, liebe Frau?"

"Ach", antwortete sie, "wenn ich keine Rapunzeln aus dem Garten hinter unserm Hause zu essen kriege, so sterbe ich." Der Mann, der sie liebhatte, dachte: "Eh du deine Frau sterben lässest, holst du ihr von den Rapunzeln, es mag kosten, was es will." In der Abenddämmerung stieg er also über die Mauer in den Garten der Zauberin, stach in aller Eile eine Handvoll Rapunzeln und brachte sie seiner Frau. Sie machte sich sogleich Salat daraus und aß sie in voller Begierde auf. Sie hatten ihr aber so gut, so gut geschmeckt, daß sie den andern Tag noch dreimal soviel Lust bekam. Sollte sie Ruhe haben, so mußte der Mann noch einmal in den Garten steigen. Er machte sich also in der Abenddämmerung wieder hinab, als er aber die Mauer herabgeklettert war, erschrak er gewaltig, denn er sah die Zauberin vor sich stehen.

"Wie kannst du es wagen", sprach sie mit zornigem Blick, "in meinen Garten zu steigen und wie ein Dieb mir meine Rapunzeln zu stehlen? Das soll dir schlecht bekommen."

"Ach", antwortete er, "laßt Gnade für Recht ergehen, ich habe mich nur aus Not dazu entschlossen: meine Frau hat Eure Rapunzeln aus dem Fenster erblickt und empfindet ein so großes Gelüsten, daß sie sterben würde, wenn sie nicht davon zu essen bekäme." Da ließ die Zauberin in ihrem Zorne nach und sprach zu ihm: "Verhält es sich so, wie du sagst, so will ich dir gestatten, Rapunzeln mitzunehmen, soviel du willst, allein ich mache eine Bedingung: Du mußt mir das Kind geben, das deine Frau zur Welt bringen wird. Es soll ihm gutgehen, und ich will für es sorgen wie eine Mutter."

Der Mann sagte in der Angst alles zu, und als die Frau in Wochen kam, so erschien sogleich die Zauberin, gab dem Kinde den Namen Rapunzel und nahm es mit sich fort. Rapunzel ward das schönste Kind unter der Sonne. Als es zwölf Jahre alt war, schloß es die Zauberin in einen

Turm, der in einem Walde lag und weder Treppe noch Türe hatte, nur ganz oben war ein kleines Fensterchen. Wenn die Zauberin hinein wollte, so stellte sie sich unten hin und rief:

"Rapunzel, Rapunzel,
Laß mir dein Haar herunter."

Rapunzel hatte lange prächtige Haare, fein wie gesponnen Gold. Wenn sie nun die Stimme der Zauberin vernahm, so band sie ihre Zöpfe los, wickelte sie oben um einen Fensterhaken, und dann fielen die Haare zwanzig Ellen tief herunter, und die Zauberin stieg daran hinauf.

Nach ein paar Jahren trug es sich zu, daß der Sohn des Königs durch den Wald ritt und an dem Turm vorüberkam. Da hörte er einen Gesang, der war so lieblich, daß er stillhielt und horchte. Das war Rapunzel, die in ihrer Einsamkeit sich die Zeit damit vertrieb, ihre süße Stimme erschallen zu lassen. Der Königssohn wollte zu ihr hinaufsteigen und suchte nach einer Türe des Turms, aber es war keine zu finden. Er ritt heim, doch der Gesang hatte ihm so sehr das Herz gerührt, daß er jeden Tag hinaus in den Wald ging und zuhörte. Als er einmal so hinter einem Baum stand, sah er, daß eine Zauberin herankam und hörte, wie sie hinaufrief:

"Rapunzel, Rapunzel,
Laß dein Haar herunter."

Da ließ Rapunzel die Haarflechten herab, und die Zauberin stieg zu ihr hinauf. "Ist das die Leiter, auf welcher man hinaufkommt, so will ich auch einmal mein Glück versuchen."

Und den folgenden Tag, als es anfing, dunkel zu werden, ging er zu dem Turme und rief:

"Rapunzel, Rapunzel,
Laß dein Haar herunter."

Alsbald fielen die Haare herab, und der Königssohn stieg hinauf. Anfangs erschrak Rapunzel gewaltig, als ein Mann zu ihr hereinkam, wie ihre Augen noch nie einen erblickt hatten, doch der Königssohn fing an, ganz freundlich mit ihr zu reden, und erzählte ihr, daß von ihrem Gesang sein Herz so sehr sei bewegt worden, daß es ihm keine Ruhe gelassen und er sie selbst habe sehen müssen. Da verlor Rapunzel ihre Angst, und als er sie fragte, ob sie ihn zum Manne nehmen wollte, und sie sah, daß er jung und schön war, so dachte sie: "Der wird mich lieber haben als die alte Frau Gothel", und sagte ja und legte ihre Hand in seine Hand.

Sie sprach: "Ich will gerne mit dir gehen, aber ich weiß nicht, wie ich herabkommen kann. Wenn du kommst, so bring jedesmal einen Strang Seide mit, daraus will ich eine Leiter flechten, und wenn die fertig ist, so steige ich herunter, und du nimmst mich auf dein Pferd." Sie verabredeten, daß er bis dahin alle Abend zu ihr kommen sollte, denn bei Tag kam die Alte.

Die Zauberin merkte auch nichts davon, bis einmal Rapunzel anfing und zu ihr sagte: "Sag Sie mir doch, Frau Gothel, wie kommt es nur, Sie wird mir viel schwerer heraufzuziehen als der junge Königssohn, der ist in einem Augenblick bei mir."

"Ach, du gottloses Kind", rief die Zauberin, "was muß ich von dir hören, ich dachte, ich hätte dich von aller Welt geschieden, und du hast mich doch betrogen!" In ihrem Zorne packte sie die schönen Haare der Rapunzel, schlug sie ein paarmal um ihre linke Hand, griff eine Schere mit der rechten, und ritsch, ratsch waren sie abgeschnitten, und die schönen Flechten lagen auf der Erde. Und sie war so unbarmherzig, daß sie die arme Rapunzel in eine Wüstenei brachte, wo sie in großem Jammer und Elend leben mußte. Denselben Tag aber, wo sie Rapunzel verstoßen hatte, machte abends die Zauberin die abgeschnittenen Flechten oben am Fensterhaken fest, und als der Königssohn kam und rief:

"Rapunzel, Rapunzel,
Laß dein Haar herunter",

so ließ sie die Haare hinab. Der Königssohn stieg hinauf, aber er fand oben nicht seine liebste Rapunzel, sondern die Zauberin, die ihn mit bösen und giftigen Blicken ansah. "Aha", rief sie höhnisch, "du willst die Frau Liebste holen, aber der schöne Vogel sitzt nicht mehr im Nest und singt nicht mehr, die Katze hat ihn geholt und wird dir auch noch die Augen auskratzen. Für dich ist Rapunzel verloren, du wirst sie nie wieder erblicken." Der Königssohn geriet außer sich vor Schmerz, und in der Verzweiflung sprang er den Turm herab: das Leben brachte er davon, aber die Dornen, in die er fiel, zerstachen ihm die Augen. Da irrte er blind im Walde umher, aß nichts als Wurzeln und Beeren und tat nichts als jammern und weinen über den Verlust seiner liebsten Frau.

So wanderte er einige Jahre im Elend umher und geriet endlich in die Wüstenei, wo Rapunzel mit den Zwillingen, die sie geboren hatte, einem Knaben und Mädchen, kümmerlich lebte. Er vernahm eine Stimme, und sie däuchte ihn so bekannt; da ging er darauf zu, und wie er herankam, erkannte ihn Rapunzel und fiel ihm um den Hals und weinte. Zwei von ihren Tränen aber benetzten seine Augen, da wurden sie wieder klar, und er konnte damit sehen wie sonst. Er führte sie in sein Reich, wo er mit Freude empfangen ward, und sie lebten noch lange glücklich und vergnügt.

Die drei Männlein im Walde

Es war ein Mann, dem starb seine Frau, und eine Frau, der starb ihr Mann; und der Mann hatte eine Tochter, und die Frau hatte auch eine Tochter. Die Mädchen waren miteinander bekannt und gingen zusammen spazieren und kamen hernach zu der Frau ins Haus. Da sprach sie zu des Mannes Tochter: "Hör, sage deinem Vater, ich wollt ihn heiraten, dann sollst du jeden Morgen dich in Milch waschen und Wein trinken, meine Tochter aber soll sich in Wasser waschen und Wasser trinken."

Das Mädchen ging nach Haus und erzählte seinem Vater, was die Frau gesagt hatte.

Der Mann sprach: "Was soll ich tun? Das Heiraten ist eine Freude und ist auch eine Qual." Endlich, weil er keinen Entschluß fassen konnte, zog er seinen Stiefel aus und sagte: "Nimm diesen Stiefel, der hat in der Sohle ein Loch, geh damit auf den Boden, häng ihn an den großen Nagel und gieß dann Wasser hinein. Hält er das Wasser, so will ich wieder eine Frau nehmen, läuft's aber durch, so will ich nicht."

Das Mädchen tat, wie ihm geheißen war; aber das Wasser zog das Loch zusammen, und der Stiefel ward voll bis obenhin. Es verkündigte seinem Vater, wie's ausgefallen war. Da stieg er selbst hinauf, und als er sah, daß es seine Richtigkeit hatte, ging er zu der Witwe und freite sie, und die Hochzeit ward gehalten.

Am andern Morgen, als die beiden Mädchen sich aufmachten, da stand vor des Mannes Tochter Milch zum Waschen und Wein zum Trinken, vor der Frau Tochter aber stand Wasser zum Waschen und Wasser zum Trinken. Am zweiten Morgen stand Wasser zum Waschen und Wasser zum Trinken so gut vor des Mannes Tochter als vor der Frau Tochter. Und am dritten Morgen stand Wasser zum Waschen und Wasser zum Trinken vor des Mannes Tochter und Milch zum Waschen und Wein zum Trinken vor der Frau Tochter, und dabei blieb's. Die Frau ward ihrer Stieftochter spinnefeind und wußte nicht, wie sie es ihr von einem Tag zum andern schlimmer machen sollte. Auch war sie neidisch, weil ihre Stieftochter schön und lieblich war, ihre rechte Tochter aber häßlich und widerlich. Einmal im Winter, als es steinhart gefroren hatte und Berg und Tal vollgeschneit lag, machte die Frau ein Kleid von Papier, rief das Mädchen und sprach: "Da, zieh das Kleid an, geh hinaus in den Wald, und hol mir ein Körbchen voll Erdbeeren; ich habe Verlangen danach."

"Du lieber Gott", sagte das Mädchen, "im Winter wachsen ja keine Erdbeeren, die Erde ist gefroren, und der Schnee hat auch alles zugedeckt. Und warum soll ich in dem Papierkleide gehen? Es ist draußen so kalt, daß einem der Atem friert: da weht ja der Wind hindurch, und die Dornen reißen mir's vom Leib."

"Willst du mir noch widersprechen?" sagte die Stiefmutter. "Mach, daß du fortkommst, und laß dich nicht eher wieder sehen, als bis du das Körbchen voll Erdbeeren hast." Dann gab sie ihm noch ein Stückchen hartes Brot und sprach: "Davon kannst du den Tag über essen", und dachte: "Draußen wird's erfrieren und verhungern und mir nimmermehr wieder vor die Augen kommen." Nun war das Mädchen gehorsam, tat das Papierkleid an und ging mit dem Körbchen hinaus.

Da war nichts als Schnee, die Weite und Breite, und war kein grünes Hälmchen zu merken. Als es in den Wald kam, sah es ein kleines Häuschen, daraus guckten drei kleine Haulemännerchen. Es wünschte ihnen die Tageszeit und klopfte bescheidenlich an die Tür. Sie riefen: "Herein", und es trat in die Stube und setzte sich auf die Bank am Ofen, da wollte es sich wärmen und sein Frühstück essen. Die Haulemännerchen sprachen: "Gib uns auch etwas davon."

"Gerne", sprach es, teilte sein Stückchen Brot entzwei und gab ihnen die Hälfte. Sie fragten: "Was willst du zur Winterzeit in deinem dünnen Kleidchen hier im Wald?"

"Ach", antwortete es, "ich soll ein Körbchen voll Erdbeeren suchen und darf nicht eher nach Hause kommen, als bis ich es mitbringe." Als es sein Brot gegessen hatte, gaben sie ihm einen Besen und sprachen: "Kehre damit an der Hintertüre den Schnee weg." Wie es aber draußen war, sprachen die drei Männerchen untereinander: "Was sollen wir ihm schenken, weil es so artig und gut ist und sein Brot mit uns geteilt hat?" Da sagte der erste: "Ich schenk ihm, daß es jeden Tag schöner wird." Der zweite sprach: "Ich schenk ihm, daß Goldstücke ihm aus dem Mund fallen, sooft es ein Wort spricht." Der dritte sprach: "Ich schenk ihm, daß ein König kommt und es zu seiner Gemahlin nimmt."

Das Mädchen aber tat, wie die Haulemännerchen gesagt hatten, kehrte mit dem Besen den Schnee hinter dem kleinen Hause weg, und was glaubt ihr wohl, daß es gefunden hat? Lauter reife Erdbeeren, die ganz dunkelrot aus dem Schnee hervorkamen. Da raffte es in seiner Freude sein Körbchen voll, dankte den kleinen Männern, gab jedem die Hand und lief nach Haus und wollte der Stiefmutter das Verlangte bringen. Wie es eintrat und "Guten Abend" sagte, fiel ihm gleich ein Goldstück aus dem Mund. Darauf erzählte es, was ihm im Walde begegnet war, aber bei jedem Worte, das es sprach, fielen ihm die Goldstücke aus dem Mund, so daß bald die ganze Stube damit bedeckt ward. "Nun sehe einer den Übermut", rief die Stiefschwester, "das Geld so hinzuwerfen", aber heimlich war sie neidisch darüber und wollte auch hinaus in den Wald und Erdbeeren suchen.

Die Mutter: "Nein, mein liebes Töchterchen, es ist zu kalt, du könntest mir erfrieren."

Weil sie ihr aber keine Ruhe ließ, gab sie endlich nach, nähte ihm einen prächtigen Pelzrock, den es anziehen mußte, und gab ihm Butterbrot und Kuchen mit auf den Weg. Das Mädchen ging in den Wald und gerade auf das kleine Häuschen zu. Die drei kleinen Haulemänner guckten wieder, aber es grüßte sie nicht, und ohne sich nach ihnen umzusehen und ohne sie zu grüßen, stolperte es in die Stube hinein, setzte sich an den Ofen und fing an, sein Butterbrot und seinen Kuchen zu essen. "Gib uns etwas davon", riefen die Kleinen, aber es antwortete: "Es schickt mir selber nicht, wie kann ich andern noch davon abgeben?" Als es nun fertig war mit dem Essen, sprachen sie: "Da hast du einen Besen, kehr uns draußen vor der Hintertür rein."

"Ei, kehrt euch selber", antwortete es, "ich bin eure Magd nicht." Wie es sah, daß sie ihm nichts schenken wollten, ging es zur Türe hinaus.

Da sprachen die kleinen Männer untereinander: "Was sollen wir ihm schenken, weil es so unartig ist und ein böses, neidisches Herz hat, das niemand etwas gönnt?" Der erste sprach: "Ich schenk ihm, daß es jeden Tag häßlicher wird." Der zweite sprach: "Ich schenk ihm, daß ihm bei jedem Wort, das es spricht, eine Kröte aus dem Munde springt." Der dritte sprach: "Ich schenk ihm, daß es eines unglücklichen Todes stirbt."

Das Mädchen suchte draußen nach Erdbeeren, als es aber keine fand, ging es verdrießlich nach Haus. Und wie es den Mund auftat und seiner Mutter erzählen wollte, was ihm im Walde begegnet war, da sprang ihm bei jedem Wort eine Kröte aus dem Mund, so daß alle einen Abscheu vor ihm bekamen. Nun ärgerte sich die Stiefmutter noch viel mehr und dachte nur darauf, wie sie der Tochter des Mannes alles Herzeleid antun wollte, deren Schönheit doch alle Tage größer ward. Endlich nahm sie einen Kessel, setzte ihn zum Feuer und sott Garn darin. Als es gesotten war, hing sie es dem armen Mädchen auf die Schulter und gab ihm eine Axt dazu, damit sollte es auf den gefrornen Fluß gehen, ein Eisloch hauen und das Garn schlittern. Es war gehorsam, ging hin und hackte ein Loch in das Eis, und als es mitten im Hacken war, kam ein prächtiger Wagen hergefahren, worin der König saß. Der Wagen hielt still, und der König fragte: "Mein Kind, wer bist du, und was machst du da?"

"Ich bin ein armes Mädchen und schlittere Garn." Da fühlte der König Mitleiden, und als er sah, wie es so gar schön war, sprach er: "Willst du mit mir fahren?"

"Ach ja, von Herzen gern", antwortete es, denn es war froh, daß es der Mutter und Schwester aus den Augen kommen sollte. Also stieg es in den Wagen und fuhr mit dem König fort, und als sie auf sein Schloß gekommen waren, ward die Hochzeit mit großer Pracht gefeiert, wie es die kleinen Männlein dem Mädchen geschenkt hatten. Über ein Jahr gebar die junge Königin einen Sohn, und als die Stiefmutter von dem großen Glücke gehört hatte, so kam sie mit ihrer Tochter in das Schloß und tat, als wollte sie einen Besuch machen.

Als aber der König einmal hinausgegangen und sonst niemand zugegen war, packte das böse Weib die Königin am Kopf, und ihre Tochter packte sie an den Füßen, hoben sie aus dem Bett und warfen sie zum Fenster hinaus in den vorbeifließenden Strom. Darauf legte sich ihre häßliche Tochter ins Bett, und die Alte deckte sie zu bis über den Kopf.

Als der König wieder zurückkam und mit seiner Frau sprechen wollte, rief die Alte: "Still, still, jetzt geht das nicht, sie liegt in starkem Schweiß, Ihr müßt sie heute ruhen lassen." Der König dachte nichts Böses dabei und kam erst den andern Morgen wieder, und wie er mit seiner Frau sprach und sie ihm Antwort gab, sprang bei jedem Wort eine Kröte hervor, während sonst ein Goldstück herausgefallen war. Da fragte er, was das wäre, aber die Alte sprach, das hätte sie von dem starken Schweiß gekriegt und würde sich schon wieder verlieren.

In der Nacht aber sah der Küchenjunge, wie eine Ente durch die Gosse geschwommen kam, die sprach:

"König, was machst du?
Schläfst du oder wachst du?"

Und als er keine Antwort gab, sprach sie:

"Was machen meine Gäste?"

Da antwortete der Küchenjunge:

"Sie schlafen feste."

Fragte sie weiter:

"Was macht mein Kindelein?"

Antwortete er:

"Es schläft in der Wiege fein."

Da ging sie in der Königin Gestalt hinauf, gab ihm zu trinken, schüttelte ihm sein Bettchen, deckte es zu und schwamm als Ente wieder durch die Gosse fort. So kam sie zwei Nächte, in der dritten sprach sie zu dem Küchenjungen: "Geh und sage dem König, daß er sein Schwert nimmt und auf der Schwelle dreimal über mir schwingt." Da lief der Küchenjunge und sagte es dem König, der kam mit seinem Schwert und schwang es dreimal über dem Geist; und beim drittenmal stand seine Gemahlin vor ihm, frisch, lebendig und gesund, wie sie vorher gewesen war.

Nun war der König in großer Freude, er hielt aber die Königin in einer Kammer verborgen bis auf den Sonntag, wo das Kind getauft werden sollte. Und als es getauft war, sprach er: "Was gehört einem Menschen, der den andern aus dem Bett trägt und ins Wasser wirft?"

"Nichts Besseres", antwortete die Alte, "als daß man den Bösewicht in ein Faß steckt, das mit Nägeln ausgeschlagen ist, und den Berg hinab ins Wasser rollt." Da sagte der König: "Du hast dein Urteil gesprochen", ließ ein solches Faß holen und die Alte mit ihrer Tochter hineinstecken, dann ward der Boden zugehämmert und das Faß bergab gekullert, bis es in den Fluß rollte.

Hänsel und Gretel

Vor einem großen Walde wohnte ein armer Holzhacker mit seiner Frau und seinen zwei Kindern; das Bübchen hieß Hänsel und das Mädchen Gretel. Er hatte wenig zu beißen und zu brechen, und einmal, als große Teuerung ins Land kam, konnte er auch das täglich Brot nicht mehr schaffen. Wie er sich nun abends im Bette Gedanken machte und sich vor Sorgen herumwälzte, seufzte er und sprach zu seiner Frau: "Was soll aus uns werden? Wie können wir unsere armen Kinder ernähren, da wir für uns selbst nichts mehr haben?"

"Weißt du was, Mann", antwortete die Frau, "wir wollen morgen in aller Frühe die Kinder hinaus in den Wald führen, wo er am dicksten ist: da machen wir ihnen ein Feuer an und geben jedem noch ein Stückchen Brot, dann gehen wir an unsere Arbeit und lassen sie allein. Sie finden den Weg nicht wieder nach Haus, und wir sind sie los."

"Nein, Frau", sagte der Mann, "das tue ich nicht; wie sollt' ich's übers Herz bringen, meine Kinder im Walde allein zu lassen, die wilden Tiere würden bald kommen und sie zerreißen."

"O du Narr", sagte sie, "dann müssen wir alle viere Hungers sterben, du kannst nur die Bretter für die Särge hobelen", und ließ ihm keine Ruhe, bis er einwilligte.

"Aber die armen Kinder dauern mich doch", sagte der Mann.

Die zwei Kinder hatten vor Hunger auch nicht einschlafen können und hatten gehört, was die Stiefmutter zum Vater gesagt hatte. Gretel weinte bittere Tränen und sprach zu Hänsel: "Nun ist's um uns geschehen."

"Still, Gretel", sprach Hänsel, "gräme dich nicht, ich will uns schon helfen." Und als die Alten eingeschlafen waren, stand er auf, zog sein Röcklein an, machte die Untertüre auf und schlich sich hinaus. Da schien der Mond ganz helle, und die weißen Kieselsteine, die vor dem Haus lagen, glänzten wie lauter Batzen. Hänsel bückte sich und steckte so viel in sein Rocktäschlein, als nur hinein wollten. Dann ging er wieder zurück, sprach zu Gretel: "Sei getrost, liebes Schwesterchen, und schlaf nur ruhig ein, Gott wird uns nicht verlassen", und legte sich wieder in sein Bett. Als der Tag anbrach, noch ehe die Sonne aufgegangen war, kam schon die Frau und weckte die beiden Kinder: "Steht auf, ihr Faulenzer, wir wollen in den Wald gehen und Holz holen." Dann gab sie jedem ein Stückchen Brot und sprach: "Da habt ihr etwas für den Mittag, aber eßt's nicht vorher auf, weiter kriegt ihr nichts." Gretel nahm das Brot unter die Schürze, weil Hänsel die Steine in der Tasche hatte. Danach machten sie sich alle zusammen auf den Weg nach dem Wald. Als sie ein Weilchen gegangen waren, stand Hänsel still und guckte nach dem Haus zurück und tat das wieder und immer wieder. Der Vater sprach: "Hänsel, was guckst du da und bleibst zurück, hab acht und vergiß deine Beine nicht."

"Ach, Vater", sagte Hänsel, "ich sehe nach meinem weißen Kätzchen, das sitzt oben auf dem Dach und will mir ade sagen." Die Frau sprach: "Narr, das ist dein Kätzchen nicht, das ist die Morgensonne, die auf den Schornstein scheint." Hänsel aber hatte nicht nach dem Kätzchen gesehen, sondern immer einen von den blanken Kieselsteinen aus seiner Tasche auf den Weg geworfen. Als sie mitten in den Wald gekommen waren, sprach der Vater: "Nun sammelt Holz, ihr Kinder, ich will ein Feuer anmachen, damit ihr nicht friert." Hänsel und Gretel trugen Reisig zusammen, einen kleinen Berg hoch. Das Reisig ward angezündet, und als die Flamme recht hoch brannte, sagte die Frau: "Nun legt euch ans Feuer, ihr Kinder, und ruht euch aus, wir gehen in den Wald und hauen Holz. Wenn wir fertig sind, kommen wir wieder und holen euch ab."

Hänsel und Gretel saßen am Feuer, und als der Mittag kam, aß jedes sein Stücklein Brot. Und weil sie die Schläge der Holzaxt hörten, so glaubten sie, ihr Vater wäre in der Nähe. Es war aber nicht die Holzaxt, es war ein Ast, den er an einen dürren Baum gebunden hatte und den der Wind hin und her schlug. Und als sie so lange gesessen hatten, fielen ihnen die Augen vor Müdigkeit zu, und sie schliefen fest ein.

Als sie endlich erwachten, war es schon finstere Nacht. Gretel fing an zu weinen und sprach: "Wie sollen wir nun aus dem Wald kommen!" Hänsel aber tröstete sie: "Wart nur ein Weilchen, bis der Mond aufgegangen ist, dann wollen wir den Weg schon finden." Und als der volle Mond aufgestiegen war, so nahm Hänsel sein Schwesterchen an der Hand und ging den Kieselsteinen nach, die schimmerten wie neu geschlagene Batzen und zeigten ihnen den Weg. Sie gingen die ganze Nacht hindurch und kamen bei anbrechendem Tag wieder zu ihres Vaters Haus. Sie klopften an die Tür, und als die Frau aufmachte und sah, daß es Hänsel und Gretel war, sprach sie: "Ihr bösen Kinder, was habt ihr so lange im Walde geschlafen, wir haben geglaubt, ihr wolltet gar nicht wiederkommen." Der Vater aber freute sich, denn es war ihm zu Herzen gegangen, daß er sie so allein zurückgelassen hatte.

Nicht lange danach war wieder Not in allen Ecken, und die Kinder hörten, wie die Mutter nachts im Bette zu dem Vater sprach: "Alles ist wieder aufgezehrt, wir haben noch einen halben Laib Brot, hernach hat das Lied ein Ende. Die

Kinder müssen fort, wir wollen sie tiefer in den Wald hineinführen, damit sie den Weg nicht wieder herausfinden; es ist sonst keine Rettung für uns." Dem Mann fiel's schwer aufs Herz, und er dachte:" Es wäre besser, daß du den letzten Bissen mit deinen Kindern teiltest." Aber die Frau hörte auf nichts, was er sagte, schalt ihn und machte ihm Vorwürfe. Wer A sagt, muß auch B sagen, und weil er das erstemal nachgegeben hatte, so mußte er es auch zum zweitenmal.

Die Kinder waren aber noch wach gewesen und hatten das Gespräch mit angehört. Als die Alten schliefen, stand Hänsel wieder auf, wollte hinaus und Kieselsteine auflesen, wie das vorige Mal, aber die Frau hatte die Tür verschlossen, und Hänsel konnte nicht heraus. Aber er tröstete sein Schwesterchen und sprach: "Weine nicht, Gretel, und schlaf nur ruhig, der liebe Gott wird uns schon helfen." Am frühen Morgen kam die Frau und holte die Kinder aus dem Bette. Sie erhielten ihr Stückchen Brot, das war aber noch kleiner als das vorige Mal. Auf dem Wege nach dem Wald bröckelte es Hänsel in der Tasche, stand oft still und warf ein Bröcklein auf die Erde. "Hänsel, was stehst du und guckst dich um", sagte der Vater, "geh deiner Wege."

"Ich sehe nach meinem Täubchen, das sitzt auf dem Dache und will mir ade sagen", antwortete Hänsel. "Narr", sagte die Frau, "das ist dein Täubchen nicht, das ist die Morgensonne, die auf den Schornstein oben scheint." Hänsel aber warf nach und nach alle Bröcklein auf den

Weg. Die Frau führte die Kinder noch tiefer in den Wald, wo sie ihr Lebtag noch nicht gewesen waren. Da ward wieder ein großes Feuer angemacht, und die Mutter sagte: "Bleibt nur da sitzen, ihr Kinder, und wenn ihr müde seid, könnt ihr ein wenig schlafen: wir gehen in den Wald und hauen Holz, und abends, wenn wir fertig sind, kommen wir und holen euch ab."

Als es Mittag war, teilte Gretel ihr Brot mit Hänsel, der sein Stück auf den Weg gestreut hatte. Dann schliefen sie ein, und der Abend verging, aber niemand kam zu den armen Kindern. Sie erwachten erst in der finstern Nacht, und Hänsel tröstete sein Schwesterchen und sagte: "Wart nur, Gretel, bis der Mond aufgeht, dann werden wir die Brotbröcklein sehen, die ich ausgestreut habe, die zeigen uns den Weg nach Haus."

Als der Mond kam, machten sie sich auf, aber sie fanden kein Bröcklein mehr, denn die vieltausend Vögel, die im Walde und im Felde umherfliegen, die hatten sie weggepickt. Hänsel sagte zu Gretel: "Wir werden den Weg schon finden", aber sie fanden ihn nicht. Sie gingen die ganze Nacht und noch einen Tag von Morgen bis Abend, aber sie kamen aus dem Wald nicht heraus, und waren so hungrig, denn sie hatten nichts als die paar Beeren, die auf der Erde standen. Und weil sie so müde waren, daß die Beine sie nicht mehr tragen wollten, so legten sie sich unter einen Baum und schliefen ein.

Nun war's schon der dritte Morgen, daß sie ihres Vaters Haus verlassen hatten. Sie fingen wieder an zu gehen, aber sie gerieten immer tiefer in den Wald, und wenn nicht bald Hilfe kam, so mußten sie verschmachten.

Als es Mittag war, sahen sie ein schönes schneeweißes Vöglein auf einem Ast sitzen, das sang so schön, daß sie stehenblieben und ihm zuhörten. Und als es fertig war, schwang es seine Flügel und flog vor ihnen her, und sie gingen ihm nach, bis sie zu einem Häuschen gelangten, auf dessen Dach es sich setzte, und als sie ganz nah herankamen, so sahen sie, daß das Häuslein aus Brot gebaut war und mit Kuchen gedeckt; aber die Fenster waren von hellem Zucker. "Da wollen wir uns dranmachen", sprach Hänsel, "und eine gesegnete Mahlzeit halten. Ich will ein Stück vom Dach essen, Gretel, du kannst vom Fenster essen, das schmeckt süß." Hänsel reichte in die Höhe und brach sich ein wenig vom Dach ab, um zu versuchen, wie es schmeckte, und Gretel stellte sich an die Scheiben und knuperte daran. Da rief eine feine Stimme aus der Stube heraus:

"Knuper, knuper, kneischen,
Wer knupert an meinem Häuschen?"

Die Kinder antworteten:

"Der Wind, der Wind,
Das himmlische Kind",

und aßen weiter, ohne sich irremachen zu lassen.

Hänsel, dem das Dach sehr gut schmeckte, riß sich ein großes Stück davon herunter, und Gretel stieß eine ganze runde Fensterscheibe heraus, setzte sich nieder und tat sich wohl damit.

Da ging auf einmal die Türe auf, und eine steinalte Frau, die sich auf eine Krücke stützte, kam herausgeschlichen. Hänsel und Gretel erschraken so gewaltig, daß sie fallen ließen, was sie in den Händen hielten. Die Alte aber wakkelte mit dem Kopfe und sprach: "Ei, ihr lieben Kinder, wer hat euch hierhergebracht? Kommt nur herein und bleibt bei mir, es geschieht euch kein Leid." Sie faßte beide an der Hand und führte sie in ihr Häuschen. Da ward gutes Essen aufgetragen, Milch und Pfannekuchen mit Zucker, Apfel und Nüsse. Hernach wurden zwei schöne Bettlein weiß gedeckt, und Hänsel und Gretel legten sich hinein und meinten, sie wären im Himmel.

Die Alte hatte sich nur so freundlich angestellt, sie war aber eine böse Hexe, die den Kindern auflauerte, und hatte das Brothäuslein bloß gebaut, um sie herbeizulocken. Wenn eins in ihre Gewalt kam, so machte sie es tot, kochte es und aß es, und das war ihr ein Festtag. Die Hexen haben rote Augen und können nicht weit sehen, aber sie haben eine feine Witterung, wie die Tiere, und merken's, wenn Menschen herankommen. Als Hänsel und Gretel in ihre Nähe kamen, da lachte sie boshaft und sprach höhnisch: "Die habe ich, die sollen mir nicht wieder entwischen."

Frühmorgens, ehe die Kinder erwacht waren, stand sie schon auf, und als sie beide so lieblich ruhen sah, mit den vollen roten Backen, so murmelte sie vor sich hin: "Das wird ein guter Bissen werden." Da packte sie Hänsel mit ihrer dürren Hand und trug ihn in einen kleinen Stall und sperrte ihn mit einer Gittertüre ein; er mochte schreien, wie er wollte, es half ihm nichts. Dann ging sie zur Gretel, rüttelte sie wach und rief: "Steh auf, Faulenzerin, trag Wasser und koch deinem Bruder etwas Gutes, der sitzt draußen im Stall und soll fett werden. Wenn er fett ist, so will ich ihn essen." Gretel fing an, bitterlich zu weinen, aber es war alles vergeblich, sie mußte tun, was die böse Hexe verlangte. Nun ward dem armen Hänsel das beste Essen gekocht, aber Gretel bekam nichts als Krebsschalen.

Jeden Morgen schlich die Alte zu dem Ställchen und rief: "Hänsel, streck deine Finger heraus, damit ich fühle, ob du bald fett bist."

Hänsel streckte ihr aber ein Knöchlein heraus, und die Alte, die trübe Augen hatte, konnte es nicht sehen, und meinte, es wären Hänsels Finger, und verwunderte sich, daß er gar nicht fett werden wollte.

Als vier Wochen herum waren und Hänsel immer mager blieb, da übernahm sie die Ungeduld, und sie wollte nicht länger warten. "Heda, Gretel", rief sie dem Mädchen zu, "sei flink und trag Wasser: Hänsel mag fett oder mager sein, morgen will ich ihn schlachten und kochen." Ach, wie jammerte das arme Schwesterchen, als es das Wasser tragen mußte, und wie flossen ihm die Tränen über die

Backen herunter! "Lieber Gott, hilf uns doch", rief sie aus, "hätten uns nur die wilden Tiere im Wald gefressen, so wären wir doch zusammen gestorben."

"Spar nur dein Geplärre", sagte die Alte, "es hilft dir alles nichts."

Frühmorgens mußte Gretel heraus, den Kessel mit Wasser aufhängen und Feuer anzünden. "Erst wollen wir bakken", sagte die Alte, "ich habe den Backofen schon eingeheizt und den Teig geknetet." Sie stieß das arme Gretel hinaus zu dem Backofen, aus dem die Feuerflammen schon herausschlugen.

"Kriech hinein", sagte die Hexe, "und sieh zu, ob recht eingeheizt ist, damit wir das Brot hineinschießen können." Und wenn Gretel darin war, wollte sie den Ofen zumachen, und Gretel sollte darin braten, und dann wollte sie's auch aufessen. Aber Gretel merkte, was sie im Sinn hatte, und sprach: "Ich weiß nicht, wie ich's machen soll; wie komm ich da hinein?"

"Dumme Gans", sagte die Alte, "die Öffnung ist groß genug, siehst du wohl, ich könnte selbst hinein", krabbelte heran und steckte den Kopf in den Backofen. Da gab ihr Gretel einen Stoß, daß sie weit hineinfuhr, machte die eiserne Tür zu und schob den Riegel vor. Hu! da fing sie an zu heulen, ganz grauselich; aber Gretel lief fort, und die gottlose Hexe mußte elendiglich verbrennen.

Gretel aber lief schnurstracks zum Hänsel, öffnete sein Ställchen und rief: "Hänsel, wir sind erlöst, die alte Hexe ist tot." Da sprang Hänsel heraus, wie ein Vogel aus dem

Käfig, wenn ihm die Türe aufgemacht wird. Wie haben sie sich gefreut, sind sich um den Hals gefallen, sind herumgesprungen und haben sich geküßt! Und weil sie sich nicht mehr zu fürchten brauchten, so gingen sie in das Haus der Hexe hinein, da standen in allen Ecken Kasten mit Perlen und Edelsteinen. "Die sind noch besser als Kieselsteine", sagte Hänsel und steckte in seine Taschen, was hinein wollte, und Gretel sagte: "Ich will auch etwas mit nach Haus bringen", und füllte sich sein Schürzchen voll. "Aber jetzt wollen wir fort", sagte Hänsel, "damit wir aus dem Hexenwald herauskommen." Als sie aber ein paar Stunden gegangen waren, gelangten sie an ein großes Wasser. "Wir können nicht hinüber", sprach Hänsel, "ich sehe keinen Steg und keine Brücke."

"Hier fährt auch kein Schiffchen", antwortete Gretel, "aber da schwimmt eine weiße Ente, wenn ich die bitte, so hilft sie uns hinüber." Da rief sie: "Entchen, Entchen, da steht Gretel und Hänsel. Kein Steg und keine Brücke, nimm uns auf deinen weißen Rücken." Das Entchen kam auch heran, und Hänsel setzte sich auf und bat sein Schwesterchen, sich zu ihm zu setzen. "Nein", antwortete Gretel, "es wird dem Entchen zu schwer, es soll uns nacheinander hinüberbringen." Das tat das gute Tierchen, und als sie glücklich drüben waren und ein Weilchen fortgingen, da kam ihnen der Wald immer bekannter und immer bekannter vor, und endlich erblickten sie von weitem ihres Vaters Haus. Da fingen sie an zu laufen, stürzten in die Stube hinein und fielen ihrem Vater um den

Hals. Der Mann hatte keine frohe Stunde gehabt, seitdem er die Kinder im Walde gelassen hatte, die Frau aber war gestorben. Gretel schüttete sein Schürzchen aus, daß die Perlen und Edelsteine in der Stube herumsprangen, und Hänsel warf eine Handvoll nach der andern aus seiner Tasche dazu. Da hatten alle Sorgen ein Ende, und sie lebten in lauter Freude zusammen.

Mein Märchen ist aus, dort lauft eine Maus, wer sie fängt, darf sich eine große, große Pelzkappe daraus machen.

Das tapfere Schneiderlein

An einem Sommermorgen saß ein Schneiderlein auf seinem Tisch am Fenster, war guter Dinge und nähte aus Leibeskräften. Da kam eine Bauersfrau die Straße herab und rief: "Gut Mus feil! Gut Mus feil!" Das klang dem Schneiderlein lieblich in die Ohren, er steckte sein zartes Haupt zum Fenster hinaus und rief: "Hier herauf, liebe Frau, hier wird sie ihre Ware los."

Die Frau stieg die drei Treppen mit ihrem schweren Korbe zu dem Schneider herauf und mußte die Töpfe sämtlich vor ihm auspacken. Er besah sie alle, hob sie in die Höhe, hielt die Nase dran und sagte endlich: "Das Mus scheint mir gut, wieg sie mir doch vier Lot ab, liebe Frau, wenn's auch ein Viertelpfund ist, kommt es mir nicht darauf an." Die Frau, welche gehofft hatte, einen guten Absatz zu finden, gab ihm, was er verlangte, ging aber ganz ärgerlich und brummig fort. "Nun, das Mus soll mir Gott gesegnen", rief das Schneiderlein, "und soll mir Kraft und Stärke geben", holte das Brot aus dem Schrank, schnitt sich ein Stück über den ganzen Laib und strich das Mus darüber. "Das wird nicht bitter schmecken" sprach er, "aber erst will ich den Wams fertigmachen, ehe ich anbeiße." Er legte das Brot neben sich, nähte weiter und machte vor Freude immer größere Stiche.

Indes stieg der Geruch von dem süßen Mus hinauf an die Wand, wo die Fliegen in großer Menge saßen, so daß sie herangelockt wurden und sich scharenweis darauf niederließen. "Ei, wer hat euch eingeladen?" sprach das Schneiderlein und jagte die ungebetenen Gäste fort. Die Fliegen aber, die kein Deutsch verstanden, ließen sich nicht abweisen, sondern kamen in immer größerer Gesellschaft wieder. Da lief dem Schneiderlein endlich, wie man sagt, die Laus über die Leber, es langte aus seiner Hölle nach einem Tuchlappen, und "Wart, ich will es euch geben!" schlug es unbarmherzig drauf. Als es abzog und zählte, so lagen nicht weniger als sieben vor ihm tot und streckten die Beine. "Bist du so ein Kerl?" sprach er und mußte selbst seine Tapferkeit bewundern. "Das soll die ganze Stadt erfahren." Und in der Hast schnitt sich das Schneiderlein einen Gürtel, nähte ihn und stickte mit großen Buchstaben darauf: Siebene auf einen Streich!

"Ei was, Stadt!" sprach er weiter. "Die ganze Welt soll's erfahren!" Und sein Herz wackelte ihm vor Freude wie ein Lämmerschwänzchen. Der Schneider band sich den Gürtel um den Leib und wollte in die Welt hinaus, weil er meinte, die Werkstätte sei zu klein für seine Tapferkeit. Eh er abzog, suchte er im Haus herum, ob nichts da wäre, was er mitnehmen könnte, er fand aber nichts als einen alten Käs, den steckte er ein. Vor dem Tore bemerkte er einen Vogel, der sich im Gesträuch gefangen hatte, der mußte zu dem Käse in die Tasche. Nun nahm er den Weg tapfer zwischen die Beine, und weil er leicht und behend war, fühlte er keine Müdigkeit.

Der Weg führte ihn auf einen Berg, und als er den höchsten Gipfel erreicht hatte, so saß da ein gewaltiger Riese und schaute sich ganz gemächlich um. Das Schneiderlein ging beherzt auf ihn zu, redete ihn an und sprach: "Guten Tag, Kamerad, gelt, du sitzest da und besiehst dir die weitläuftige Welt? Ich bin eben auf dem Wege dahin und will mich versuchen. Hast du Lust, mitzugehen?"

Der Riese sah den Schneider verächtlich an und sprach: "Du Lump! Du miserabler Kerl!"

"Das wäre!" antwortete das Schneiderlein, knöpfte den Rock auf und zeigte dem Riesen den Gürtel. "Da kannst du lesen, was ich für ein Mann bin." Der Riese las: "Siebene auf einen Streich", meinte, das wären Menschen gewesen, die der Schneider erschlagen hätte, und kriegte ein wenig Respekt vor dem kleinen Kerl. Doch wollte er ihn erst prüfen, nahm einen Stein in die Hand und drückte ihn zusammen, daß das Wasser heraustropfte. "Das mach mir nach", sprach der Riese, "wenn du Stärke hast."

"Ist's weiter nichts?" sagte das Schneiderlein. "Das ist bei unsereinem Spielwerk", griff in die Tasche, holte den weichen Käs und drückte ihn, daß der Saft herauslief. "Gelt", sprach er, "das war ein wenig besser?"

Der Riese wußte nicht, was er sagen sollte, und konnte es von dem Männlein nicht glauben. Da hob der Riese einen Stein auf und warf ihn so hoch, daß man ihn mit Augen kaum noch sehen konnte. "Nun, du Erpelmännchen, das tu mir nach."

"Gut geworfen", sagte der Schneider, "aber der Stein hat doch wieder zur Erde herabfallen müssen, ich will dir einen werfen, der soll gar nicht wiederkommen"; griff in die Tasche, nahm den Vogel und warf ihn in die Luft. Der Vogel, froh über seine Freiheit, stieg auf, flog fort und kam nicht wieder. "Wie gefällt dir das Stückchen, Kamerad?" fragte der Schneider. "Werfen kannst du wohl", sagte der Riese, "aber nun wollen wir sehen, ob du imstande bist, etwas Ordentliches zu tragen." Er führte das Schneiderlein zu einem mächtigen Eichbaum, der da gefällt auf dem Boden lag, und sagte: "Wenn du stark genug bist, so hilf mir den Baum aus dem Walde heraustragen."

"Gerne", antwortete der kleine Mann, "nimm du nur den Stamm auf deine Schulter, ich will die Äste mit dem Gezweig aufheben und tragen, das ist doch das Schwerste." Der Riese nahm den Stamm auf die Schulter, der Schneider aber setzte sich auf einen Ast, und der Riese, der sich nicht umsehen konnte, mußte den ganzen Baum und das Schneiderlein noch obendrein forttragen. Es war dahinten ganz lustig und guter Dinge, pfiff das Liedchen "Es ritten drei Schneider zum Tore hinaus", als wäre das Baumtragen ein Kinderspiel. Der Riese, nachdem er ein Stück Wegs die schwere Last fortgeschleppt hatte, konnte nicht weiter und rief: "Hör, ich muß den Baum fallen lassen.

Der Schneider sprang behendiglich herab, faßte den Baum mit beiden Armen, als wenn er ihn getragen hätte, und sprach zum Riesen: "Du bist ein so großer Kerl und kannst den Baum nicht einmal tragen."

Sie gingen zusammen weiter, und als sie an einem Kirschbaum vorbeikamen, faßte der Riese die Krone des Baums, wo die zeitigsten Früchte hingen, bog sie herab, gab sie dem Schneider in die Hand und hieß ihn essen. Das Schneiderlein aber war viel zu schwach, um den Baum zu halten, und als der Riese losließ, fuhr der Baum in die Höhe, und der Schneider ward mit in die Luft geschnellt. Als er wieder ohne Schaden herabgefallen war, sprach der Riese: "Was ist das, hast du nicht Kraft, die schwache Gerte zu halten?"

"An der Kraft fehlt es nicht", antwortete das Schneiderlein, "meinst du, das wäre etwas für einen, der siebene mit einem Streich getroffen hat? Ich bin über den Baum gesprungen, weil die Jäger da unten in das Gebüsch schießen. Spring nach, wenn du's vermagst." Der Riese machte den Versuch, konnte aber nicht über den Baum kommen, sondern blieb in den Ästen hängen, also daß das Schneiderlein auch hier die Oberhand behielt.

Der Riese sprach: "Wenn du ein so tapferer Kerl bist, so komm mit in unsere Höhle und übernachte bei uns." Das Schneiderlein war bereit und folgte ihm. Als sie in der Höhle anlangten, saßen da noch andere Riesen beim Feuer, und jeder hatte ein gebratenes Schaf in der Hand und aß davon. Das Schneiderlein sah sich um und dachte: "Es ist doch hier viel weitläuftiger als in meiner Werkstatt." Der Riese wies ihm ein Bett an und sagte, er sollte sich hineinlegen und ausschlafen. Dem Schneiderlein war aber das Bett zu groß, er legte sich nicht hinein, sondern kroch in eine Ecke.

Als es Mitternacht war und der Riese meinte, das Schneiderlein läge in tiefem Schlafe, so stand er auf, nahm eine große Eisenstange und schlug das Bett mit einem Schlag durch und meinte, er hätte dem Grashüpfer den Garaus gemacht.

Mit dem frühsten Morgen gingen die Riesen in den Wald und hatten das Schneiderlein ganz vergessen, da kam es auf einmal ganz lustig und verwegen dahergeschritten. Die Riesen erschraken, fürchteten, es schlüge sie alle tot, und liefen in einer Hast fort.

Das Schneiderlein zog weiter, immer seiner spitzen Nase nach. Nachdem es lange gewandert war, kam es in den Hof eines königlichen Palastes, und da es Müdigkeit empfand, so legte es sich ins Gras und schlief ein. Während es dalag, kamen die Leute, betrachteten es von allen Seiten und lasen auf dem Gürtel: Siebene auf einen Streich. "Ach", sprachen sie, "was will der große Kriegsheld hier mitten im

Frieden? Das muß ein mächtiger Herr sein." Sie gingen und meldeten es dem König und meinten, wenn Krieg ausbrechen sollte, wäre das ein wichtiger und nützlicher Mann, den man um keinen Preis fortlassen dürfte.

Dem König gefiel der Rat, und er schickte einen von seinen Hofleuten an das Schneiderlein ab, der sollte ihm, wenn es aufgewacht wäre, Kriegsdienste anbieten. Der Abgesandte blieb bei dem Schläfer stehen, wartete, bis er seine Glieder streckte und die Augen aufschlug, und brachte dann seinen Antrag vor. "Eben deshalb bin ich hierhergekommen", antwortete er, "ich bin bereit, in des Königs Dienste zu treten." Also ward er ehrenvoll empfangen und ihm eine besondere Wohnung angewiesen. Die Kriegsleute aber waren dem Schneiderlein aufgesessen und wünschten, es wäre tausend Meilen weit weg. "Was soll daraus werden?" sprachen sie untereinander. "Wenn wir Zank mit ihm kriegen und er haut zu, so fallen auf jeden Streich siebene. Da kann unsereiner nicht bestehen." Also faßten sie einen Entschluß, begaben sich allesamt zum König und baten um ihren Abschied. "Wir sind nicht gemacht", sprachen sie, "neben einem Mann auszuhalten, der siebene auf einen Streich schlägt." Der König war traurig, daß er um des einen willen alle seine treuen Diener verlieren sollte, wünschte, daß seine Augen ihn nie gesehen hätten, und wäre ihn gerne wieder losgewesen. Aber er getrauete sich nicht, ihm den Abschied zu geben, weil er fürchtete, er möchte ihn samt seinem Volke totschlagen und sich auf den königlichen Thron setzen.

Er sann lange hin und her, endlich fand er einen Rat. Er schickte zu dem Schneiderlein und ließ ihm sagen, weil er ein so großer Kriegsheld wäre, so wollte er ihm ein Anerbieten machen. In einem Walde seines Landes hausten zwei Riesen, die mit Rauben, Morden, Sengen und Brennen großen Schaden stifteten: niemand dürfte sich ihnen nahen, ohne sich in Lebensgefahr zu setzen. Wenn er diese beiden Riesen überwände und tötete, so wollte er ihm seine einzige Tochter zur Gemahlin geben und das halbe Königreich zur Ehesteuer; auch sollten hundert Reiter mitziehen und ihm Beistand leisten. "Das wäre so etwas für einen Mann, wie du bist", dachte das Schneiderlein, "eine schöne Königstochter und ein halbes Königreich wird einem nicht alle Tage angeboten."

"O ja", gab er zur Antwort, "die Riesen will ich schon bändigen und habe die hundert Reiter dabei nicht nötig: wer siebene auf einen Streich trifft, braucht sich vor zweien nicht zu fürchten." Das Schneiderlein zog aus, und die hundert Reiter folgten ihm. Als er zu dem Rand des Waldes kam, sprach er zu seinen Begleitern: "Bleibt hier nur halten, ich will schon allein mit den Riesen fertigwerden." Dann sprang er in den Wald hinein und schaute sich rechts und links um. Über ein Weilchen erblickte er beide Riesen: sie lagen unter einem Baume und schliefen und schnarchten dabei, daß sich die Äste auf und nieder bogen. Das Schneiderlein, nicht faul, las beide Taschen voll Steine und stieg damit auf den Baum. Als es in der Mitte war, rutschte es auf einem Ast, bis es gerade über die Schläfer zu sitzen kam, und ließ dem einen Riesen einen Stein nach dem andern auf die Brust fallen. Der Riese spürte lange nichts, doch endlich wachte er auf, stieß seinen Gesellen an und sprach: "Was schlägst du mich?"

"Du träumst", sagte der andere, "ich schlage dich nicht." Sie legten sich wieder zum Schlaf, da warf der Schneider auf den zweiten einen Stein herab. "Was soll das?" rief der andere. "Warum wirfst du mich?"

"Ich werfe dich nicht", antwortete der erste und brummte. Sie zankten sich eine Weile herum, doch weil sie müde waren, ließen sie's gut sein, und die Augen fielen ihnen wieder zu. Das Schneiderlein fing sein Spiel von neuem an, suchte den dicksten Stein aus und warf ihn dem ersten Riesen mit aller Gewalt auf die Brust. "Das ist zu arg!" schrie er, sprang wie ein Unsinniger auf und stieß seinen Gesellen wider den Baum, daß dieser zitterte. Der andere zahlte mit gleicher Münze, und sie gerieten in solche Wut, daß sie Bäume ausrissen, aufeinander losschlugen, so lang, bis sie endlich beide zugleich tot auf die Erde fielen. Nun sprang das Schneiderlein herab. "Ein Glück nur", sprach es, "daß sie den Baum, auf dem ich saß, nicht ausgerissen haben, sonst hätte ich wie ein Eichhörnchen auf einen andern springen müssen; doch unsereiner ist flüchtig!" Es zog sein Schwert und versetzte jedem ein paar tüchtige Hiebe in die Brust, dann ging es hinaus zu den Reitern und sprach: "Die Arbeit ist getan, ich habe beiden den Garaus gemacht; aber hart ist es hergegangen, sie haben in der Not Bäume ausgerissen und sich gewehrt, doch das hilft alles nichts, wenn einer kommt wie ich, der siebene auf einen Streich schlägt."

"Seid Ihr denn nicht verwundet?" fragten die Reiter. "Das hat gute Wege", antwortete der Schneider, "kein Haar haben sie mir gekrümmt." Die Reiter wollten ihm keinen Glauben beimessen und ritten in den Wald hinein; da fanden sie die Riesen in ihrem Blute schwimmend, und ringsherum lagen die ausgerissenen Bäume. Das Schneiderlein verlangte von dem König die versprochene Belohnung, den aber reute sein Versprechen, und er sann aufs neue, wie er sich den Helden vom Halse schaffen könnte. "Ehe du meine Tochter und das halbe Reich erhältst", sprach er zu ihm, "mußt du noch eine Heldentat vollbringen. In dem Walde läuft ein Einhorn, das großen Schaden anrichtet, das mußt du erst einfangen."

"Vor einem Einhorne fürchte ich mich noch weniger als vor zwei Riesen; siebene auf einen Streich, das ist meine Sache."

Er nahm sich einen Strick und eine Axt mit, ging hinaus in den Wald und hieß abermals die, welche ihm zugeordnet waren, außen warten.

Er brauchte nicht lange zu suchen, das Einhorn kam bald daher und sprang geradezu auf den Schneider los, als wollte es ihn ohne Umstände aufspießen. "Sachte, sachte", sprach er, "so geschwind geht das nicht", blieb stehen und wartete, bis das Tier ganz nahe war, dann sprang er behendiglich hinter den Baum. Das Einhorn rannte mit aller Kraft gegen den Baum und spießte sein Horn so fest in den Stamm, daß es nicht Kraft genug hatte, es wieder herauszuziehen, und so war es gefangen. "Jetzt hab ich das Vöglein", sagte der Schneider, kam hinter dem Baum hervor, legte dem Einhorn den Strick erst um den Hals, dann hieb er mit der Axt das Horn aus dem Baum, und als alles in Ordnung war, führte er das Tier ab und brachte es dem König.

Der König wollte ihm den verheißenen Lohn noch nicht gewähren und machte eine dritte Forderung. Der Schneider sollte ihm vor der Hochzeit erst ein Wildschwein fangen, das in dem Wald großen Schaden tat; die Jäger sollten ihm Beistand leisten. "Gerne", sprach der Schneider, "das ist ein Kinderspiel." Die Jäger nahm er nicht mit in den Wald, und sie waren's wohl zufrieden, denn das Wildschwein hatte sie schon mehrmals so empfangen, daß sie keine Lust hatten, ihm nachzustellen.

Als das Schwein den Schneider erblickte, lief es mit schäumendem Munde und wetzenden Zähnen auf ihn zu und wollte ihn zur Erde werfen; der flüchtige Held aber sprang in eine Kapelle, die in der Nähe war, und gleich oben zum Fenster in einem Satze wieder hinaus. Das Schwein war hinter ihm hergelaufen, er aber hüpfte außen herum und schlug die Türe hinter ihm zu; da war das wütende Tier gefangen, das viel zu schwer und unbehilflich war, um zu dem Fenster hinauszuspringen. Das Schneiderlein rief die Jäger herbei, die mußten den Gefangenen mit eigenen Augen sehen; der Held aber begab sich zum Könige, der nun, er mochte wollen oder nicht, sein Versprechen halten mußte und ihm seine Tochter und das halbe

Königreich übergab. Hätte er gewußt, daß kein Kriegsheld, sondern ein Schneiderlein vor ihm stand, es wäre ihm noch mehr zu Herzen gegangen. Die Hochzeit ward also mit großer Pracht und kleiner Freude gehalten und aus einem Schneider ein König gemacht.

Nach einiger Zeit hörte die junge Königin in der Nacht, wie ihr Gemahl im Traume sprach: "Junge, mach mir den Wams und flick mir die Hosen, oder ich will dir die Elle über die Ohren schlagen." Da merkte sie, in welcher Gasse der junge Herr geboren war, klagte am andern Morgen ihrem Vater ihr Leid und bat, er möchte ihr von dem Manne helfen, der nichts anders als ein Schneider wäre. Der König sprach ihr Trost zu und sagte: "Laß in der nächsten Nacht deine Schlafkammer offen, meine Diener sollen außen stehen und, wenn er eingeschlafen ist, hineingehen, ihn binden und auf ein Schiff tragen, das ihn in die weite Welt führt." Die Frau war damit zufrieden, des Königs Waffenträger aber, der alles mit angehört hatte, war dem jungen Herrn gewogen und hinterbrachte ihm den ganzen Anschlag. "Dem Ding will ich einen Riegel vorschieben", sagte das Schneiderlein.

Abends legte es sich zu gewöhnlicher Zeit mit seiner Frau zu Bett; als sie glaubte, er sei eingeschlafen, stand sie auf, öffnete die Türe und legte sich wieder. Das Schneiderlein, das sich nur stellte, als wenn es schlief, fing an, mit heller Stimme zu rufen: "Junge, mach mir den Wams und flick mir die Hosen, oder ich will dir die Elle über die Ohren schlagen! Ich habe siebene mit einem Streich getroffen, zwei Riesen getötet, ein Einhorn fortgeführt und ein Wildschwein gefangen und sollte mich vor denen fürchten, die draußen vor der Kammer stehen!"

Als diese den Schneider also sprechen hörten, überkam sie eine große Furcht, sie liefen, als wenn das wilde Heer hinter ihnen wäre, und keiner wollte sich mehr an ihn wagen. Also war und blieb das Schneiderlein sein Lebtag ein König.

Aschenputtel

Einem reichen Manne, dem wurde seine Frau krank, und als sie fühlte, daß ihr Ende herankam, rief sie ihr einziges Töchterlein zu sich ans Bett und sprach: "Liebes Kind, bleib fromm und gut, so wird dir der liebe Gott immer beistehen, und ich will vom Himmel auf dich herabblicken und will um dich sein." Darauf tat sie die Augen zu und verschied.

Das Mädchen ging jeden Tag hinaus zu dem Grabe der Mutter und weinte und blieb fromm und gut. Als der Winter kam, deckte der Schnee ein weißes Tüchlein auf das Grab, und als die Sonne im Frühjahr es wieder herabgezogen hatte, nahm sich der Mann eine andere Frau.

Die Frau hatte zwei Töchter mit ins Haus gebracht, die schön und weiß von Angesicht waren, aber garstig und schwarz von Herzen. Da ging eine schlimme Zeit für das arme Stiefkind an. "Soll die dumme Gans bei uns in der Stube sitzen!" sprachen sie. "Wer Brot essen will, muß es verdienen: hinaus mit der Küchenmagd." Sie nahmen ihm seine schönen Kleider weg, zogen ihm einen grauen alten Kittel an und gaben ihm hölzerne Schuhe. "Seht einmal die stolze Prinzessin, wie sie geputzt ist!" riefen sie, lachten und führten es in die Küche. Da mußte es von Morgen bis Abend schwere Arbeit tun, früh vor Tag aufstehn, Wasser tragen, Feuer anmachen, kochen und waschen. Obendrein taten ihm die Schwestern alles ersinnliche Herzeleid an, verspotteten es und schütteten ihm die Erbsen und Linsen in die Asche, so daß es sitzen und sie wieder auslesen mußte. Abends, wenn es sich müde gearbeitet hatte, kam es in kein Bett, sondern mußte sich neben den Herd in die Asche legen. Und weil es darum immer staubig und schmutzig aussah, nannten sie es Aschenputtel. Es trug sich zu, daß der Vater einmal in die Messe ziehen wollte, da fragte er die beiden Stieftöchter, was er ihnen mitbringen sollte. "Schöne Kleider", sagte die eine, "Perlen und Edelsteine" die zweite. "Aber du, Aschenputtel", sprach er, "was willst du haben?"

"Vater, das erste Reis, das Euch auf Eurem Heimweg an den Hut stößt, das brecht für mich ab." Er kaufte nun für die beiden Stiefschwestern schöne Kleider, Perlen und Edelsteine, und auf dem Rückweg, als er durch einen grünen Busch ritt, streifte ihn ein Haselreis und stieß ihm den Hut ab. Da brach er das Reis ab und nahm es mit.

Als er nach Haus kam, gab er den Stieftöchtern, was sie sich gewünscht hatten, und dem Aschenputtel gab er das Reis von dem Haselbusch. Aschenputtel dankte ihm, ging zu seiner Mutter Grab und pflanzte das Reis darauf und weinte so sehr, daß die Tränen darauf niederfielen und es begossen. Es wuchs aber und ward ein schöner Baum. Aschenputtel ging alle Tage dreimal darunter, weinte und betete, und allemal kam ein weißes Vöglein auf den Baum, und wenn es einen Wunsch aussprach, so warf ihm das Vöglein herab, was es sich gewünscht hatte.

Es begab sich aber, daß der König ein Fest anstellte, das drei Tage dauern sollte und wozu alle schönen Jungfrauen im Lande eingeladen wurden, damit sich sein Sohn eine Braut aussuchen möchte. Die zwei Stiefschwestern, als sie hörten, daß sie auch dabei erscheinen sollten, waren guter Dinge, riefen Aschenputtel und sprachen: "Kämm uns die Haare, bürste uns die Schuhe und mache uns die Schnallen fest, wir gehen zur Hochzeit auf des Königs Schloß." Aschenputtel gehorchte, weinte aber, weil es auch gern zum Tanz mitgegangen wäre, und bat die Stiefmutter, sie möchte es ihm erlauben. "Du, Aschenputtel", sprach sie, "bist voll Staub und Schmutz und willst zur Hochzeit? Du hast keine Kleider und Schuhe und willst tanzen!" Als es aber mit Bitten anhielt, sprach sie endlich: "Da habe ich dir eine Schüssel Linsen in die Asche geschüttet, wenn du die Linsen in zwei Stunden wieder ausgelesen hast, so sollst du mitgehen."

Das Mädchen ging durch die Hintertüre nach dem Garten und rief: "Ihr zahmen Täubchen, ihr Turteltäubchen, all ihr Vöglein unter dem Himmel, kommt und helft mir lesen,

Die guten ins Töpfchen,
Die schlechten ins Kröpfchen."

Da kamen zum Küchenfenster zwei weiße Täubchen herein und danach die Turteltäubchen, und endlich schwirrten und schwärmten alle Vöglein unter dem Himmel herein und ließen sich um die Asche nieder. Und die Täubchen nickten mit den Köpfchen und fingen an pik, pik, pik, pik, und da fingen die übrigen auch an pik, pik, pik, pik und lasen alle guten Körnlein in die Schüssel. Kaum war eine Stunde herum, so waren sie schon fertig und flogen alle wieder hinaus. Da brachte das Mädchen die Schüssel der Stiefmutter, freute sich und glaubte, es dürfte nun mit auf die Hochzeit gehen. Aber sie sprach: "Nein, Aschenputtel, du hast keine Kleider und kannst nicht tanzen: du wirst nur ausgelacht." Als es nun weinte, sprach sie: "Wenn du mir zwei Schüsseln voll Linsen in einer Stunde aus der Asche rein lesen kannst, so sollst du mitgehen", und dachte: "Das kann es ja nimmermehr."

Als sie die zwei Schüsseln Linsen in die Asche geschüttet hatte, ging das Mädchen durch die Hintertüre nach dem Garten und rief: "Ihr zahmen Täubchen, ihr Turteltäubchen, all ihr Vöglein unter dem Himmel, kommt und helft mir lesen,

Die guten ins Töpfchen,
Die schlechten ins Kröpfchen."

Da kamen zum Küchenfenster zwei weiße Täubchen herein und danach die Turteltäubchen, und endlich schwirrten und schwärmten alle Vöglein unter dem Himmel herein und ließen sich um die Asche nieder. Und die Täubchen nickten mit ihren Köpfchen und fingen an pik, pik, pik, pik, und da fingen die übrigen auch an pik, pik, pik, pik und lasen alle guten Körner in die Schüsseln. Und eh eine halbe Stunde herum war, waren sie schon fertig und flogen alle wieder hinaus.

Da trug das Mädchen die Schüsseln zu der Stiefmutter, freute sich und glaubte, nun dürfte es mit auf die Hochzeit gehen. Aber sie sprach: "Es hilft dir alles nichts: du kommst nicht mit, denn du hast keine Kleider und kannst nicht tanzen; wir müßten uns deiner schämen." Darauf kehrte sie ihm den Rücken zu und eilte mit ihren zwei stolzen Töchtern fort.

Als nun niemand mehr daheim war, ging Aschenputtel zu seiner Mutter Grab unter den Haselbaum und rief:

"Bäumchen, rüttel dich und schüttel dich,
Wirf Gold und Silber über mich."

Da warf ihm der Vogel ein golden und silbern Kleid herunter und mit Seide und Silber ausgestickte Pantoffeln.

In aller Eile zog es das Kleid an und ging zur Hochzeit. Seine Schwestern aber und die Stiefmutter kannten es nicht und meinten, es müßte eine fremde Königstochter sein, so schön sah es in dem goldenen Kleide aus. An Aschenputtel dachten sie gar nicht und dachten, es säße daheim im Schmutz und suchte die Linsen aus der Asche. Der Königssohn kam ihm entgegen, nahm es bei der Hand und tanzte mit ihm. Er wollte auch mit sonst niemand tanzen, also daß er ihm die Hand nicht losließ, und wenn ein anderer kam, es aufzufordern, sprach er: "Das ist meine Tänzerin." Es tanzte, bis es Abend war, da wollte es nach Haus gehen. Der Königssohn aber sprach: "Ich gehe mit und begleite dich", denn er wollte sehen, wem das schöne Mädchen angehörte.

Sie entwischte ihm aber und sprang in das Taubenhaus. Nun wartete der Königssohn, bis der Vater kam, und sagte ihm, das fremde Mädchen wär' in das Taubenhaus gesprungen. Der Alte dachte: "Sollte es Aschenputtel sein", und sie mußten ihm Axt und Hacken bringen, damit er das Taubenhaus entzweischlagen konnte; aber es war niemand darin. Und als sie ins Haus kamen, lag Aschenputtel in seinen schmutzigen Kleidern in der Asche, und ein trübes Öllämpchen brannte im Schornstein; denn Aschenputtel war geschwind aus dem Taubenhaus hinten herabgesprungen und war zu dem Haselbäumchen gelaufen: da hatte es die schönen Kleider abgezogen und aufs Grab gelegt, und der Vogel hatte sie wieder weggenommen, und dann hatte es sich in seinem grauen Kittelchen in die Küche zur Asche gesetzt.

Am andern Tag, als das Fest von neuem anhub und die Eltern und Stiefschwestern wieder fort waren, ging Aschenputtel zu dem Haselbaum und sprach:

"Bäumchen, rüttel dich und schüttel dich,
Wirf Gold und Silber über mich."

Da warf der Vogel ein noch viel stolzeres Kleid herab als am vorigen Tag. Und als es mit diesem Kleide auf der Hochzeit erschien, erstaunte jedermann über seine Schönheit. Der Königssohn aber hatte gewartet, bis es kam, nahm es gleich bei der Hand und tanzte nur allein mit ihm. Wenn die andern kamen und es aufforderten, sprach er: "Das ist meine Tänzerin."

Als es nun Abend war, wollte es fort, und der Königssohn ging ihm nach und wollte sehen, in welches Haus es ging: aber es sprang ihm fort und in den Garten hinter dem Haus. Darin stand ein schöner großer Baum, an dem die herrlichsten Birnen hingen, es kletterte so behend wie ein Eichhörnchen zwischen die Äste, und der Königssohn wußte nicht, wo es hingekommen war. Er wartete aber, bis der Vater kam, und sprach zu ihm: "Das fremde Mädchen ist mir entwischt, und ich glaube, es ist auf den Birnbaum gesprungen." Der Vater dachte: "Sollte es Aschenputtel sein", ließ sich die Axt holen und hieb den Baum um, aber es war niemand darauf.

Und als sie in die Küche kamen, lag Aschenputtel da in der Asche, wie sonst auch, denn es war auf der andern Seite vom Baum herabgesprungen, hatte dem Vogel auf dem Haselbäumchen die schönen Kleider wiedergebracht und sein graues Kittelchen angezogen.

Am dritten Tag, als die Eltern und Schwestern fort waren, ging Aschenputtel wieder zu seiner Mutter Grab und sprach zu dem Bäumchen:

"Bäumchen, rüttel dich und schüttel dich,
Wirf Gold und Silber über mich."

Nun warf ihm der Vogel ein Kleid herab, das war so prächtig und glänzend, wie es noch keins gehabt hatte, und die Pantoffeln waren ganz golden. Als es in dem Kleid zu der Hochzeit kam, wußten sie alle nicht, was sie vor Verwunderung sagen sollten. Der Königssohn tanzte ganz allein mit ihm, und wenn es einer aufforderte, sprach er: "Das ist meine Tänzerin."

Als es nun Abend war, wollte Aschenputtel fort, und der Königssohn wollte es begleiten, aber es entsprang ihm so geschwind, daß er nicht folgen konnte. Der Königssohn hatte aber eine List gebraucht und hatte die ganze Treppe mit Pech bestreichen lassen: da war, als es hinabsprang, der linke Pantoffel des Mädchens hängengeblieben. Der Königssohn hob ihn auf, und er war klein und zierlich und ganz golden.

Am nächsten Morgen ging er damit zu dem Mann und sagte zu ihm: "Keine andere soll meine Gemahlin werden als die, an deren Fuß dieser goldene Schuh paßt." Da freuten sich die beiden Schwestern, denn sie hatten schöne Füße. Die Älteste ging mit dem Schuh in die Kammer und wollte ihn anprobieren, und die Mutter stand dabei. Aber sie konnte mit der großen Zehe nicht hineinkommen, und der Schuh war ihr zu klein, da reichte ihr die Mutter ein Messer und sprach: "Hau die Zehe ab: wann du Königin bist, so brauchst du nicht mehr zu Fuß zu gehen." Das Mädchen hieb die Zehe ab, zwängte den Fuß in den Schuh, verbiß den Schmerz und ging heraus zum Königssohn. Da nahm er sie als seine Braut aufs Pferd und ritt mit ihr fort. Sie mußten aber an dem Grabe vorbei, da saßen die zwei Täubchen auf dem Haselbäumchen und riefen:

"Rucke di guck, rucke di guck,
Blut ist im Schuck (Schuh):
Der Schuck ist zu klein,
Die rechte Braut sitzt noch daheim."

Da blickte er auf ihren Fuß und sah, wie das Blut herausquoll. Er wendete sein Pferd um, brachte die falsche Braut wieder nach Haus und sagte, das wäre nicht die rechte, die andere Schwester sollte den Schuh anziehen. Da ging diese in die Kammer und kam mit den Zehen glücklich in den Schuh, aber die Ferse war zu groß. Da reichte ihr die Mutter ein Messer und sprach: "Hau ein Stück von der Ferse ab: wann du Königin bist, brauchst du nicht mehr zu Fuß zu gehen."

Das Mädchen hieb ein Stück von der Ferse ab, zwängte den Fuß in den Schuh, verbiß den Schmerz und ging heraus zum Königssohn. Da nahm er sie als seine Braut aufs Pferd und ritt mit ihr fort. Als sie an dem Haselbäumchen vorbeikamen, saßen die zwei Täubchen darauf und riefen:

"Rucke di guck, rucke di guck,
Blut ist im Schuck:
Der Schuck ist zu klein,
Die rechte Braut sitzt noch daheim."

Er blickte nieder auf ihren Fuß und sah, wie das Blut aus dem Schuh quoll und an den weißen Strümpfen ganz rot heraufgestiegen war. Da wendete er sein Pferd und brachte die falsche Braut wieder nach Haus. "Das ist auch nicht die rechte", sprach er, "habt Ihr keine andere Tochter?"

"Nein", sagte der Mann, "nur von meiner verstorbenen Frau ist noch ein kleines verbuttetes Aschenputtel da: das kann unmöglich die Braut sein." Der Königssohn sprach, er sollte es heraufschicken, die Mutter aber antwortete: "Ach nein, das ist viel zu schmutzig, das darf sich nicht sehen lassen." Er wollte es aber durchaus haben, und Aschenputtel mußte gerufen werden. Da wusch es sich erst Hände und Angesicht rein, ging dann hin und neigte sich vor dem Königssohn, der ihm den goldenen Schuh reichte. Dann setzte es sich auf einen Schemel, zog den Fuß aus dem schweren Holzschuh und steckte ihn in den Pantoffel, der war wie angegossen. Und als es sich in die Höhe richtete und der König ihm ins Gesicht sah, so erkannte er das schöne Mädchen, das mit ihm getanzt hatte, und rief: "Das ist die rechte Braut!"

Die Stiefmutter und die beiden Schwestern erschraken und wurden bleich vor Ärger: er aber nahm Aschenputtel aufs Pferd und ritt mit ihm fort. Als sie an dem Haselbäumchen vorbeikamen, riefen die zwei weißen Täubchen:

"Rucke di guck, rucke di guck,
Kein Blut im Schuck:
Der Schuck ist nicht zu klein,
Die rechte Braut, die führt er heim."

Und als sie das gerufen hatten, kamen sie beide herabgeflogen und setzten sich dem Aschenputtel auf die Schultern, eine rechts, die andere links, und blieben da sitzen. Als die Hochzeit mit dem Königssohn sollte gehalten werden, kamen die falschen Schwestern, wollten sich einschmeicheln und teil an seinem Glück nehmen.

Als die Brautleute nun zur Kirche gingen, war die Älteste zur rechten, die Jüngste zur linken Seite: da pickten die Tauben einer jeden das eine Auge aus. Hernach, als sie, herausgingen, war die Älteste zur linken und die Jüngste zur rechten: da pickten die Tauben einer jeden das andere Auge aus. Und waren sie also für ihre Bosheit und Falschheit mit Blindheit auf ihr Lebtag gestraft.

Frau Holle

Eine Witwe hatte zwei Töchter, davon war die eine schön und fleißig, die andere häßlich und faul. Sie hatte aber die häßliche und faule, weil sie ihre rechte Tochter war, viel lieber, und die andere mußte alle Arbeit tun und der Aschenputtel im Hause sein. Das arme Mädchen mußte sich täglich auf die große Straße bei einem Brunnen setzen und mußte so viel spinnen, daß ihm das Blut aus den Fingern sprang.

Nun trug es sich zu, daß die Spule einmal ganz blutig war, da bückte es sich damit in den Brunnen und wollte sie abwaschen; sie sprang ihm aber aus der Hand und fiel hinab. Es weinte, lief zur Stiefmutter und erzählte ihr das Unglück. Sie schalt es aber so heftig und war so unbarmherzig, daß sie sprach: "Hast du die Spule hinunterfallen lassen, so hol sie auch wieder herauf."

Da ging das Mädchen zu dem Brunnen zurück und wußte nicht, was es anfangen sollte; und in seiner Herzensangst sprang es in den Brunnen hinein, um die Spule zu holen. Es verlor die Besinnung, und als es erwachte und wieder zu sich selber kam, war es auf einer schönen Wiese, wo die Sonne schien und vieltausend Blumen standen. Auf dieser Wiese ging es fort und kam zu einem Backofen, der war voller Brot; das Brot aber rief:

"Ach, zieh mich raus,
Zieh mich raus,

Sonst verbrenn ich:
Ich bin schon längst ausgebacken."

Da trat es herzu und holte mit dem Brotschieber alles nacheinander heraus. Danach ging es weiter und kam zu einem Baum, der hing voll Äpfel, und rief ihm zu:

"Ach, schüttel mich,
Schüttel mich,
Wir Äpfel sind alle miteinander reif."

Da schüttelte es den Baum, daß die Äpfel fielen, als regneten sie, und schüttelte, bis keiner mehr oben war; und als es alle in einen Haufen zusammengelegt hatte, ging es wieder weiter.

Endlich kam es zu einem kleinen Haus, daraus guckte ein[e] alte Frau, weil sie aber so große Zähne hatte, ward ihm angst, und es wollte fortlaufen. Die alte Frau aber rief ihm nach: "Was fürchtest du dich, liebes Kind? Bleib bei mir, wenn du alle Arbeit im Hause ordentlich tun willst, so soll dir's gut gehn. Du mußt nur achtgeben, daß du mein Bett gut machst und es fleißig aufschüttelst, daß die Federn fliegen, dann schneit es in der Welt*; ich bin die Frau Holle."

Weil die Alte ihm so gut zusprach, so faßte sich das Mädchen ein Herz, willigte ein und begab sich in ihren Dienst. Es besorgte auch alles nach ihrer Zufriedenheit und schüttelte ihr das Bett immer gewaltig, auf daß die Federn wie

Schneeflocken umherflogen; dafür hatte es auch ein gut Leben bei ihr, kein böses Wort und alle Tage Gesottenes und Gebratenes.

Nun war es eine Zeitlang bei der Frau Holle, da ward es traurig und wußte anfangs selbst nicht, was ihm fehlte, endlich merkte es, daß es Heimweh war; ob es ihm hier gleich vieltausendmal besser ging als zu Haus, so hatte es doch ein Verlangen dahin. Endlich sagte es zu ihr: "Ich habe den Jammer nach Haus kriegt, und wenn es mir auch noch so gut hier unten geht, so kann ich doch nicht länger bleiben, ich muß wieder hinauf zu den Meinigen."

Die Frau Holle sagte: "Es gefällt mir, daß du wieder nach Haus verlangst, und weil du mir so treu gedient hast, so will ich dich selbst wieder hinaufbringen."

Sie nahm es darauf bei der Hand und führte es vor ein großes Tor. Das Tor ward aufgetan, und wie das Mädchen gerade darunterstand, fiel ein gewaltiger Goldregen, und alles Gold blieb an ihm hängen, so daß es über und über davon bedeckt war. "Das sollst du haben, weil du so fleißig gewesen bist", sprach die Frau Holle und gab ihm auch die Spule wieder, die ihm in den Brunnen gefallen war. Darauf ward das Tor verschlossen, und das Mädchen befand sich oben auf der Welt, nicht weit von seiner Mutter Haus; und als es in den Hof kam, saß der Hahn auf dem Brunnen und rief:

"Kikeriki,
Unsere goldene Jungfrau ist wieder hie."

Da ging es hinein zu seiner Mutter, und weil es so mit Gold bedeckt ankam, ward es von ihr und der Schwester gut aufgenommen.

Das Mädchen erzählte alles, was ihm begegnet war, und als die Mutter hörte, wie es zu dem großen Reichtum gekommen war, wollte sie der andern, häßlichen und faulen Tochter gerne dasselbe Glück verschaffen. Sie mußte sich an den Brunnen setzen und spinnen; und damit ihre Spule blutig ward, stach sie sich in die Finger und stieß sich die Hand in die Dornhecke. Dann warf sie die Spule in den Brunnen und sprang selber hinein. Sie kam, wie die andere, auf die schöne Wiese und ging auf demselben Pfade weiter. Als sie zu dem Backofen gelangte, schrie das Brot wieder:

"Ach, zieh mich raus,
Zieh mich raus,
Sonst verbrenn ich,
Ich bin schon längst ausgebacken."

Die Faule aber antwortete: "Da hätt ich Lust, mich schmutzig zu machen", und ging fort. Bald kam sie zu dem Apfelbaum, der rief:

"Ach, schüttel mich,
Schüttel mich,
Wir Äpfel sind alle miteinander reif."

Sie antwortete aber: "Du kommst mir recht, es könnte mir einer auf den Kopf fallen", und ging damit weiter. Als sie vor der Frau Holle Haus kam, fürchtete sie sich nicht, weil sie von ihren großen Zähnen schon gehört hatte, und verdingte sich gleich zu ihr.

Am ersten Tag tat sie sich Gewalt an, war fleißig und folgte der Frau Holle, wenn sie ihr etwas sagte, denn sie dachte an das viele Gold, das sie ihr schenken würde; am zweiten Tag aber fing sie schon an zu faulenzen, am dritten noch mehr, da wollte sie morgens gar nicht aufstehen. Sie machte auch der Frau Holle das Bett nicht, wie sich's gebührte, und schüttelte es nicht, daß die Federn aufflogen. Das ward die Frau Holle bald müde und sagte ihr den Dienst auf. Die Faule war das wohl zufrieden und meinte, nun würde der Goldregen kommen; die Frau Holle führte sie auch zu dem Tor, als sie aber darunterstand, ward statt des Goldes ein großer Kessel voll Pech ausgeschüttet. "Das ist zur Belohnung deiner Dienste", sagte die Frau Holle und schloß das Tor zu.

Da kam die Faule heim, aber sie war ganz mit Pech bedeckt, und der Hahn auf dem Brunnen, als er sie sah, rief:

"Kikeriki,
Unsere schmutzige Jungfrau ist wieder hie."

Das Pech aber blieb fest an ihr hängen und wollte, solange sie lebte, nicht abgehen.

*Darum sagt man in Hessen, wenn es schneit, die Frau Holle macht ihr Bett.

Die sieben Raben

Ein Mann hatte sieben Söhne und immer noch kein Töchterchen, sosehr er sich's auch wünschte; endlich gab ihm seine Frau wieder gute Hoffnung zu einem Kinde, und wie's zur Welt kam, war's auch ein Mädchen.

Die Freude war groß, aber das Kind war schmächtig und klein und sollte wegen seiner Schwachheit die Nottaufe haben.

Der Vater schickte einen der Knaben eilends zur Quelle, Taufwasser zu holen; die andern sechs liefen mit, und weil jeder der erste beim Schöpfen sein wollte, so fiel ihnen der Krug in den Brunnen. Da standen sie und wußten nicht, was sie tun sollten, und keiner getraute sich heim. Als sie immer nicht zurückkamen, ward der Vater ungeduldig und sprach: "Gewiß haben sie's wieder über ein Spiel vergessen, die gottlosen Jungen." Es ward ihm angst, das Mädchen müßte ungetauft verscheiden, und im Ärger rief er: "Ich wollte, daß die Jungen alle zu Raben würden."

Kaum war das Wort ausgeredet, so hörte er ein Geschwirr über seinem Haupt in der Luft, blickte in die Höhe und sah sieben kohlschwarze Raben auf und davon fliegen. Die Eltern konnten die Verwünschung nicht mehr zurücknehmen, und so traurig sie über den Verlust ihrer sieben Söhne waren, trösteten sie sich doch einigermaßen durch ihr liebes Töchterchen, das bald zu Kräften kam und mit jedem Tage schöner ward. Es wußte lange Zeit nicht einmal, daß es Geschwister gehabt hatte, denn die Eltern hüteten sich, ihrer zu erwähnen, bis es eines Tags von ungefähr die Leute von sich sprechen hörte, das Mädchen wäre wohl schön, aber doch eigentlich schuld an dem Unglück seiner sieben Brüder. Da ward es ganz betrübt, ging zu Vater und Mutter und fragte, ob es denn Brüder gehabt hätte und wo sie hingeraten wären. Nun durften die Eltern das Geheimnis nicht länger verschweigen, sagten jedoch, es sei so des Himmels Verhängnis und seine Geburt nur der unschuldige Anlaß gewesen. Allein das Mädchen machte sich täglich ein Gewissen daraus und glaubte, es müßte seine Geschwister wieder erlösen.

Es hatte nicht Ruhe und Rast, bis es sich heimlich aufmachte und in die weite Welt ging, seine Brüder irgendwo aufzuspüren und zu befreien, es möchte kosten, was es wollte. Es nahm nichts mit sich als ein Ringlein von seinen Eltern zum Andenken, einen Laib Brot für den Hunger, ein Krüglein Wasser für den Durst und ein Stühlchen für die Müdigkeit.

Nun ging es immerzu, weit, weit bis an der Welt Ende. Da kam es zur Sonne, aber die war zu heiß und fürchterlich und fraß die kleinen Kinder. Eilig lief es weg und lief hin zu dem Mond, aber der war gar zu kalt und auch grausig und bös, und als er das Kind merkte, sprach er: "Ich rieche, rieche Menschenfleisch."

Da machte es sich geschwind fort und kam zu den Sternen, die waren ihm freundlich und gut, und jeder saß auf seinem besondern Stühlchen. Der Morgenstern aber stand auf, gab ihm ein Hinkelbeinchen und sprach: "Wenn du das Beinchen nicht hast, kannst du den Glasberg nicht aufschließen, und in dem Glasberg, da sind deine Brüder."

Das Mädchen nahm das Beinchen, wickelte es wohl in ein Tüchlein und ging wieder fort so lange, bis es an den Glasberg kam. Das Tor war verschlossen, und es wollte das Beinchen hervorholen, aber wie es das Tüchlein aufmachte, so war es leer, und es hatte das Geschenk der guten Sterne verloren. Was sollte es nun anfangen? Seine Brüder wollte es erretten und hatte keinen Schlüssel zum Glasberg. Das gute Schwesterchen nahm ein Messer, schnitt sich ein kleines Fingerchen ab, steckte es in das Tor und schloß glücklich auf. Als es eingegangen war, kam ihm ein Zwerglein entgegen, das sprach: "Mein Kind, was suchst du?"

"Ich suche meine Brüder, die sieben Raben", antwortete es. Der Zwerg sprach: "Die Herren Raben sind nicht zu Haus, aber willst du hier so lang warten, bis sie kommen, so tritt ein." Darauf trug das Zwerglein die Speise der Raben herein auf sieben Tellerchen und in sieben Becherchen, und von jedem Tellerchen aß das Schwesterchen ein Bröckchen, und aus jedem Becherchen trank es ein Schlückchen; in das letzte Becherchen aber ließ es das Ringlein fallen, das es mitgenommen hatte.

Auf einmal hörte es in der Luft ein Geschwirr und ein Geweh, da sprach das Zwerglein: "Jetzt kommen die Herren Raben heimgeflogen." Da kamen sie, wollten essen und trinken und suchten ihre Tellerchen und Becherchen.

Da sprach einer nach dem andern: "Wer hat von meinem Tellerchen gegessen? Wer hat aus meinem Becherchen getrunken? Das ist eines Menschen Mund gewesen." Und wie der siebente auf den Grund des Bechers kam, rollte ihm das Ringlein entgegen. Da sah er es an und erkannte, daß es ein Ring von Vater und Mutter war, und sprach: "Gott gebe, unser Schwesterlein wäre da, so wären wir erlöst."

Wie das Mädchen, das hinter der Türe stand und lauschte, den Wunsch hörte, so trat es hervor, und da bekamen alle die Raben ihre menschliche Gestalt wieder. Und sie herzten und küßten einander und zogen fröhlich heim.

Rotkäppchen

Es war einmal eine kleine süße Dirne, die hatte jedermann lieb, der sie nur ansah, am allerliebsten aber ihre Großmutter, die wußte gar nicht, was sie alles dem Kinde geben sollte. Einmal schenkte sie ihm ein Käppchen von rotem Sammet, und weil ihm das so wohl stand und es nichts anders mehr tragen wollte, hieß es nur das Rotkäppchen.

Eines Tages sprach seine Mutter zu ihm: "Komm, Rotkäppchen, da hast du ein Stück Kuchen und eine Flasche Wein, bring das der Großmutter hinaus; sie ist krank und schwach und wird sich daran laben. Mach dich auf, bevor es heiß wird, und wenn du hinauskommst, so geh hübsch sittsam und lauf nicht vom Weg ab, sonst fällst du und zerbrichst das Glas, und die Großmutter hat nichts. Und wenn du in ihre Stube kommst, so vergiß nicht, guten Morgen zu sagen, und guck nicht erst in alle Ecken herum."

"Ich will schon alles gut machen", sagte Rotkäppchen zur Mutter und gab ihr die Hand darauf.

Die Großmutter aber wohnte draußen im Wald, eine halbe Stunde vom Dorf. Wie nun Rotkäppchen in den Wald kam, begegnete ihm der Wolf. Rotkäppchen aber wußte nicht, was das für ein böses Tier war, und fürchtete sich nicht vor ihm. "Guten Tag, Rotkäppchen", sprach er. "Schönen Dank, Wolf."

"Wo hinaus so früh, Rotkäppchen?"

"Zur Großmutter."

"Was trägst du unter der Schürze?"

"Kuchen und Wein: gestern haben wir gebacken, da soll sich die kranke und schwache Großmutter etwas zugut tun und sich damit stärken."

"Rotkäppchen, wo wohnt deine Großmutter?"

"Noch eine gute Viertelstunde weiter im Wald, unter den drei großen Eichbäumen, da steht ihr Haus, unten sind die Nußhecken, das wirst du ja wissen", sagte Rotkäppchen.

Der Wolf dachte bei sich: "Das junge zarte Ding, das ist ein fetter Bissen, der wird noch besser schmecken als die Alte: du mußt es listig anfangen, damit du beide erschnappst."

Da ging er ein Weilchen neben Rotkäppchen her, dann sprach er: "Rotkäppchen, sieh einmal die schönen Blumen, die ringsumher stehen, warum guckst du dich nicht um? Ich glaube, du hörst gar nicht, wie die Vöglein so lieblich singen? Du gehst ja für dich hin, als wenn du zur Schule gingst, und ist so lustig haußen in dem Wald."

Rotkäppchen schlug die Augen auf, und als es sah, wie die Sonnenstrahlen durch die Bäume hin und her tanzten und alles voll schöner Blumen stand, dachte es: "Wenn ich der Großmutter einen frischen Strauß mitbringe, der wird ihr auch Freude machen; es ist so früh am Tag, daß ich doch zu rechter Zeit ankomme", lief vom Wege ab in den Wald hinein und suchte Blumen. Und wenn es eine gebrochen hatte, meinte es, weiter hinaus stände eine schönere, und lief darnach, und geriet immer tiefer in den Wald hinein. Der Wolf aber ging geradeswegs nach dem Haus der Großmutter und klopfte an die Türe. "Wer ist draußen?"

"Rotkäppchen, das bringt Kuchen und Wein, mach auf."

"Drück nur auf die Klinke", rief die Großmutter, "ich bin zu schwach und kann nicht aufstehen." Der Wolf drückte auf die Klinke, die Türe sprang auf, und er ging, ohne ein Wort zu sprechen, gerade zum Bett der Großmutter und verschluckte sie. Dann tat er ihre Kleider an, setzte ihre Haube auf, legte sich in ihr Bett und zog die Vorhänge vor.

Rotkäppchen aber war nach den Blumen herumgelaufen, und als es so viel zusammen hatte, daß es keine mehr tragen konnte, fiel ihm die Großmutter wieder ein, und es machte sich auf den Weg zu ihr. Es wunderte sich, daß die Türe aufstand, und wie es in die Stube trat, so kam es ihm so seltsam darin vor, daß es dachte: "Ei, du mein Gott, wie ängstlich wird mir's heute zumut, und bin sonst so gerne bei der Großmutter!" Es rief "Guten Morgen", bekam aber keine Antwort. Darauf ging es zum Bett und zog die Vorhänge zurück: da lag die Großmutter und hatte die Haube tief ins Gesicht gesetzt und sah so wunderlich aus. "Ei, Großmutter, was hast du für große Ohren!"

"Daß ich dich besser hören kann."

"Ei, Großmutter, was hast du für große Augen!"

"Daß ich dich besser sehen kann."

"Ei, Großmutter, was hast du für große Hände!"

"Daß ich dich besser packen kann."

"Aber, Großmutter, was hast du für ein entsetzlich großes Maul!"

"Daß ich dich besser fressen kann." Kaum hatte der Wolf das gesagt, so tat er einen Satz aus dem Bette und verschlang das arme Rotkäppchen. Wie der Wolf sein Gelüsten gestillt hatte, legte er sich wieder ins Bett, schlief ein und fing an, überlaut zu schnarchen.

Der Jäger ging eben an dem Haus vorbei und dachte: "Wie die alte Frau schnarcht, du mußt doch sehen, ob ihr etwas fehlt." Da trat er in die Stube, und wie er vor das Bette kam, so sah er, daß der Wolf darin lag. "Finde ich dich hier, du alter Sünder", sagte er, "ich habe dich lange gesucht." Nun wollte er seine Büchse anlegen, da fiel ihm ein, der Wolf könnte die Großmutter gefressen haben und sie wäre noch zu retten: schoß nicht, sondern nahm eine Schere und fing an, dem schlafenden Wolf den Bauch aufzuschneiden. Wie er ein paar Schnitte getan hatte, da sah er das rote Käppchen leuchten, und noch ein paar

Schnitte, da sprang das Mädchen heraus und rief: "Ach, wie war ich erschrocken, wie war's so dunkel in dem Wolf seinem Leib!" Und dann kam die alte Großmutter auch noch lebendig heraus und konnte kaum atmen. Rotkäppchen aber holte geschwind große Steine, damit füllten sie dem Wolf den Leib, und wie er aufwachte, wollte er fortspringen, aber die Steine waren so schwer, daß er gleich niedersank und sich totfiel.

Da waren alle drei vergnügt; der Jäger zog dem Wolf den Pelz ab und ging damit heim, die Großmutter aß den Kuchen und trank den Wein, den Rotkäppchen gebracht hatte, und erholte sich wieder, Rotkäppchen aber dachte: "Du willst dein Lebtag nicht wieder allein vom Wege ab in den Wald laufen, wenn dir's die Mutter verboten hat."

Es wird auch erzählt, daß einmal, als Rotkäppchen der alten Großmutter wieder Gebackenes brachte, ein anderer Wolf ihm zugesprochen und es vom Wege habe ableiten wollen. Rotkäppchen aber hütete sich und ging gerade fort seines Wegs und sagte der Großmutter, daß es dem Wolf begegnet wäre, der ihm guten Tag gewünscht, aber so bös aus den Augen geguckt hätte: "Wenn's nicht auf offner Straße gewesen wäre, er hätte mich gefressen."

"Komm", sagte die Großmutter, "wir wollen die Türe verschließen, daß er nicht herein kann."

Bald darnach klopfte der Wolf an und rief: "Mach auf, Großmutter, ich bin das Rotkäppchen, ich bring dir Gebackenes." Sie schwiegen aber still und machten die Türe nicht auf: da schlich der Graukopf etlichemal um das Haus, sprang endlich aufs Dach und wollte warten, bis Rotkäppchen abends nach Haus ginge, dann wollte er ihm nachschleichen und wollt's in der Dunkelheit fressen. Aber die Großmutter merkte, was er im Sinn hatte.

Nun stand vor dem Haus ein großer Steintrog, da sprach sie zu dem Kind: "Nimm den Eimer, Rotkäppchen, gestern hab ich Würste gekocht, da trag das Wasser, worin sie gekocht sind, in den Trog." Rotkäppchen trug so lange, bis der große, große Trog ganz voll war. Da stieg der Geruch von den Würsten dem Wolf in die Nase, er schnupperte und guckte hinab, endlich machte er den Hals so lang, daß er sich nicht mehr halten konnte und anfing zu rutschen: so rutschte er vom Dach herab, gerade in den großen Trog hinein, und ertrank. Rotkäppchen aber ging fröhlich nach Haus, und tat ihm niemand etwas zuleid.

Die Bremer Stadtmusikanten

Es hatte ein Mann einen Esel, der schon lange Jahre die Säcke unverdrossen zur Mühle getragen hatte, dessen Kräfte aber nun zu Ende gingen, so daß er zur Arbeit immer untauglicher ward. Da dachte der Herr daran, ihn aus dem Futter zu schaffen, aber der Esel merkte, daß kein guter Wind wehte, lief fort und machte sich auf den Weg nach Bremen: dort, meinte er, könnte er ja Stadtmusikant werden.

Als er ein Weilchen fortgegangen war, fand er einen Jagdhund auf dem Wege liegen, der jappte wie einer, der sich müde gelaufen hat. "Nun, was jappst du so, Packan?" fragte der Esel.

"Ach", sagte der Hund, "weil ich alt bin und jeden Tag schwächer werde, auch auf der Jagd nicht mehr fort kann, hat mich mein Herr wollen totschlagen, da hab ich Reißaus genommen; aber womit soll ich nun mein Brot verdienen?"

"Weißt du was", sprach der Esel, "ich gehe nach Bremen und werde dort Stadtmusikant, geh mit und laß dich auch bei der Musik annehmen. Ich spiele die Laute, und du schlägst die Pauken."

Der Hund war's zufrieden, und sie gingen weiter. Es dauerte nicht lange, so saß da eine Katze an dem Weg und machte ein Gesicht wie drei Tage Regenwetter. "Nun, was ist dir in die Quere gekommen, alter Bartputzer?" sprach der Esel. "Wer kann da lustig sein, wenn's einem an den Kragen geht", antwortete die Katze, "weil ich nun zu Jahren komme, meine Zähne stumpf werden und ich lieber hinter dem Ofen sitze und spinne als nach Mäusen herumjage, hat mich meine Frau ersäufen wollen; ich habe mich zwar noch fortgemacht, aber nun ist guter Rat teuer: wo soll ich hin?"

"Geh mit uns nach Bremen, du verstehst dich doch auf die Nachtmusik, da kannst du ein Stadtmusikant werden." Die Katze hielt das für gut und ging mit. Darauf kamen die drei Landesflüchtigen an einem Hof vorbei, da saß auf dem Tor der Haushahn und schrie aus Leibeskräften. "Du schreist einem durch Mark und Bein", sprach der Esel, "was hast du vor?"

"Da hab ich gut Wetter prophezeit", sprach der Hahn, "weil unserer lieben Frauen Tag ist, wo sie dem Christkindlein die Hemdchen gewaschen hat und sie trocknen will; aber weil morgen zum Sonntag Gäste kommen, so hat die Hausfrau doch kein Erbarmen und hat der Köchin gesagt, sie wollte mich morgen in der Suppe essen, und da soll ich mir heut abend den Kopf abschneiden lassen. Nun schrei ich aus vollem Hals, solang ich noch kann."

"Ei was, du Rotkopf", sagte der Esel, "zieh lieber mit uns fort, wir gehen nach Bremen, etwas Besseres als den Tod findest du überall; du hast eine gute Stimme, und wenn wir zusammen musizieren, so muß es eine Art haben." Der Hahn ließ sich den Vorschlag gefallen, und sie gingen alle viere zusammen fort.

Sie konnten aber die Stadt Bremen in einem Tag nicht erreichen und kamen abends in einen Wald, wo sie übernachten wollten. Der Esel und der Hund legten sich unter einen großen Baum, die Katze und der Hahn machten sich in die Äste, der Hahn aber flog bis in die Spitze, wo es am sichersten für ihn war. Ehe er einschlief, sah er sich noch einmal nach allen vier Winden um, da däuchte ihn, er sähe in der Ferne ein Fünkchen brennen, und rief seinen Gesellen zu, es müßte nicht gar weit ein Haus sein, denn es scheine ein Licht. Sprach der Esel: "So müssen wir uns aufmachen und noch hingehen, denn hier ist die

Herberge schlecht." Der Hund meinte, ein paar Knochen und etwas Fleisch dran täten ihm auch gut.

Also machten sie sich auf den Weg nach der Gegend, wo das Licht war, und sahen es bald heller schimmern, und es ward immer größer, bis sie vor ein hell erleuchtetes Räuberhaus kamen. Der Esel, als der größte, näherte sich dem Fenster und schaute hinein. "Was siehst du, Grauschimmel?" fragte der Hahn. "Was ich sehe?" antwortete der Esel. "Einen gedeckten Tisch mit schönem Essen und Trinken, und Räuber sitzen daran und lassen's sich wohl sein."

"Das wäre was für uns", sprach der Hahn. "Ja, ja, ach, wären wir da!" sagte der Esel. Da ratschlagten die Tiere, wie sie es anfangen müßten, um die Räuber hinauszujagen, und fanden endlich ein Mittel. Der Esel mußte sich mit den Vorderfüßen auf das Fenster stellen, der Hund auf des Esels Rücken springen, die Katze auf den Hund klettern, und endlich flog der Hahn hinauf und setzte sich der Katze auf den Kopf. Wie das geschehen war, fingen sie auf ein Zeichen insgesamt an, ihre Musik zu machen: der Esel schrie, der Hund bellte, die Katze miaute, und der Hahn krähte; dann stürzten sie durch das Fenster in die Stube hinein, daß die Scheiben klirrten. Die Räuber fuhren bei dem entsetzlichen Geschrei in die Höhe, meinten nicht anders, als ein Gespenst käme herein, und flohen in größter Furcht in den Wald hinaus.

Nun setzten sich die vier Gesellen an den Tisch, nahmen mit dem vorlieb, was übriggeblieben war, und aßen, als wenn sie vier Wochen hungern sollten.

Wie die vier Spielleute fertig waren, löschten sie das Licht aus und suchten sich eine Schlafstätte, jeder nach seiner Natur und Bequemlichkeit. Der Esel legte sich auf den Mist, der Hund hinter die Türe, die Katze auf den Herd bei die warme Asche, und der Hahn setzte sich auf den Hahnenbalken; und weil sie müde waren von ihrem langen Weg, schliefen sie auch bald ein.

Als Mitternacht vorbei war und die Räuber von weitem sahen, daß kein Licht mehr im Haus brannte, auch alles ruhig schien, sprach der Hauptmann: "Wir hätten uns doch nicht sollen ins Bockshorn jagen lassen", und hieß einen hingehen und das Haus untersuchen. Der Abgeschickte fand alles still, ging in die Küche, ein Licht anzuzünden, und weil er die glühenden, feurigen Augen der Katze für lebendige Kohlen ansah, hielt er ein Schwefelhölzchen daran, daß es Feuer fangen sollte. Aber die Katze verstand keinen Spaß, sprang ihm ins Gesicht, spie und kratzte. Da erschrak er gewaltig, lief und wollte zur Hintertüre hinaus, aber der Hund, der da lag, sprang auf und biß ihn ins Bein; und als er über den Hof an dem Miste vorbeirannte, gab ihm der Esel noch einen tüchtigen Schlag mit dem Hinterfuß; der Hahn aber, der vom Lärmen aus dem Schlaf geweckt und munter geworden war, rief vom Balken herab: "Kikeriki!"

Da lief der Räuber, was er konnte, zu seinem Hauptmann zurück und sprach: "Ach, in dem Haus sitzt eine greuliche Hexe, die hat mich angehaucht und mit ihren langen Fingern mir das Gesicht zerkratzt; und vor der Türe steht ein Mann mit einem Messer, der hat mich ins Bein gestochen; und auf dem Hof liegt ein schwarzes Ungetüm, das hat mit einer Holzkeule auf mich losgeschlagen; und oben auf dem Dache, da sitzt der Richter, der rief: 'Bringt mir den Schelm her.' Da machte ich, daß ich fortkam."

Von nun an getrauten sich die Räuber nicht weiter in das Haus, den vier Bremer Musikanten gefiel's aber so wohl darin, daß sie nicht wieder heraus wollten. Und der das zuletzt erzählt hat, dem ist der Mund noch warm.

Der Teufel mit den drei goldenen Haaren

Es war einmal eine arme Frau, die gebar ein Söhnlein, und weil es eine Glückshaut umhatte, als es zur Welt kam, so ward ihm geweissagt, es werde im vierzehnten Jahr die Tochter des Königs zur Frau haben.

Es trug sich zu, daß der König bald darauf ins Dorf kam, und niemand wußte, daß es der König war, und als er die Leute fragte, was es Neues gäbe, so antworteten sie: "Es ist in diesen Tagen ein Kind mit einer Glückshaut geboren: was so einer unternimmt, das schlägt ihm zum Glück aus. Es ist ihm auch vorausgesagt, in seinem vierzehnten Jahre solle er die Tochter des Königs zur Frau haben."

Der König, der ein böses Herz hatte und über die Weissagung sich ärgerte, ging zu den Eltern, tat ganz freundlich und sagte: "Ihr armen Leute, überlaßt mir euer Kind, ich will es versorgen." Anfangs weigerten sie sich, da aber der fremde Mann schweres Gold dafür bot und sie dachten: "Es ist ein Glückskind, es muß doch zu seinem Besten ausschlagen", so willigten sie endlich ein und gaben ihm das Kind.

Der König legte es in eine Schachtel und ritt damit weiter, bis er zu einem tiefen Wasser kam; da warf er die Schachtel hinein und dachte: "Von dem unerwarteten Freier habe ich meine Tochter geholfen."

Die Schachtel aber ging nicht unter, sondern schwamm wie ein Schiffchen, und es drang auch kein Tröpfchen Wasser hinein. So schwamm sie bis zwei Meilen von des Königs Hauptstadt, wo eine Mühle war, an deren Wehr sie hängenblieb. Ein Mahlbursche, der glücklicherweise da stand und sie bemerkte, zog sie mit einem Haken heran und meinte große Schätze zu finden, als er sie aber aufmachte, lag ein schöner Knabe darin, der ganz frisch und munter war. Er brachte ihn zu den Müllersleuten, und weil diese keine Kinder hatten, freuten sie sich und sprachen: "Gott hat es uns beschert." Sie pflegten den Fündling wohl, und er wuchs in allen Tugenden heran.

Es trug sich zu, daß der König einmal bei einem Gewitter in die Mühle trat und die Müllersleute fragte, ob der große Junge ihr Sohn wäre. "Nein", antworteten sie, "es ist ein Fündling, er ist vor vierzehn Jahren in einer Schachtel ans Wehr gesch[w]ommen, und der Mahlbursche hat ihn aus dem Wasser gezogen." Da merkte der König, daß es niemand anders als das Glückskind war, das er ins Wasser geworfen hatte, und sprach: "Ihr guten Leute, könnte der Junge nicht einen Brief an die Frau Königin bringen, ich will ihm zwei Goldstücke zum Lohn geben?"

"Wie der Herr König gebietet", antworteten die Leute und hießen den Jungen sich bereithalten. Da schrieb der König einen Brief an die Königin, worin stand: "Sobald der Knabe mit diesem Schreiben angelangt ist, soll er getötet und begraben werden, und das alles soll geschehen sein, ehe ich zurückkomme."

Der Knabe machte sich mit diesem Briefe auf den Weg, verirrte sich aber und kam abends in einen großen Wald. In der Dunkelheit sah er ein kleines Licht, ging darauf zu und gelangte zu einem Häuschen. Als er hineintrat, saß eine alte Frau beim Feuer ganz allein. Sie erschrak, als sie den Knaben erblickte, und sprach: "Wo kommst du her, und wo willst du hin?"

"Ich komme von der Mühle", antwortete er, "und will zur Frau Königin, der ich einen Brief bringen soll; weil ich mich aber in dem Walde verirrt habe, so wollte ich hier gerne übernachten."

"Du armer Junge", sprach die Frau, "du bist in ein Räuberhaus geraten, und wenn sie heimkommen, so bringen sie dich um."

"Mag kommen, wer will", sagte der Junge, "ich fürchte mich nicht; ich bin aber so müde, daß ich nicht weiterkann", streckte sich auf eine Bank und schlief ein.

Bald hernach kamen die Räuber und fragten zornig, was da für ein fremder Knabe läge. "Ach", sagte die Alte, "es ist ein unschuldiges Kind, es hat sich im Walde verirrt, und ich habe ihn aus Barmherzigkeit aufgenommen: er soll einen Brief an die Frau Königin bringen." Die Räuber erbrachen den Brief und lasen ihn, und es stand darin, daß der Knabe sogleich, wie er ankäme, sollte ums Leben gebracht werden. Da empfanden die hartherzigen Räuber Mitleid, und der Anführer zerriß den Brief und schrieb einen andern, und es stand darin, sowie der Knabe ankäme, sollte er sogleich mit der Königstochter vermählt werden. Sie ließen ihn dann ruhig bis zum andern Morgen auf der Bank liegen, und als er aufgewacht war, gaben sie ihm den Brief und zeigten ihm den rechten Weg.

Die Königin aber, als sie den Brief empfangen und gelesen hatte, tat, wie darin stand, hieß ein prächtiges Hochzeitsfest anstellen, und die Königstochter war mit dem Glückskind vermählt; und da der Jüngling schön und freundlich war, so lebte sie vergnügt und zufrieden mit ihm.

Nach einiger Zeit kam der König wieder in sein Schloß und sah, daß die Weissagung erfüllt und das Glückskind mit seiner Tochter vermählt war. "Wie ist das zugegangen?" sprach er. "Ich habe in meinem Brief einen ganz andern Befehl erteilt." Da reichte ihm die Königin den Brief und sagte, er möchte selbst sehen, was darin stände. Der König las den Brief und merkte wohl, daß er mit einem andern war vertauscht worden. Er fragte den Jüngling, wie es mit dem anvertrauten Briefe zugegangen wäre, warum er einen andern dafür gebracht hätte. "Ich weiß von nichts", antwortete er, "er muß mir in der Nacht vertauscht sein, als ich im Walde geschlafen habe."

Voll Zorn sprach der König: "So leicht soll es dir nicht werden, wer meine Tochter haben will, der muß mir aus der Hölle drei goldene Haare von dem Haupte des Teufels holen; bringst du mir, was ich verlange, so sollst du meine Tochter behalten." Damit hoffte der König, ihn auf immer loszuwerden. Das Glückskind aber antwortete: "Die goldenen Haare will ich wohl holen, ich fürchte mich vor dem Teufel nicht."

Darauf nahm er Abschied und begann seine Wanderschaft. Der Weg führte ihn zu einer großen Stadt, wo ihn der Wächter an dem Tore ausfragte, was für ein Gewerbe er verstände und was er wüßte. "Ich weiß alles", antwortete das Glückskind. "So kannst du uns einen Gefallen tun", sagte der Wächter, "wenn du uns sagst, warum unser Marktbrunnen, aus dem sonst Wein quoll, trocken geworden ist und nicht einmal mehr Wasser gibt."

"Das sollt ihr erfahren", antwortete er, "wartet nur, bis ich wiederkomme."

Da ging er weiter und kam vor eine andere Stadt, da fragte der Torwächter wiederum, was für ein Gewerb er verstünde und was er wüßte. "Ich weiß alles", antwortete er. "So kannst du uns einen Gefallen tun und uns sagen, warum ein Baum in unserer Stadt, der sonst goldene Äpfel trug, jetzt nicht einmal Blätter hervortreibt."

"Das sollt ihr erfahren", antwortete er, "wartet nur, bis ich wiederkomme."

Da ging er weiter und kam an ein großes Wasser, über das er hinübermußte. Der Fährmann fragte ihn, was er für ein Gewerb verstände und was er wüßte. "Ich weiß alles", antwortete er. "So kannst du mir einen Gefallen tun", sprach der Fährmann, "und mir sagen, warum ich immer hin und her fahren muß und niemals abgelöst werde."

"Das sollst du erfahren", antwortete er, "warte nur, bis ich wiederkomme."

Als er über das Wasser hinüber war, so fand er den Eingang zur Hölle. Es war schwarz und rußig darin, und der Teufel war nicht zu Haus, aber seine Ellermutter saß da in einem breiten Sorgenstuhl. "Was willst du?" sprach sie zu ihm, sah aber gar nicht so böse aus. "Ich wollte gerne drei goldene Haare von des Teufels Kopf", antwortete er, "sonst kann ich meine Frau nicht behalten."

"Das ist viel verlangt", sagte sie, "wenn der Teufel heimkommt und findet dich, so geht dir's an den Kragen; aber du dauerst mich, ich will sehen, ob ich dir helfen kann." Sie verwandelte ihn in eine Ameise und sprach: "Kriech in meine Rockfalten, da bist du sicher."

"Ja", antwortete er, "das ist schon gut, aber drei Dinge möcht ich gerne noch wissen: warum ein Brunnen, aus dem sonst Wein quoll, trocken geworden ist, jetzt nicht einmal mehr Wasser gibt; warum ein Baum, der sonst goldene Äpfel trug, nicht einmal mehr Laub treibt; und warum ein Fährmann immer herüber- und hinüberfahren muß und nicht abgelöst wird."

"Das sind schwere Fragen", antwortete sie, "aber halte dich nur still und ruhig und hab acht, was der Teufel spricht, wann ich ihm die drei goldenen Haare ausziehe."

Als der Abend einbrach, kam der Teufel nach Haus. Kaum war er eingetreten, so merkte er, daß die Luft nicht rein war. "Ich rieche, rieche Menschenfleisch", sagte er, "es ist hier nicht richtig." Dann guckte er in alle Ecken und suchte, konnte aber nichts finden. Die Ellermutter schalt ihn aus: "Eben ist erst gekehrt", sprach sie, "und alles in Ordnung gebracht, nun wirfst du mir's wieder untereinander; immer hast du Menschenfleisch in der Nase! Setze dich nieder und iß dein Abendbrot."

Als er gegessen und getrunken hatte, war er müde, legte der Ellermutter seinen Kopf in den Schoß und sagte, sie sollte ihn ein wenig lausen. Es dauerte nicht lange, so schlummerte er ein, blies und schnarchte. Da faßte die Alte ein goldenes Haar, riß es aus und legte es neben sich. "Autsch!" schrie der Teufel, "was hast du vor?"

"Ich habe einen schweren Traum gehabt", antwortete die Ellermutter, "da hab ich dir in die Haare gefaßt."

"Was hat dir denn geträumt?" fragte der Teufel. "Mir hat geträumt, ein Marktbrunnen, aus dem sonst Wein quoll, sei versiegt, und es habe nicht einmal Wasser daraus quellen wollen, was ist wohl schuld daran?"

"He, wenn sie's wüßten!" antwortete der Teufel. "Es sitzt eine Kröte unter einem Stein im Brunnen, wenn sie die töten, so wird der Wein schon wieder fließen."

Die Ellermutter lauste ihn wieder, bis er einschlief und schnarchte, daß die Fenster zitterten. Da riß sie ihm das zweite Haar aus. "Hu! was machst du?" schrie der Teufel zornig. "Nimm's nicht übel", antwortete sie, "ich habe es im Traum getan."

"Was hat dir wieder geträumt?" fragte er. "Mir hat geträumt, in einem Königreiche stände ein Obstbaum, der hätte sonst goldene Äpfel getragen und wollte jetzt nicht einmal Laub treiben. Was war wohl die Ursache davon?"

"He, wenn sie's wüßten!" antwortete der Teufel. "An der Wurzel nagt eine Maus, wenn sie die töten, so wird er schon wieder goldene Äpfel tragen, nagt sie aber noch länger, so verdorrt der Baum gänzlich. Aber laß mich mit deinen Träumen in Ruhe, wenn du mich noch einmal im Schlafe störst, so kriegst du eine Ohrfeige." Die Ellermutter sprach ihm gut zu und lauste ihn wieder, bis er eingeschlafen war und schnarchte. Da faßte sie das dritte goldene Haar und riß es ihm aus. Der Teufel fuhr in die Höhe, schrie und wollte übel mit ihr wirtschaften, aber sie besänftigte ihn nochmals und sprach: "Wer kann für böse Träume!"

"Was hat dir denn geträumt?" fragte er und war doch neugierig. "Mir hat von einem Fährmann geträumt, der sich beklagte, daß er immer hin und her fahren müßte und nicht abgelöst würde. Was ist wohl schuld?"

"He, der Dummbart!" antwortete der Teufel. "Wenn einer kommt und will überfahren, so muß er ihm die Stange in die Hand geben, dann muß der andere überfahren, und er ist frei." Da die Ellermutter ihm die drei goldenen

Haare ausgerissen hatte und die drei Fragen beantwortet waren, so ließ sie den alten Drachen in Ruhe, und er schlief, bis der Tag anbrach. Als der Teufel wieder fortgezogen war, holte die Alte die Ameise aus der Rockfalte und gab dem Glückskind die menschliche Gestalt zurück.

"Da hast du die drei goldenen Haare", sprach sie, "was der Teufel zu deinen drei Fragen gesagt hat, wirst du wohl gehört haben."

"Ja", antwortete er, "ich habe es gehört und will's wohl behalten."

"So ist dir geholfen", sagte sie, "und nun kannst du deiner Wege ziehen." Er bedankte sich bei der Alten für die Hilfe in der Not, verließ die Hölle und war vergnügt, daß ihm alles so wohl geglückt war. Als er zu dem Fährmann kam, sollte er ihm die versprochene Antwort geben. "Fahr mich erst hinüber", sprach das Glückskind, "so will ich dir sagen, wie du erlöst wirst", und als er auf dem jenseitigen Ufer angelangt war, gab er ihm des Teufels Rat: "Wenn wieder einer kommt und will übergefahren sein, so gib ihm nur die Stange in die Hand."

Er ging weiter und kam zu der Stadt, worin der unfruchtbare Baum stand und wo der Wächter auch Antwort haben wollte. Da sagte er ihm, wie er vom Teufel gehört hatte: "Tötet die Maus, die an seiner Wurzel nagt, so wird er wieder goldene Äpfel tragen." Da dankte ihm der Wächter und gab ihm zur Belohnung zwei mit Gold beladene Esel, die mußten ihm nachfolgen.

Zuletzt kam er zu der Stadt, deren Brunnen versiegt war. Da sprach er zu dem Wächter, wie der Teufel gesprochen hatte: "Es sitzt eine Kröte im Brunnen unter einem Stein, die müßt ihr aufsuchen und töten, so wird er wieder reichlich Wein geben." Der Wächter dankte und gab ihm ebenfalls zwei mit Gold beladene Esel.

Endlich langte das Glückskind daheim bei seiner Frau an, die sich herzlich freute, als sie ihn wiedersah und hörte, wie wohl ihm alles gelungen war. Dem König brachte er, was er verlangt hatte, die drei goldenen Haare des Teufels, und als dieser die vier Esel mit dem Golde sah, ward er ganz vergnügt und sprach: "Nun sind alle Bedingungen erfüllt, und du kannst meine Tochter behalten. Aber, lieber Schwiegersohn, sage mir doch, woher ist das viele Gold? Das sind ja gewaltige Schätze!"

"Ich bin über einen Fluß gefahren", antwortete er, "und da habe ich es mitgenommen, es liegt dort statt des Sandes am Ufer."

"Kann ich mir auch davon holen?" sprach der König und war ganz begierig.

"Soviel Ihr nur wollt", antwortete er, "es ist ein Fährmann auf dem Fluß, von dem laßt Euch überfahren, so könnt Ihr drüben Eure Säcke füllen."

Der habsüchtige König machte sich in aller Eile auf den Weg, und als er zu dem Fluß kam, so winkte er dem Fährmann, der sollte ihn übersetzen. Der Fährmann kam und hieß ihn einsteigen, und als sie an das jenseitige Ufer kamen, gab er ihm die Ruderstange in die Hand und sprang davon. Der König aber mußte von nun an fahren zur Strafe für seine Sünden. "Fährt er wohl noch?"

"Was denn? Es wird ihm niemand die Stange abgenommen haben."

Der Schneider im Himmel

Es trug sich zu, daß der liebe Gott an einem schönen Tag in dem himmlischen Garten sich ergehen wollte und alle Apostel und Heiligen mitnahm, also daß niemand mehr im Himmel blieb als der heilige Petrus. Der Herr hatte ihm befohlen, während seiner Abwesenheit niemand einzulassen, Petrus stand also an der Pforte und hielt Wache.

Nicht lange, so klopfte jemand an. Petrus fragte, wer da wäre und was er wollte. "Ich bin ein armer ehrlicher Schneider", antwortete eine feine Stimme, "der um Einlaß bittet."

"Ja, ehrlich", sagte Petrus, "wie der Dieb am Galgen, du hast lange Finger gemacht und den Leuten das Tuch abgezwickt. Du kommst nicht in den Himmel, der Herr hat mir verboten, solange er draußen wäre, irgend jemand einzulassen."

"Seid doch barmherzig", rief der Schneider, "kleine Flicklappen, die von selbst vom Tisch herabfallen, sind nicht gestohlen und nicht der Rede wert. Seht, ich hinke und habe von dem Weg daher Blasen an den Füßen, ich kann unmöglich wieder umkehren. Laßt mich nur hinein, ich will alle schlechte Arbeit tun. Ich will die Kinder tragen, die Windeln waschen, die Bänke, darauf sie gespielt haben, säubern und abwischen und ihre zerrissenen Kleider flicken."

Der heilige Petrus ließ sich aus Mitleiden bewegen und öffnete dem armen Schneider die Himmelspforte so weit, daß er mit seinem dürren Leib hineinschlüpfen konnte. Er mußte sich in einen Winkel hinter die Türe setzen und sollte sich da still und ruhig verhalten, damit ihn der Herr, wenn er zurückkäme, nicht bemerkte und zornig würde.

Der Schneider gehorchte, als aber der heilige Petrus einmal zur Türe hinaustrat, stand er auf, ging voll Neugierde in allen Winkeln des Himmels herum und besah sich die Gelegenheit. Endlich kam er zu einem Platz, da standen viele schöne und köstliche Stühle und in der Mitte ein ganz goldener Sessel, der mit glänzenden Edelsteinen besetzt war; er war auch viel höher als die übrigen Stühle, und ein goldener Fußschemel stand davor. Es war aber der Sessel, auf welchem der Herr saß, wenn er daheim war, und von welchem er alles sehen konnte, was auf Erden geschah. Der Schneider stand still und sah den Sessel eine gute Weile an, denn er gefiel ihm besser als alles andere. Endlich konnte er den Vorwitz nicht bezähmen, stieg hinauf und setzte sich in den Sessel.

Da sah er alles, was auf Erden geschah, und bemerkte eine alte häßliche Frau, die an einem Bach stand und wusch und zwei Schleier heimlich beiseite tat. Der Schneider erzürnte sich bei diesem Anblicke so sehr, daß er den goldenen Fußschemel ergriff und durch den Himmel auf die Erde hinab nach der alten Diebin warf. Da er aber den Schemel nicht wieder heraufholen konnte, so schlich er sich sachte aus dem Sessel weg, setzte sich an seinen Platz hinter die Türe und tat, als ob er kein Wasser getrübt hätte.

Als der Herr und Meister mit dem himmlischen Gefolge wieder zurückkam, ward er zwar den Schneider hinter der Türe nicht gewahr, als er sich aber auf seinen Sessel setzte, mangelte der Schemel. Er fragte den heiligen Petrus, wo der Schemel hingekommen wäre, der wußte es nicht. Da fragte er weiter, ob er jemand hereingelassen hätte. "Ich weiß niemand", antwortete Petrus, "der dagewesen wäre, als ein lahmer Schneider, der noch hinter der Türe sitzt." Da ließ der Herr den Schneider vor sich treten und fragte ihn, ob er den Schemel weggenommen und wo er ihn hingetan hätte.

"O Herr", antwortete der Schneider freudig, "ich habe ihn im Zorne hinab auf die Erde nach einem alten Weibe geworfen, das ich bei der Wäsche zwei Schleier stehlen sah."

"O du Schalk", sprach der Herr, "wollt ich richten, wie du richtest, wie meinst du, daß es dir schon längst ergangen wäre? Ich hätte schon lange keine Stühle, Bänke, Sessel, ja keine Ofengabel mehr hier gehabt, sondern alles nach den Sündern hinabgeworfen. Fortan kannst du nicht mehr im Himmel bleiben, sondern mußt wieder hinaus vor das Tor: da sieh zu, wo du hinkommst. Hier soll niemand strafen denn ich allein, der Herr."

Petrus mußte den Schneider wieder hinaus vor den Himmel bringen, und weil er zerrissene Schuhe hatte und die Füße voll Blasen, nahm er einen Stock in die Hand und zog nach Warteinweil, wo die frommen Soldaten sitzen und sich lustig machen.

Tischchendeckdich, Goldesel und Knüppel aus dem Sack

Vorzeiten war ein Schneider, der drei Söhne hatte und nur eine einzige Ziege. Aber die Ziege, weil sie alle zusammen mit ihrer Milch ernährte, mußte ihr gutes Futter haben und täglich hinaus auf die Weide geführt werden. Die Söhne taten das auch nach der Reihe.

Einmal brachte sie der älteste auf den Kirchhof, wo die schönsten Kräuter standen, ließ sie da fressen und herumspringen. Abends, als es Zeit war heimzugehen, fragte er: "Ziege, bist du satt?" Die Ziege antwortete:

"Ich bin so satt,
Ich mag kein Blatt: meh! meh!"

"So komm nach Haus", sprach der Junge, faßte sie am Strickchen, führte sie in den Stall und band sie fest. "Nun", sagte der alte Schneider, "hat die Ziege ihr gehöriges Futter?"

"Oh", antwortete der Sohn, "die ist so satt, sie mag kein Blatt." Der Vater aber wollte sich selbst überzeugen, ging hinab in den Stall, streichelte das liebe Tier und fragte: "Ziege, bist du auch satt?" Die Ziege antwortete:

"Wovon sollt ich satt sein?
Ich sprang nur über Gräbelein
Und fand kein einzig Blättelein: meh! meh!"

"Was muß ich hören!" rief der Schneider, lief hinauf und sprach zu dem Jungen: "Ei, du Lügner, sagst, die Ziege wäre satt, und hast sie hungern lassen?" Und in seinem Zorne nahm er die Elle von der Wand und jagte ihn mit Schlägen hinaus.

Am andern Tag war die Reihe am zweiten Sohn, der suchte an der Gartenhecke einen Platz aus, wo lauter gute Kräuter standen, und die Ziege fraß sie rein ab. Abends, als er heim wollte, fragte er: "Ziege, bist du satt?" Die Ziege antwortete:

"Ich bin so satt,
Ich mag kein Blatt: meh! meh!"

"So komm nach Haus", sprach der Junge, zog sie heim und band sie im Stalle fest. "Nun", sagte der alte Schneider, "hat die Ziege ihr gehöriges Futter?"

"Oh", antwortete der Sohn, "die ist so satt, sie mag kein Blatt." Der Schneider wollte sich darauf nicht verlassen, ging hinab in den Stall und fragte: "Ziege, bist du auch satt?" Die Ziege antwortete:

"Wovon sollt ich satt sein?
Ich sprang nur über Gräbelein
Und fand kein einzig Blättelein: meh! meh!"

"Der gottlose Bösewicht!" schrie der Schneider. "So ein frommes Tier hungern zu lassen!" Lief hinauf und schlug mit der Elle den Jungen zur Haustüre hinaus.

Die Reihe kam jetzt an den dritten Sohn, der wollte seine Sache gut machen, suchte Buschwerk mit dem schönsten Laube aus und ließ die Ziege daran fressen.

Abends, als er heim wollte, fragte er: "Ziege, bist du auch satt?" Die Ziege antwortete:

"Ich bin so satt,
Ich mag kein Blatt: meh! meh!"

"So komm nach Haus", sagte der Junge, führte sie in den Stall und band sie fest. "Nun", sagte der alte Schneider, "hat die Ziege ihr gehöriges Futter?"

"Oh", antwortete der Sohn, "die ist so satt, sie mag kein Blatt." Der Schneider traute nicht, ging hinab und fragte: "Ziege, bist du auch satt?" Das boshafte Tier antwortete:

"Wovon sollt ich satt sein?
Ich sprang nur über Gräbelein
Und fand kein einzig Blätt[e]lein: meh! meh!"

"O die Lügenbrut!" rief der Schneider. "Einer so gottlos und pflichtvergessen wie der andere! Ihr sollt mich nicht länger zum Narren haben!" Und vor Zorn ganz außer sich, sprang er hinauf und gerbte dem armen Jungen mit der Elle den Rücken so gewaltig, daß er zum Haus hinaussprang. Der alte Schneider war nun mit seiner Ziege allein.

Am andern Morgen ging er hinab in den Stall, liebkoste die Ziege und sprach: "Komm, mein liebes Tierlein, ich will dich selbst zur Weide führen." Er nahm sie am Strick und brachte sie zu grünen Hecken und unter Schafrippe und was sonst die Ziegen gerne fressen. "Da kannst du dich einmal nach Herzenslust sättigen", sprach er zu ihr und ließ sie weiden bis zum Abend. Da fragte er: "Ziege, bist du satt?" Sie antwortete:

"Ich bin so satt,
Ich mag kein Blatt: meh! meh!"

"So komm nach Haus", sagte der Schneider, führte sie in den Stall und band sie fest. Als er wegging, kehrte er sich noch einmal um und sagte: "Nun bist du doch einmal satt!" Aber die Ziege machte es ihm nicht besser und rief:

"Wie sollt ich satt sein?
Ich sprang nur über Gräbelein,
Und fand kein einzig Blätt[e]lein: meh! meh!"

Als der Schneider das hörte, stutzte er und sah wohl, daß er seine drei Söhne ohne Ursache verstoßen hatte. "Wart", rief er, "du undankbares Geschöpf, dich fortzujagen ist noch zu wenig, ich will dich zeichnen, daß du dich unter ehrbaren Schneidern nicht mehr darfst sehen lassen." In einer Hast sprang er hinauf, holte sein Bartmesser, seifte der Ziege den Kopf ein und schor sie so glatt wie seine flache Hand. Und weil die Elle zu ehrenvoll gewesen wäre, holte er die Peitsche und versetzte ihr solche Hiebe, daß sie in gewaltigen Sprüngen davonlief.

Der Schneider, als er so ganz einsam in seinem Hause saß, verfiel in große Traurigkeit und hätte seine Söhne gerne wieder gehabt, aber niemand wußte, wo sie hingeraten waren.

Der älteste war zu einem Schreiner in die Lehre gegangen, da lernte er fleißig und unverdrossen, und als seine Zeit herum war, daß er wandern sollte, schenkte ihm der Meister ein Tischchen, das gar kein besonderes Ansehen hatte und von gewöhnlichem Holz war; aber es hatte eine gute Eigenschaft. Wenn man es hinstellte und sprach: "Tischchen, deck dich", so war das gute Tischchen auf einmal mit einem saubern Tüchlein bedeckt und stand da ein Teller und Messer und Gabel daneben und Schüsseln mit Gesottenem und Gebratenem, soviel Platz hatten, und ein großes Glas mit rotem Wein leuchtete, daß einem das Herz lachte. Der junge Gesell dachte: "Damit hast du genug für dein Lebtag", zog guter Dinge in der Welt umher und bekümmerte sich gar nicht darum, ob ein Wirtshaus gut oder schlecht und ob etwas darin zu finden war oder nicht. Wenn es ihm gefiel, so kehrte er gar nicht ein, sondern im

Felde, im Wald, auf einer Wiese, wo er Lust hatte, nahm er sein Tischchen vom Rücken, stellte es vor sich und sprach: "Deck dich", so war alles da, was sein Herz begehrte.

Endlich kam es ihm in den Sinn, er wollte zu seinem Vater zurückkehren, sein Zorn würde sich gelegt haben, und mit dem Tischchendeckdich würde er ihn gerne wieder aufnehmen. Es trug sich zu, daß er auf dem Heimweg abends in ein Wirtshaus kam, das mit Gästen angefüllt war; sie hießen ihn willkommen und luden ihn ein, sich zu ihnen zu setzen und mit ihnen zu essen, sonst würde er schwerlich noch etwas bekommen. "Nein", antwortete der Schreiner, "die paar Bissen will ich euch nicht vor dem Munde nehmen, lieber sollt ihr meine Gäste sein." Sie lachten und meinten, er triebe seinen Spaß mit ihnen. Er aber stellte sein hölzernes Tischchen mitten in die Stube und sprach: "Tischchen, deck dich." Augenblicklich war es mit Speisen besetzt, so gut, wie sie der Wirt nicht hätte herbeischaffen können und wovon der Geruch den Gästen lieblich in die Nase stieg. "Zugegriffen, liebe Freunde", sprach der Schreiner, und die Gäste, als sie sahen, wie es gemeint war, ließen sich nicht zweimal bitten, rückten heran, zogen ihre Messer und griffen tapfer zu. Und was sie am meisten verwunderte, wenn eine Schüssel leer geworden war, so stellte sich gleich von selbst eine volle an ihren Platz.

Der Wirt stand in einer Ecke und sah dem Dinge zu; er wußte gar nicht, was er sagen sollte, dachte aber: "Einen solchen Koch könntest du in deiner Wirtschaft wohl brauchen." Der Schreiner und seine Gesellschaft waren lustig bis in die späte Nacht, endlich legten sie sich schlafen, und der junge Geselle ging auch zu Bett und stellte sein Wünschtischchen an die Wand. Dem Wirte aber ließen seine Gedanken keine Ruhe, es fiel ihm ein, daß in seiner Rumpelkammer ein altes Tischchen stände, das geradeso aussähe; das holte er ganz sachte herbei und vertauschte es mit dem Wünschtischchen.

Am andern Morgen zahlte der Schreiner sein Schlafgeld, packte sein Tischchen auf, dachte gar nicht daran, daß er ein falsches hätte, und ging seiner Wege.

Zu Mittag kam er bei seinem Vater an, der ihn mit großer Freude empfing. "Nun, mein lieber Sohn, was hast du gelernt?" sagte er zu ihm. "Vater, ich bin ein Schreiner geworden."

"Ein gutes Handwerk", erwiderte der Alte, "aber was hast du von deiner Wanderschaft mitgebracht?"

"Vater, das Beste, was ich mitgebracht habe, ist das Tischchen." Der Schneider betrachtete es von allen Seiten und sagte: "Daran hast du kein Meisterstück gemacht, das ist ein altes und schlechtes Tischchen."

"Aber es ist ein Tischchendeckdich", antwortete der Sohn, "wenn ich es hinstelle und sage ihm, es sollte sich decken, so stehen gleich die schönsten Gerichte darauf und ein Wein dabei, der das Herz erfreut. Ladet nur alle Verwandte und Freunde ein, die sollen sich einmal laben und erquicken, denn das Tischchen macht sie alle satt."

Als die Gesellschaft beisammen war, stellte er sein Tischchen mitten in die Stube und sprach: "Tischchen, deck dich." Aber das Tischchen regte sich nicht und blieb so leer wie ein anderer Tisch, der die Sprache nicht versteht. Da merkte der arme Geselle, daß ihm das Tischchen vertauscht war, und schämte sich, daß er wie ein Lügner dastand. Die Verwandten aber lachten ihn aus und mußten ungetrunken und ungegessen wieder heimwandern. Der Vater holte seine Lappen wieder herbei und schneiderte fort, der Sohn aber ging bei einem Meister in die Arbeit.

Der zweite Sohn war zu einem Müller gekommen und bei ihm in die Lehre gegangen. Als er seine Jahre herum hatte, sprach der Meister: "Weil du dich so wohl gehalten hast, so schenke ich dir einen Esel von einer besondern Art, er zieht nicht am Wagen und trägt auch keine Säcke."

"Wozu ist er denn nütze?" fragte der junge Geselle. "Er speit Gold", antwortete der Müller, "wenn du ihn auf ein Tuch stellst und sprichst "Bricklebrit", so speit dir das gute Tier Goldstücke aus, hinten und vorn."

"Das ist eine schöne Sache", sprach der Geselle, dankte dem Meister und zog in die Welt.

Wenn er Gold nötig hatte, brauchte er nur zu seinem Esel "Bricklebrit" zu sagen, so regnete es Goldstücke, und er hatte weiter keine Mühe, als sie von der Erde aufzuheben. Wo er hinkam, war ihm das Beste gut genug, und je teurer, je lieber, denn er hatte immer einen vollen Beutel.

Als er sich eine Zeitlang in der Welt umgesehen hatte, dachte er: "Du mußt deinen Vater aufsuchen, wenn du mit dem Goldesel kommst, so wird er seinen Zorn vergessen und dich gut aufnehmen." Es trug sich zu, daß er in dasselbe Wirtshaus geriet, in welchem seinem Bruder das Tischchen vertauscht war. Er führte seinen Esel an der Hand, und der Wirt wollte ihm das Tier abnehmen und anbinden, der junge Geselle aber sprach: "Gebt Euch keine Mühe, meinen Grauschimmel führe ich selbst in den Stall und binde ihn auch selbst an, denn ich muß wissen, wo er steht." Dem Wirt kam das wunderlich vor, und er meinte, einer, der seinen Esel selbst besorgen müßte, hätte nicht viel zu verzehren; als aber der Fremde in die Tasche griff, zwei Goldstücke herausholte und sagte, er sollte nur etwas Gutes für ihn einkaufen, so machte er große Augen, lief und suchte das Beste, das er auftreiben konnte.

Nach der Mahlzeit fragte der Gast, was er schuldig wäre, der Wirt wollte die doppelte Kreide nicht sparen und sagte, noch ein paar Goldstücke müßte er zulegen. Der Geselle griff in die Tasche, aber sein Gold war eben zu Ende. "Wartet einen Augenblick, Herr Wirt", sprach er, "ich will nur gehen und Gold holen"; nahm aber das Tischtuch mit.

Der Wirt wußte nicht, was das heißen sollte, war neugierig, schlich ihm nach, und da der Gast die Stalltüre zuriegelte, so guckte er durch ein Astloch. Der Fremde breitete unter dem Esel das Tuch aus, rief "Bricklebrit", und augenblicklich fing das Tier an, Gold zu speien von hinten und vorn, daß es ordentlich auf die Erde herabregnete. "Ei der tausend", sagte der Wirt, "da sind die Dukaten bald geprägt! So ein Geldbeutel ist nicht übel!" Der Gast bezahlte seine Zeche und legte sich schlafen, der Wirt aber schlich in der Nacht herab in den Stall, führte den Münzmeister weg und band einen andern Esel an seine Stelle.

Den folgenden Morgen in der Frühe zog der Geselle mit seinem Esel ab und meinte, er hätte seinen Goldesel. Mittags kam er bei seinem Vater an, der sich freute, als er ihn wiedersah, und ihn gerne aufnahm. "Was ist aus dir geworden, mein Sohn?" fragte der Alte.

"Ein Müller, lieber Vater", antwortete er.

"Was hast du von deiner Wanderschaft mitgebracht?"

"Weiter nichts als einen Esel."

"Esel gibt's hier genug", sagte der Vater, "da wäre mir doch eine gute Ziege lieber gewesen."

"Ja", antwortete der Sohn, "aber es ist kein gemeiner Esel, sondern ein Goldesel: wenn ich sage "Bricklebrit", so speit Euch das gute Tier ein ganzes Tuch voll Goldstücke. Laßt nur alle Verwandte herbeirufen, ich mache sie alle zu reichen Leuten."

"Das laß ich mir gefallen", sagte der Schneider, "dann brauch ich mich mit der Nadel nicht weiter zu quälen", sprang selbst fort und rief die Verwandten herbei. Sobald sie beisammen waren, hieß sie der Müller Platz machen, breitete sein Tuch aus und brachte den Esel in die Stube. "Jetzt gebt acht", sagte er und rief "Bricklebrit", aber es waren keine Goldstücke, was herabfiel, und es zeigte sich, daß das Tier nichts von der Kunst verstand, denn es bringt's nicht jeder Esel so weit. Da machte der arme Müller ein langes Gesicht, sah, daß er betrogen war, und bat die Verwandten um Verzeihung, die so arm heimgingen, als sie gekommen waren. Es blieb nichts übrig, der Alte mußte wieder nach der Nadel greifen und der Junge sich bei einem Müller verdingen.

Der dritte Bruder war zu einem Drechsler in die Lehre gegangen, und weil es ein kunstreiches Handwerk ist, mußte er am längsten lernen. Seine Brüder aber meldeten ihm in einem Briefe, wie schlimm es ihnen ergangen wäre und wie sie der Wirt noch am letzten Abende um ihre schönen Wünschdinge gebracht hätte. Als der Drechsler nun ausgelernt hatte und wandern sollte, so schenkte ihm sein Meister, weil er sich so wohl gehalten, einen Sack und sagte: "Es liegt ein Knüppel darin."

"Den Sack kann ich umhängen, und er kann mir gute Dienste leisten, aber was soll der Knüppel darin? Der macht ihn nur schwer."

"Das will ich dir sagen", antwortete der Meister, "hat dir jemand etwas zuleid getan, so sprich nur: 'Knüppel, aus dem Sack', so springt dir der Knüppel heraus unter die Leute und tanzt ihnen so lustig auf dem Rücken herum, daß sie sich acht Tage lang nicht regen und bewegen können; und eher läßt er nicht ab, als bis du sagst: 'Knüppel, in den Sack.'"

Der Gesell dankte ihm, hing den Sack um, und wenn ihm jemand zu nahe kam und auf den Leib wollte, so sprach er: "Knüppel, aus dem Sack", alsbald sprang der Knüppel heraus und klopfte einem nach dem andern den Rock oder Wams gleich auf dem Rücken aus und wartete nicht erst, bis er ihn ausgezogen hatte; und das ging so geschwind, daß eh sich's einer versah, die Reihe schon an ihm war.

Der junge Drechsler langte zur Abendzeit in dem Wirtshaus an, wo seine Brüder waren betrogen worden. Er legte seinen Ranzen vor sich auf den Tisch und fing an zu erzählen, was er alles Merkwürdiges in der Welt gesehen habe.

"Ja", sagte er, "man findet wohl ein Tischchendeckdich, einen Goldesel und dergleichen: lauter gute Dinge, die ich nicht verachte, aber das ist alles nichts gegen den Schatz, den ich mir erworben habe und mit mir da in meinem Sack führe."

Der Wirt spitzte die Ohren: "Was in aller Welt mag das sein?" dachte er. "Der Sack ist wohl mit lauter Edelsteinen angefüllt; den sollte ich billig auch noch haben, denn aller guten Dinge sind drei."

Als Schlafenszeit war, streckte sich der Gast auf die Bank und legte seinen Sack als Kopfkissen unter. Der Wirt, als er meinte, der Gast läge in tiefem Schlaf, ging herbei, rückte und zog ganz sachte und vorsichtig an dem Sack, ob er ihn vielleicht wegziehen und einen andern unterlegen könnte. Der Drechsler aber hatte schon lange darauf gewartet, wie nun der Wirt eben einen herzhaften Ruck tun wollte, rief er: "Knüppel, aus dem Sack." Alsbald fuhr das Knüppelchen heraus, dem Wirt auf den Leib und rieb ihm die Nähte, daß es eine Art hatte. Der Wirt schrie zum Erbarmen, aber je lauter er schrie, desto kräftiger schlug der Knüppel ihm den Takt dazu auf dem Rücken, bis er endlich erschöpft zur Erde fiel. Da sprach der Drechsler: "Wo du das Tischchendeckdich und den Goldesel nicht wieder herausgibst, so soll der Tanz von neuem angehen."

"Ach nein", rief der Wirt ganz kleinlaut, "ich gebe alles gerne wieder heraus, laßt nur den verwünschten Kobold wieder in den Sack kriechen." Da sprach der Geselle: "Ich will Gnade für Recht ergehen lassen, aber hüte dich vor Schaden!"

Dann rief er: "Knüppel, in den Sack!", und ließ ihn ruhen.

Der Drechsler zog am andern Morgen mit dem Tischchendeckdich und dem Goldesel heim zu seinem Vater. Der Schneider freute sich, als er ihn wiedersah, und fragte auch ihn, was er in der Fremde gelernt hätte. "Lieber Vater", antwortete er, "ich bin ein Drechsler geworden."

"Ein kunstreiches Handwerk", sagte der Vater, "was hast du von der Wanderschaft mitgebracht?"

"Ein kostbares Stück, lieber Vater", antwortete der Sohn, "einen Knüppel in dem Sack."

"Was!" rief der Vater. "Einen Knüppel! Das ist der Mühe wert! Den kannst du dir von jedem Baume abhauen."

"Aber einen solchen nicht, lieber Vater: sage ich "Knüppel, aus dem Sack", so springt der Knüppel heraus und macht mit dem, der es nicht gut mit mir meint, einen schlimmen Tanz und läßt nicht eher nach, als bis er auf der Erde liegt und um gut Wetter bittet. Seht Ihr, mit diesem Knüppel habe ich das Tischchendeckdich und den Goldesel wieder herbeigeschafft, die der diebische Wirt meinen Brüdern abgenommen hatte. Jetzt laßt sie beide rufen und ladet alle Verwandten ein, ich will sie speisen und tränken und will ihnen die Taschen noch mit Gold füllen."

Der alte Schneider wollte nicht recht trauen, brachte aber doch die Verwandten zusammen. Da deckte der Drechsler ein Tuch in die Stube, führte den Goldesel herein und sagte zu seinem Bruder: "Nun, lieber Bruder, sprich mit ihm."

Der Müller sagte: "Bricklebrit", und augenblicklich sprangen die Goldstücke auf das Tuch herab, als käme ein Platzregen, und der Esel hörte nicht eher auf, als bis alle so viel hatten, daß sie nicht mehr tragen konnten. (Ich sehe dir's an, du wärst auch gerne dabei gewesen.)

Dann holte der Drechsler das Tischchen und sagte: "Lieber Bruder, nun sprich mit ihm." Und kaum hatte der Schreiner "Tischchen, deck dich" gesagt, so war es gedeckt und mit den schönsten Schüsseln reichlich besetzt.

Da ward eine Mahlzeit gehalten, wie der gute Schneider noch keine in seinem Hause erlebt hatte, und die ganze Verwandtschaft blieb beisammen bis in die Nacht und waren alle lustig und vergnügt. Der Schneider verschloß Nadel und Zwirn, Elle und Bügeleisen in einen Schrank und lebte mit seinen drei Söhnen in Freude und Herrlichkeit.

Wo ist aber die Ziege hingekommen, die schuld war, daß der Schneider seine drei Söhne fortjagte? Das will ich dir sagen. Sie schämte sich, daß sie einen kahlen Kopf hatte, lief in eine Fuchshöhle und verkroch sich hinein. Als der

Fuchs nach Haus kam, funkelten ihm ein paar große Augen aus der Dunkelheit entgegen, daß er erschrak und wieder zurücklief. Der Bär begegnete ihm, und da der Fuchs ganz verstört aussah, so sprach er: "Was ist dir, Bruder Fuchs, was machst du für ein Gesicht?"

"Ach", antwortete der Rote, "ein grimmig Tier sitzt in meiner Höhle und hat mich mit feurigen Augen angeglotzt."

"Das wollen wir bald austreiben", sprach der Bär, ging mit zu der Höhle und schaute hinein; als er aber die feurigen Augen erblickte, wandelte ihn ebenfalls Furcht an: er wollte mit dem grimmigen Tiere nichts zu tun haben und nahm Reißaus.

Die Biene begegnete ihm, und da sie merkte, daß es ihm in seiner Haut nicht wohl zumute war, sprach sie: "Bär, du machst ja ein gewaltig verdrießlich Gesicht, wo ist deine Lustigkeit geblieben?"

"Du hast gut reden", antwortete der Bär, "es sitzt ein grimmiges Tier mit Glotzaugen in dem Hause des Roten, und wir können es nicht herausjagen."

Die Biene sprach: "Du dauerst mich, Bär, ich bin ein armes schwaches Geschöpf, das ihr im Wege nicht anguckt, aber ich glaube doch, daß ich euch helfen kann." Sie flog in die Fuchshöhle, setzte sich der Ziege auf den glatten geschorenen Kopf und stach sie so gewaltig, daß sie aufsprang, "meh! meh!" schrie und wie toll in die Welt hineinlief; und weiß niemand auf diese Stunde, wo sie hingelaufen ist.

Daumerlings Wanderschaft

Ein Schneider hatte einen Sohn, der war klein geraten und nicht größer als ein Daumen, darum hieß er auch der Daumerling. Er hatte aber Courage im Leibe und sagte zu seinem Vater: "Vater, ich soll und muß in die Welt hinaus."

"Recht, mein Sohn", sprach der Alte, nahm eine lange Stopfnadel und machte am Licht einen Knoten von Siegellack daran, "da hast du auch einen Degen mit auf den Weg." Nun wollte das Schneiderlein noch einmal mitessen und hüpfte in die Küche, um zu sehen, was die Frau Mutter zu guter Letzt gekocht hätte. Es war aber eben angerichtet, und die Schüssel stand auf dem Herd. Da sprach es: "Frau Mutter, was gibt's heute zu essen?"

"Sieh du selbst zu", sagte die Mutter. Da sprang Daumerling auf den Herd und guckte in die Schüssel; weil er aber den Hals zu weit hineinstreckte, faßte ihn der Dampf von der Speise und trieb ihn zum Schornstein hinaus. Eine Weile ritt er auf dem Dampf in der Luft herum, bis er endlich wieder auf die Erde herabsank. Nun war das Schneiderlein draußen in der weiten Welt, zog umher, ging auch bei einem Meister in die Arbeit, aber das Essen war ihm nicht gut genug.

"Frau Meisterin, wenn Sie uns kein besser Essen gibt", sagte der Daumerling, "so gehe ich fort und schreibe morgen früh mit Kreide an Ihre Haustüre: Kartoffel zu viel, Fleisch zu wenig, Adies, Herr Kartoffelkönig."

"Was willst du wohl, Grashüpfer?" sagte die Meisterin, ward bös, ergriff einen Lappen und wollte nach ihm schlagen; mein Schneiderlein kroch behende unter den Fingerhut, guckte unten hervor und streckte der Frau Meisterin die Zunge heraus. Sie hob den Fingerhut auf und wollte ihn packen, aber der kleine Daumerling hüpfte in die Lappen, und wie die Meisterin die Lappen auseinanderwarf und ihn suchte, machte er sich in den Tischritz.

"He, he, Frau Meisterin", rief er und steckte den Kopf in die Höhe, und wenn sie zuschlagen wollte, sprang er in die Schublade hinunter. Endlich aber erwischte sie ihn doch und jagte ihn zum Haus hinaus.

Das Schneiderlein wanderte und kam in einen großen Wald; da begegnete ihm ein Haufen Räuber, die hatten vor, des Königs Schatz zu bestehlen. Als sie das Schneiderlein sahen, dachten sie: "So ein kleiner Kerl kann durch ein Schlüsselloch kriechen und uns als Dietrich dienen."

"Heda", rief einer, "du Riese Goliath, willst du mit zur Schatzkammer gehen? Du kannst dich hineinschleichen und das Geld herauswerfen." Der Daumerling besann sich, endlich sagte er "Ja" und ging mit zu der Schatzkammer. Da besah er die Türe oben und unten, ob kein Ritz darin wäre.

Nicht lange, so entdeckte er einen, der breit genug war, um ihn einzulassen. Er wollte auch gleich hindurch, aber eine von den beiden Schildwachen, die vor der Tür standen, bemerkte ihn und sprach zu der andern: "Was kriecht da für eine häßliche Spinne? Ich will sie tottreten."

"Laß das arme Tier gehen", sagte die andere, "es hat dir ja nichts getan." Nun kam der Daumerling durch den Ritz glücklich in die Schatzkammer, öffnete das Fe[n]ster, unter welchem die Räuber standen, und warf ihnen einen Taler nach dem andern hinaus.

Als das Schneiderlein in der besten Arbeit war, hörte es den König kommen, der seine Schatzkammer besehen wollte, und verkroch sich eilig. Der König merkte, daß viele harte Taler fehlten, konnte aber nicht begreifen, wer sie sollte gestohlen haben, da Schlösser und Riegel in gutem Stand waren und alles wohl verwahrt schien. Da ging er wieder fort und sprach zu den zwei Wachen: "Habt acht, es ist einer hinter dem Geld." Als der Daumerling nun seine Arbeit von neuem anfing, hörten sie das Geld drinnen sich regen und klingen klipp, klapp, klipp, klapp. Sie sprangen geschwind hinein und wollten den Dieb greifen. Aber das Schneiderlein, das sie kommen hörte, war noch geschwinder, sprang in eine Ecke und deckte einen Taler über sich, so daß nichts von ihm zu sehen war, dabei neckte es noch die Wachen und rief: "Hier bin ich."

Die Wachen liefen dahin, wie sie aber ankamen, war es schon in eine andere Ecke unter einen Taler gehüpft und rief: "He, hier bin ich."

Die Wachen sprangen eilends herbei, Daumerling war aber längst in einer dritten Ecke und rief: "He, hier bin ich."

Und so hatte es sie zu Narren und trieb sie so lange in der Schatzkammer herum, bis sie müde waren und davongingen. Nun warf es die Taler nach und nach alle hinaus; den letzten schnellte es mit aller Macht, hüpfte dann selber noch behendiglich darauf und flog mit ihm durchs Fenster hinab.

Die Räuber machten ihm große Lobsprüche: "Du bist ein gewaltiger Held", sagten sie, "willst du unser Hauptmann werden?" Daumerling bedankte sich aber und sagte, er wollte erst die Welt sehen.

Sie teilten nun die Beute, das Schneiderlein aber verlangte nur einen Kreuzer, weil es nicht mehr tragen konnte. Darauf schnallte es seinen Degen wieder um den Leib, sagte den Räubern guten Tag und nahm den Weg zwischen die Beine. Es ging bei einigen Meistern in Arbeit, aber sie wollte ihm nicht schmecken; endlich verdingte es sich als Hausknecht in einem Gasthof. Die Mägde aber konnten es nicht leiden, denn ohne daß sie ihn sehen konnten, sah er alles, was sie heimlich taten, und gab bei der Herrschaft an, was sie sich von den Tellern genommen und aus dem Keller für sich weggeholt hatten. Da sprachen sie: "Wart, wir wollen dir's eintränken", und verabredeten untereinander, ihm einen Schabernack anzutun.

Als die eine Magd bald hernach im Garten mähte und den Daumerling da herumspringen und an den Kräutern auf und ab kriechen sah, mähte sie ihn mit dem Gras schnell zusammen, band alles in ein großes Tuch und warf es heimlich den Kühen vor. Nun war eine große schwarze darunter, die schluckte ihn mit hinab, ohne ihm weh zu tun. Unten gefiel's ihm aber schlecht, denn es war da ganz finster und brannte auch kein Licht. Als die Kuh gemelkt wurde, da rief er:

"Strip, strap, stroll,
Ist der Eimer bald voll?"

Doch bei dem Geräusch des Melkens wurde er nicht verstanden. Hernach trat der Hausherr in den Stall und sprach: "Morgen soll die Kuh da geschlachtet werden."

Da ward dem Daumerling angst, daß er mit heller Stimme rief: "Laßt mich erst heraus, ich sitze ja drin." Der Herr hörte das wohl, wußte aber nicht, wo die Stimme herkam.

"Wo bist du?" fragte er.

"In der schwarzen", antwortete er, aber der Herr verstand nicht, was das heißen sollte, und ging fort.

Am andern Morgen ward die Kuh geschlachtet. Glücklicherweise traf bei dem Zerhacken und Zerlegen den Daumerling kein Hieb, aber er geriet unter das Wurstfleisch. Wie nun der Metzger herbeitrat und seine Arbeit anfing, schrie er aus Leibeskräften: "Hackt nicht zu tief, hackt nicht zu tief, ich stecke ja drunter." Vor dem Lärmen der Hackmesser hörte das kein Mensch. Nun hatte der arme Daumerling seine Not, aber die Not macht Beine, und da sprang er so behend zwischen den Hackmessern durch, daß ihn keins anrührte und er mit heiler Haut davonkam. Aber entspringen konnte er auch nicht: es war keine andere Auskunft, er mußte sich mit den Speckbrocken in eine Blutwurst hinunterstopfen lassen. Da war das Quartier etwas enge, und dazu ward er noch in den Schornstein zum Räuchern aufgehängt, wo ihm Zeit und Weile gewaltig lang wurde.

Endlich im Winter wurde er heruntergeholt, weil die Wurst einem Gast sollte vorgesetzt werden. Als nun die Frau Wirtin die Wurst in Scheiben schnitt, nahm er sich in acht, daß er den Kopf nicht zu weit vorstreckte, damit ihm nicht etwa der Hals mit abgeschnitten würde; endlich ersah er seinen Vorteil, machte sich Luft und sprang heraus. In dem Hause aber, wo es ihm so übel ergangen war, wollte das Schneiderlein nicht länger mehr bleiben, sondern begab sich gleich wieder auf die Wanderung. Doch seine Freiheit dauerte nicht lange. Auf dem offenen Feld kam es einem Fuchs in den Weg, der schnappte es in Gedanken auf.

"Ei, Herr Fuchs", rief's Schneiderlein, "ich bin's ja, der in Eurem Hals steckt, laßt mich wieder frei."

"Du hast recht", antwortete der Fuchs, "an dir habe ich doch soviel als nichts; versprichst du mir die Hühner in deines Vaters Hof, so will ich dich loslassen."

"Von Herzen gern", antwortete der Daumerling, "die Hühner sollst du alle haben, das gelobe ich dir." Da ließ ihn der Fuchs wieder los und trug ihn selber heim.

Als der Vater sein liebes Söhnlein wieder sah, gab er dem Fuchs gerne alle die Hühner, die er hatte.

"Dafür bring ich dir auch ein schön Stück Geld mit", sprach der Daumerling und reichte ihm den Kreuzer, den er auf seiner Wanderschaft erworben hatte.

"Warum hat aber der Fuchs die armen Piephühner zu fressen kriegt?"

"Ei, du Narr, deinem Vater wird ja wohl sein Kind lieber sein als die Hühner auf dem Hof."

Die sechs Schwäne

Es jagte einmal ein König in einem großen Wald und jagte einem Wild so eifrig nach, daß ihm niemand von seinen Leuten folgen konnte. Als der Abend herankam, hielt er still und blickte um sich, da sah er, daß er sich verirrt hatte. Er suchte einen Ausgang, konnte aber keinen finden. Da sah er eine alte Frau mit wackelndem Kopfe, die auf ihn zukam; das war aber eine Hexe. "Liebe Frau", sprach er zu ihr, "könnt Ihr mir nicht den Weg durch den Wald zeigen?"

"O ja, Herr König", antwortete sie, "das kann ich wohl, aber es ist eine Bedingung dabei, wenn Ihr die nicht erfüllt, so kommt Ihr nimmermehr aus dem Wald und müßt darin Hungers sterben."

"Was ist das für eine Bedingung?" fragte der König. "Ich habe eine Tochter", sagte die Alte, "die so schön ist, wie Ihr eine auf der Welt finden könnt, und wohl verdient, Eure Gemahlin zu werden, wollt Ihr die zur Frau Königin machen, so zeige ich Euch den Weg aus dem Walde." Der König in der Angst seines Herzens willigte ein, und die Alte führte ihn zu ihrem Häuschen, wo ihre Tochter beim Feuer saß. Sie empfing den König, als wenn sie ihn erwartet hätte, und er sah wohl, daß sie sehr schön war, aber sie gefiel ihm doch nicht, und er konnte sie ohne heimliches Grausen nicht ansehen.

Nachdem er das Mädchen zu sich aufs Pferd gehoben hatte, zeigte ihm die Alte den Weg, und der König gelangte wieder in sein königliches Schloß, wo die Hochzeit gefeiert wurde.

Der König war schon einmal verheiratet gewesen und hatte von seiner ersten Gemahlin sieben Kinder, sechs Knaben und ein Mädchen, die er über alles auf der Welt liebte. Weil er nun fürchtete, die Stiefmutter möchte sie nicht gut behandeln und ihnen gar ein Leid antun, so brachte er sie in ein einsames Schloß, das mitten in einem Walde stand. Es lag so verborgen, und der Weg war so schwer zu finden, daß er ihn selbst nicht gefunden hätte, wenn ihm nicht eine weise Frau ein Knäuel Garn von wunderbarer Eigenschaft geschenkt hätte; wenn er das vor sich hinwarf, so wickelte es sich von selbst los und zeigte ihm den Weg.

Der König ging aber so oft hinaus zu seinen lieben Kindern, daß der Königin seine Abwesenheit auffiel; sie ward neugierig und wollte wissen, was er draußen ganz allein in dem Walde zu schaffen habe. Sie gab seinen Dienern viel Geld, und die verrieten ihr das Geheimnis und sagten ihr auch von dem Knäuel, das allein den Weg zeigen könnte.

Nun hatte sie keine Ruhe, bis sie herausgebracht hatte, wo der König das Knäuel aufbewahrte, und dann machte sie kleine weißseidene Hemdchen, und da sie von ihrer Mutter die Hexenkünste gelernt hatte, so nähete sie einen Zauber hinein. Und als der König einmal auf die Jagd geritten war, nahm sie die Hemdchen und ging in den Wald, und das Knäuel zeigte ihr den Weg. Die Kinder, die aus der Ferne jemand kommen sahen, meinten, ihr lieber Vater käme zu ihnen, und sprangen ihm voll Freude entgegen. Da warf sie über ein jedes eins von den Hemdchen, und wie das ihren Leib berührt hatte, verwandelten sie sich in Schwäne und flogen über den Wald hinweg.

Die Königin ging ganz vergnügt nach Haus und glaubte ihre Stiefkinder los zu sein, aber das Mädchen war ihr mit den Brüdern nicht entgegengelaufen, und sie wußte nichts von ihm.

Anderntags kam der König und wollte seine Kinder besuchen, er fand aber niemand als das Mädchen. "Wo sind deine Brüder?" fragte der König.

"Ach, lieber Vater", antwortete es, "sie sind fort und haben mich allein zurückgelassen", und erzählte ihm, daß es aus seinem Fensterlein mit angesehen habe, wie seine Brüder als Schwäne über den Wald weggeflogen wären, und zeigte ihm die Federn, die sie in dem Hof hatten fallen lassen und die es aufgelesen hatte. Der König trauerte, aber er dachte nicht, daß die Königin die böse Tat vollbracht hätte, und weil er fürchtete, das Mädchen würde ihm auch geraubt, so wollte er es mit fortnehmen. Aber es hatte Angst vor der Stiefmutter und bat den König, daß es nur noch diese Nacht im Waldschloß bleiben dürfte.

Das arme Mädchen dachte: "Meines Bleibens ist nicht länger hier, ich will gehen und meine Brüder suchen."

Und als die Nacht kam, entfloh es und ging gerade in den Wald hinein. Es ging die ganze Nacht durch und auch den andern Tag in einem fort, bis es vor Müdigkeit nicht weiter konnte. Da sah es eine Wildhütte, stieg hinauf und fand eine Stube mit sechs kleinen Betten, aber es getraute nicht, sich in eins zu legen, sondern kroch unter eins, legte sich auf den harten Boden und wollte die Nacht da zubringen. Als aber die Sonne bald untergehen wollte, hörte es ein Rauschen und sah, daß sechs Schwäne zum Fenster hereingeflogen kamen. Sie setzten sich auf den Boden und bliesen einander an und bliesen sich alle Federn ab, und ihre Schwanenhaut streifte sich ab wie ein Hemd. Da sah sie das Mädchen an und erkannte ihre Brüder, freute sich und kroch unter dem Bett hervor. Die Brüder waren nicht weniger erfreut, als sie ihr Schwesterchen erblickten, aber ihre Freude war von kurzer Dauer. "Hier kann deines Bleibens nicht sein", sprachen sie zu ihm, "das ist eine Herberge für Räuber, wenn die heimkommen und finden dich, so ermorden sie dich."

"Könnt ihr mich denn nicht beschützen?" fragte das Schwesterchen. "Nein", antworteten sie, "denn wir können nur eine Viertelstunde lang jeden Abend unsere Schwanenhaut ablegen und haben in dieser Zeit unsere menschliche Gestalt, aber dann werden wir wieder in Schwäne verwandelt."

Das Schwesterchen weinte und sagte: "Könnt ihr denn nicht erlöst werden?"

"Ach nein", antworteten sie, "die Bedingungen sind zu schwer. Du darfst sechs Jahre lang nicht sprechen und nicht lachen und mußt in der Zeit sechs Hemdchen für uns aus Sternenblumen zusammennähen. Kommt ein einziges Wort aus deinem Munde, so ist alle Arbeit verloren."

Und als die Brüder das gesprochen hatten, war die Viertelstunde herum, und sie flogen als Schwäne wieder zum Fenster hinaus. Das Mädchen aber faßte den festen Entschluß, seine Brüder zu erlösen, und wenn es auch sein Leben kostete. Es verließ die Wildhütte, ging mitten in den Wald und setzte sich auf einen Baum und brachte da die Nacht zu.

Am andern Morgen ging es aus, sammelte Sternblumen und fing an zu nähen. Reden konnte es mit niemand, und zum Lachen hatte es keine Lust: es saß da und sah nur auf seine Arbeit. Als es schon lange Zeit da zugebracht hatte, geschah es, daß der König des Landes in dem Wald jagte und seine Jäger zu dem Baum kamen, auf welchem das Mädchen saß. Sie riefen es an und sagten: "Wer bist du?" Es gab aber keine Antwort. "Komm herab zu uns", sagten sie, "wir wollen dir nichts zuleid tun." Es schüttelte bloß mit dem Kopf. Als sie es weiter mit Fragen bedrängten, so warf es ihnen seine goldene Halskette herab und dachte sie damit zufriedenzustellen. Sie ließen aber nicht ab, da warf es ihnen seinen Gürtel herab, und als auch dies nicht half, seine Strumpfbänder, und nach und nach alles, was es anhatte und entbehren konnte, so daß es nichts mehr als sein Hemdlein behielt.

Die Jäger ließen sich aber damit nicht abweisen, stiegen auf den Baum, hoben das Mädchen herab und führten es vor den König.

Der König fragte: "Wer bist du? Was machst du auf dem Baum?" Aber es antwortete nicht. Er fragte es in allen Sprachen, die er wußte, aber es blieb stumm wie ein Fisch. Weil es aber so schön war, so ward des Königs Herz gerührt, und er faßte eine große Liebe zu ihm. Er tat ihm seinen Mantel um, nahm es vor sich aufs Pferd und brachte es in sein Schloß. Da ließ er ihm reiche Kleider antun, und es strahlte in seiner Schönheit wie der helle Tag, aber es war kein Wort aus ihm herauszubringen.

Er setzte es bei Tisch an seine Seite, und seine bescheidenen Mienen und seine Sittsamkeit gefielen ihm so sehr, daß er sprach: "Diese begehre ich zu heiraten und keine andere auf der Welt", und nach einigen Tagen vermählte er sich mit ihr.

Der König aber hatte eine böse Mutter, die war unzufrieden mit dieser Heirat und sprach schlecht von der jungen Königin. "Wer weiß, wo die Dirne her ist", sagte sie, "die nicht reden kann; sie ist eines König[s] nicht würdig."

Über ein Jahr, als die Königin das erste Kind zur Welt brachte, nahm es ihr die Alte weg und bestrich ihr im Schlafe den Mund mit Blut.

Da ging sie zum König und klagte sie an, sie wäre eine Menschenfresserin. Der König wollte es nicht glauben und litt nicht, daß man ihr ein Leid antat. Sie saß aber beständig und nähete an den Hemden und achtete auf nichts anderes.

Das nächstemal, als sie wieder einen schönen Knaben gebar, übte die falsche Schwiegermutter denselben Betrug aus, aber der König konnte sich nicht entschließen, ihren Reden Glauben beizumessen. Er sprach: "Sie ist zu fromm und gut, als daß sie so etwas tun könnte, wäre sie nicht stumm und könnte sie sich verteidigen, so würde ihre Unschuld an den Tag kommen."

Als aber das drittemal die Alte das neugeborne Kind raubte und die Königin anklagte, die kein Wort zu ihrer Verteidigung vorbrachte, so konnte der König nicht anders, er mußte sie dem Gericht übergeben, und das verurteilte sie, den Tod durchs Feuer zu erleiden.

Als der Tag herankam, wo das Urteil sollte vollzogen werden, da war zugleich der letzte Tag von den sechs Jahren herum, in welchen sie nicht sprechen und nicht lachen durfte, und sie hatte ihre lieben Brüder aus der Macht des Zaubers befreit. Die sechs Hemden waren fertig geworden, nur daß an dem letzten der linke Ärmel noch fehlte.

Als sie nun zum Scheiterhaufen geführt wurde, legte sie die Hemden auf ihren Arm, und als sie oben stand und das Feuer eben sollte angezündet werden, so schaute sie sich um, da kamen sechs Schwäne durch die Luft dahergezogen. Da sah sie, daß ihre Erlösung nahte, und ihr Herz regte sich in Freude. Die Schwäne rauschten zu ihr her und senkten sich herab, so daß sie ihnen die Hemden überwerfen konnte; und wie sie davon berührt wurden, fielen die Schwanenhäute ab, und ihre Brüder standen leibhaftig vor ihr und waren frisch und schön; nur dem jüngsten fehlte der linke Arm, und er hatte dafür einen Schwanenflügel am Rücken. Sie herzten und küßten sich, und die Königin ging zu dem Könige, der ganz bestürzt war, und fing an zu reden und sagte: "Liebster Gemahl, nun darf ich sprechen und dir offenbaren, daß ich unschuldig bin und fälschlich angeklagt", und erzählte ihm von dem Betrug der Alten, die ihre drei Kinder weggenommen und verborgen hätte.

Da wurden sie zu großer Freude des Königs herbeigeholt, und die böse Schwiegermutter wurde zur Strafe auf den Scheiterhaufen gebunden und zu Asche verbrannt. Der König aber und die Königin mit ihren sechs Brüdern lebten lange Jahre in Glück und Frieden.

Dornröschen

Vorzeiten war ein König und eine Königin, die sprachen jeden Tag: "Ach, wenn wir doch ein Kind hätten!", und kriegten immer keins. Da trug sich zu, als die Königin einmal im Bade saß, daß ein Frosch aus dem Wasser ans Land kroch und zu ihr sprach: "Dein Wunsch wird erfüllt werden, ehe ein Jahr vergeht, wirst du eine Tochter zur Welt bringen."

Was der Frosch gesagt hatte, das geschah, und die Königin gebar ein Mädchen, das war so schön, daß der König vor Freude sich nicht zu lassen wußte und ein großes Fest anstellte. Er ladete nicht bloß seine Verwandte, Freunde und Bekannte, sondern auch die weisen Frauen dazu ein, damit sie dem Kind hold und gewogen wären. Es waren ihrer dreizehn in seinem Reiche, weil er aber nur zwölf goldene Teller hatte, von welchen sie essen sollten, so mußte eine von ihnen daheim bleiben.

Das Fest ward mit aller Pracht gefeiert, und als es zu Ende war, beschenkten die weisen Frauen das Kind mit ihren Wundergaben: die eine mit Tugend, die andere mit Schönheit, die dritte mit Reichtum, und so mit allem, was auf der Welt zu wünschen ist. Als elfe ihre Sprüche eben getan hatten, trat plötzlich die dreizehnte herein. Sie wollte sich dafür rächen, daß sie nicht eingeladen war, und ohne jemand zu grüßen oder nur anzusehen, rief sie mit lauter Stimme: "Die Königstochter soll sich in ihrem funfzehnten Jahr an einer Spindel stechen und tot hinfallen." Und ohne ein Wort weiter zu sprechen, kehrte sie sich um und verließ den Saal.

Alle waren erschrocken, da trat die zwölfte hervor, die ihren Wunsch noch übrig hatte, und weil sie den bösen Spruch nicht aufheben, sondern nur ihn mildern konnte, so sagte sie: "Es soll aber kein Tod sein, sondern ein hundertjähriger tiefer Schlaf, in welchen die Königstochter fällt."

Der König, der sein liebes Kind vor dem Unglück gern bewahren wollte, ließ den Befehl ausgehen, daß alle Spindeln im ganzen Königreiche sollten verbrannt werden. An dem Mädchen aber wurden die Gaben der weisen Frauen sämtlich erfüllt, denn es war so schön, sittsam, freundlich und verständig, daß es jedermann, der es ansah, liebhaben mußte. Es geschah, daß an dem Tage, wo es gerade funfzehn Jahr alt ward, der König und die Königin nicht zu Haus waren und das Mädchen ganz allein im Schloß zurückblieb. Da ging es allerorten herum, besah Stuben und Kammern, wie es Lust hatte, und kam endlich auch an einen alten Turm. Es stieg die enge Wendeltreppe hinauf und gelangte zu einer kleinen Türe. In dem Schloß steckte ein verrosteter Schlüssel, und als es umdrehte, sprang die Türe auf, und saß da in einem kleinen Stübchen eine alte Frau mit einer Spindel und spann emsig ihren Flachs.

"Guten Tag, du altes Mütterchen", sprach die Königstochter, "was machst du da?"

"Ich spinne", sagte die Alte und nickte mit dem Kopf. "Was ist das für ein Ding, das so lustig herumspringt?" sprach das Mädchen, nahm die Spindel und wollte auch spinnen. Kaum hatte sie aber die Spindel angerührt, so ging der Zauberspruch in Erfüllung, und sie stach sich damit in den Finger. In dem Augenblick aber, wo sie den Stich empfand, fiel sie auf das Bett nieder, das da stand, und lag in einem tiefen Schlaf.

Und dieser Schlaf verbreitete sich über das ganze Schloß: der König und die Königin, die eben heimgekommen waren und in den Saal getreten waren, fingen an einzuschlafen und der ganze Hofstaat mit ihnen. Da schliefen auch die Pferde im Stall, die Hunde im Hofe, die Tauben auf dem Dache, die Fliegen an der Wand, ja, das Feuer, das auf dem Herde flackerte, ward still und schlief ein, und der Braten hörte auf zu brutzeln, und der Koch, der den Küchenjungen, weil er etwas versehen hatte, in den Haaren ziehen wollte, ließ ihn los und schlief. Und der Wind legte sich, und auf den Bäumen vor dem Schloß regte sich kein Blättchen mehr. Rings um das Schloß aber begann eine Dornenhecke zu wachsen, die jedes Jahr höher ward und endlich das ganze Schloß umzog und darüber hinauswuchs, daß gar nichts mehr davon zu sehen war, selbst nicht die Fahne auf dem Dach.

Es ging aber die Sage in dem Land von dem schönen schlafenden Dornröschen, denn so ward die Königstochter genannt, also daß von Zeit zu Zeit Königssöhne kamen und durch die Hecke in das Schloß dringen wollten. Es war ihnen aber nicht möglich, denn die Dornen, als hätten sie Hände, hielten fest zusammen, und die Jünglinge blieben darin hängen, konnten sich nicht wieder losmachen und starben eines jämmerlichen Todes.

Nach langen, langen Jahren kam wieder einmal ein Königssohn in das Land und hörte, wie ein alter Mann von der Dornenhecke erzählte, es sollte ein Schloß dahinter stehen, in welchem eine wunderschöne Königstochter, Dornröschen genannt, schon seit hundert Jahren schliefe, und mit ihr schliefe der König und die Königin und der ganze Hofstaat. Er wußte auch von seinem Großvater, daß schon viele Königssöhne gekommen wären und versucht hätten, durch die Dornenhecke zu dringen, aber sie wären darin hängengeblieben und eines traurigen Todes gestorben. Da sprach der Jüngling: "Ich fürchte mich nicht, ich will hinaus und das schöne Dornröschen sehen." Der gute Alte mochte ihm abraten, wie er wollte, er hörte nicht auf seine Worte. Nun waren aber gerade die hundert Jahre verflossen, und der Tag war gekommen, wo Dornröschen wieder erwachen sollte. Als der Königssohn sich der Dornenhecke näherte, waren es lauter große schöne Blumen, die taten sich von selbst auseinander und ließen ihn unbeschädigt hindurch, und hinter ihm taten sie sich wieder als eine Hecke zusammen. Im Schloßhof sah er die Pferde und scheckigen Jagdhunde liegen und schlafen, auf dem Dache saßen die Tauben und hatten das Köpfchen unter den Flügel gesteckt. Und als er ins Haus kam, schliefen die Fliegen an der Wand, der Koch in der Küche hielt noch die Hand, als wollte er den Jungen anpacken, und die Magd saß vor dem schwarzen Huhn, das sollte gerupft werden.

Da ging er weiter und sah im Saale den ganzen Hofstaat liegen und schlafen, und oben bei dem Throne lag der König und die Königin. Da ging er noch weiter, und alles war so still, daß einer seinen Atem hören konnte, und endlich kam er zu dem Turm und öffnete die Türe zu der kleinen Stube, in welcher Dornröschen schlief. Da lag es und war so schön, daß er die Augen nicht abwenden konnte, und er bückte sich und gab ihm einen Kuß.

Wie er es mit dem Kuß berührt hatte, schlug Dornröschen die Augen auf, erwachte und blickte ihn ganz freundlich an. Da gingen sie zusammen herab, und der König erwachte und die Königin und der ganze Hofstaat und sahen einander mit großen Augen an. Und die Pferde im Hof standen auf und rüttelten sich; die Jagdhunde sprangen und wedelten; die Tauben auf dem Dache zogen das Köpfchen unterm Flügel hervor, sahen umher und flogen ins Feld; die Fliegen an den Wänden krochen weiter; das Feuer in der Küche erhob sich, flackerte und kochte das Essen; der Braten fing wieder an zu brutzeln; und der Koch gab dem Jungen eine Ohrfeige, daß er schrie; und die Magd rupfte das Huhn fertig.

Und da wurde die Hochzeit des Königssohns mit dem Dornröschen in aller Pracht gefeiert, und sie lebten vergnügt bis an ihr Ende.

Sneewittchen

Es war einmal mitten im Winter, und die Schneeflocken fielen wie Federn vom Himmel herab, da saß eine Königin an einem Fenster, das einen Rahmen von schwarzem Ebenholz hatte, und nähte. Und wie sie so nähte und nach dem Schnee aufblickte, stach sie sich mit der Nadel in den Finger, und es fielen drei Tropfen Blut in den Schnee. Und weil das Rote im weißen Schnee so schön aussah, dachte sie bei sich: "Hätt ich ein Kind so weiß wie Schnee, so rot wie Blut und so schwarz wie das Holz an dem Rahmen."

Bald darauf bekam sie ein Töchterlein, das war so weiß wie Schnee, so rot wie Blut und so schwarzhaarig wie Ebenholz, und ward darum das Sneewittchen (Schneeweißchen) genannt. Und wie das Kind geboren war, starb die Königin.

Über ein Jahr nahm sich der König eine andere Gemahlin. Es war eine schöne Frau, aber sie war stolz und übermütig und konnte nicht leiden, daß sie an Schönheit von jemand sollte übertroffen werden. Sie hatte einen wunderbaren Spiegel, wenn sie vor den trat und sich darin beschaute, sprach sie:

"Spieglein, Spieglein an der Wand,
Wer ist die schönste im ganzen Land?"

So antwortete der Spiegel:

"Frau Königin, Ihr seid die schönste im Land."

Da war sie zufrieden, denn sie wußte, daß der Spiegel die Wahrheit sagte.

Sneewittchen aber wuchs heran und wurde immer schöner, und als es sieben Jahr alt war, war es so schön wie der klare Tag und schöner als die Königin selbst. Als diese einmal ihren Spiegel fragte:

"Spieglein, Spieglein an der Wand,
Wer ist die schönste im ganzen Land?",

so antwortete er:

"Frau Königin, Ihr seid die schönste hier,
Aber Sneewittchen ist tausendmal schöner als Ihr."

Da erschrak die Königin und ward gelb und grün vor Neid. Von Stund an, wenn sie Sneewittchen erblickte, kehrte sich ihr das Herz im Leibe herum, so haßte sie das Mädchen. Und der Neid und Hochmut wuchsen wie ein Unkraut in ihrem Herzen immer höher, daß sie Tag und Nacht keine Ruhe mehr hatte.

Da rief sie einen Jäger und sprach: "Bring das Kind hinaus in den Wald, ich will's nicht mehr vor meinen Augen sehen. Du sollst es töten und mir Lunge und Leber zum Wahrzeichen mitbringen."

Der Jäger gehorchte und führte es hinaus, und als er den Hirschfänger gezogen hatte und Sneewittchens unschuldiges Herz durchbohren wollte, fing es an zu weinen und sprach: "Ach, lieber Jäger, laß mir mein Leben; ich will in den wilden Wald laufen und nimmermehr wieder heimkommen."

Und weil es so schön war, hatte der Jäger Mitleiden und sprach: "So lauf hin, du armes Kind."

"Die wilden Tiere werden dich bald gefressen haben", dachte er, und doch war's ihm, als wär ein Stein von seinem Herzen gewälzt, weil er es nicht zu töten brauchte. Und als gerade ein junger Frischling dahergesprungen kam, stach er ihn ab, nahm Lunge und Leber heraus und brachte sie als Wahrzeichen der Königin mit. Der Koch mußte sie in Salz kochen, und das boshafte Weib aß sie auf und meinte, sie hätte Sneewittchens Lunge und Leber gegessen.

Nun war das arme Kind in dem großen Wald mutterselig allein, und ward ihm so angst, daß es alle Blätter an den Bäumen ansah und nicht wußte, wie es sich helfen sollte.

Da fing es an zu laufen und lief über die spitzen Steine und durch die Dornen, und die wilden Tiere sprangen an ihm vorbei, aber sie taten ihm nichts. Es lief, solange nur die Füße noch fort konnten, bis es bald Abend werden wollte, da sah es ein kleines Häuschen und ging hinein, sich zu ruhen. In dem Häuschen war alles klein, aber so zierlich und reinlich, daß es nicht zu sagen ist. Da stand ein weiß gedecktes Tischlein mit sieben kleinen Tellern, jedes Tellerlein mit seinem Löffelein, ferner sieben Messerlein und Gäblein und sieben Becherlein. An der Wand waren sieben Bettlein nebeneinander aufgestellt und schneeweiße Laken darübergedeckt.

Sneewittchen, weil es so hungrig und durstig war, aß von jedem Tellerlein ein wenig Gemüs und Brot und trank aus jedem Becherlein einen Tropfen Wein; denn es wollte nicht einem allein alles wegnehmen. Hernach, weil es so müde war, legte es sich in ein Bettchen, aber keins paßte; das eine war zu lang, das andere zu kurz, bis endlich das siebente recht war: und darin blieb es liegen, befahl sich Gott und schlief ein.

Als es ganz dunkel geworden war, kamen die Herren von dem Häuslein, das waren die sieben Zwerge, die in den Bergen nach Erz hackten und gruben. Sie zündeten ihre sieben Lichtlein an, und wie es nun hell im Häuslein ward, sahen sie, daß jemand darin gewesen war, denn es stand nicht alles so in der Ordnung, wie sie es verlassen hatten.

Der erste sprach: "Wer hat auf meinem Stühlchen gesessen?"

Der zweite: "Wer hat von meinem Tellerchen gegessen?"

Der dritte: "Wer hat von meinem Brötchen genommen?"

Der vierte: "Wer hat von meinem Gemüschen gegessen?"

Der fünfte: "Wer hat mit meinem Gäbelchen gestochen?"

Der sechste: "Wer hat mit meinem Messerchen geschnitten?"

Der siebente: "Wer hat aus meinem Becherlein getrunken?"

Dann sah sich der erste um und sah, daß auf seinem Bett eine kleine Delle war, da sprach er: "Wer hat in mein Bettchen getreten?" Die andern kamen gelaufen und riefen: "In meinem hat auch jemand gelegen." Der siebente aber, als er in sein Bett sah, erblickte Sneewittchen, das lag darin und schlief. Nun rief er die andern, die kamen herbeigelaufen und schrien vor Verwunderung, holten ihre sieben Lichtlein und beleuchteten Sneewittchen."Ei, du mein Gott! Ei, du mein Gott!" riefen sie. "Was ist das Kind so schön!" Und hatten so große Freude, daß sie es nicht aufweckten, sondern im Bettlein fortschlafen ließen. Der siebente Zwerg aber schlief bei seinen Gesellen, bei jedem eine Stunde, da war die Nacht herum.

Als es Morgen war, erwachte Sneewittchen, und wie es die sieben Zwerge sah, erschrak es. Sie waren aber freundlich und fragten: "Wie heißt du?"

"Ich heiße Sneewittchen", antwortete es.

"Wie bist du in unser Haus gekommen?" sprachen weiter die Zwerge. Da erzählte es ihnen, daß seine Stiefmutter es hätte wollen umbringen lassen, der Jäger hätte ihm aber das Leben geschenkt, und da wär es gelaufen den ganzen Tag, bis es endlich ihr Häuslein gefunden hätte.

Die Zwerge sprachen: "Willst du unsern Haushalt versehen, kochen, betten, waschen, nähen und stricken, und willst du alles ordentlich und reinlich halten, so kannst du bei uns bleiben, und es soll dir an nichts fehlen."

"Ja", sagte Sneewittchen, "von Herzen gern", und blieb bei ihnen. Es hielt ihnen das Haus in Ordnung; morgens gingen sie in die Berge und suchten Erz und Gold, abends kamen sie wieder, und da mußte ihr Essen bereit sein. Den Tag über war das Mädchen allein, da warnten es die guten Zwerglein und sprachen: "Hüte dich vor deiner Stiefmutter, die wird bald wissen, daß du hier bist; laß ja niemand herein."

Die Königin aber, nachdem sie Sneewittchens Lunge und Leber glaubte gegessen zu haben, dachte nicht anders, als sie wäre wieder die erste und allerschönste, trat vor ihren Spiegel und sprach:

"Spieglein, Spieglein an der Wand,
Wer ist die schönste im ganzen Land?"

Da antwortete der Spiegel:

"Frau Königin, Ihr seid die schönste hier,
Aber Sneewittchen über den Bergen
Bei den sieben Zwergen
Ist noch tausendmal schöner als Ihr."

Da erschrak sie, denn sie wußte, daß der Spiegel keine Unwahrheit sprach, und merkte, daß der Jäger sie betrogen hatte und Sneewittchen noch am Leben war. Und da sann und sann sie aufs neue, wie sie es umbringen wollte; denn solange sie nicht die Schönste war im ganzen Land, ließ ihr der Neid keine Ruhe. Und als sie sich endlich etwas ausgeruht hatte, färbte sie sich das Gesicht und kleidete sich wie eine alte Krämerin, und war ganz unkenntlich. In dieser Gestalt ging sie über die sieben Berge zu den sieben Zwergen, klopfte an die Türe und rief: "Schöne Ware feil! feil!"

Sneewittchen guckte zum Fenster heraus und rief: "Guten Tag, liebe Frau, was habt Ihr zu verkaufen?"

"Gute Ware, schöne Ware", antwortete sie, "Schnürriemen von allen Farben", und holte einen hervor, der aus bunter Seide geflochten war.

"Die ehrliche Frau kann ich hereinlassen", dachte Sneewittchen, riegelte die Türe auf und kaufte sich den hübschen Schnürriemen.

"Kind", sprach die Alte, "wie du aussiehst! Komm, ich will dich einmal ordentlich schnüren." Sneewittchen hatte kein Arg, stellte sich vor sie und ließ sich mit dem neuen Schnürriemen schnüren; aber die Alte schnürte geschwind und schnürte so fest, daß dem Sneewittchen der Atem verging und es für tot hinfiel.

"Nun bist du die Schönste gewesen", sprach sie und eilte hinaus.

Nicht lange darauf, zur Abendzeit, kamen die sieben Zwerge nach Haus, aber wie erschraken sie, als sie ihr liebes Sneewittchen auf der Erde liegen sahen; und es regte und bewegte sich nicht, als wäre es tot. Sie hoben es in die Höhe, und weil sie sahen, daß es zu fest geschnürt war, schnitten sie den Schnürriemen entzwei: da fing es an, ein wenig zu atmen, und ward nach und nach wieder lebendig.

Als die Zwerge hörten, was geschehen war, sprachen sie: "Die alte Krämerfrau war niemand als die gottlose Königin: hüte dich und laß keinen Menschen herein, wenn wir nicht bei dir sind."

Das böse Weib aber, als es nach Haus gekommen war, ging vor den Spiegel und fragte:

"Spieglein, Spieglein an der Wand,
Wer ist die schönste im ganzen Land?"

Da antwortete er wie sonst:

"Frau Königin, Ihr seid die schönste hier,
Aber Sneewittchen über den Bergen
Bei den sieben Zwergen
Ist noch tausendmal schöner als Ihr."

Als sie das hörte, lief ihr alles Blut zum Herzen, so erschrak sie, denn sie sah wohl, daß Sneewittchen wieder lebendig geworden war. "Nun aber", sprach sie, "will ich etwas aussinnen, das dich zugrunde richten soll", und mit Hexenkünsten, die sie verstand, machte sie einen giftigen Kamm. Dann verkleidete sie sich und nahm die Gestalt eines andern alten Weibes an. So ging sie hin über die sieben Berge zu den sieben Zwergen, klopfte an die Türe und rief: "Gute Ware feil! feil!" Sneewittchen schaute heraus und sprach: "Geht nur weiter, ich darf niemand hereinlassen."

"Das Ansehen wird dir doch erlaubt sein", sprach die Alte, zog den giftigen Kamm heraus und hielt ihn in die Höhe. Da gefiel er dem Kinde so gut, daß es sich betören ließ und die Türe öffnete. Als sie des Kaufs einig waren, sprach die Alte: "Nun will ich dich einmal ordentlich kämmen." Das arme Sneewittchen dachte an nichts und ließ die Alte gewähren, aber kaum hatte sie den Kamm in die Haare gesteckt, als das Gift darin wirkte und das Mädchen ohne Besinnung niederfiel.

"Du Ausbund von Schönheit", sprach das boshafte Weib, "jetzt ist's um dich geschehen", und ging fort. Zum

Glück aber war es bald Abend, wo die sieben Zwerglein nach Haus kamen. Als sie Sneewittchen wie tot auf der Erde liegen sahen, hatten sie gleich die Stiefmutter in Verdacht, suchten nach und fanden den giftigen Kamm, und kaum hatten sie ihn herausgezogen, so kam Sneewittchen wieder zu sich und erzählte, was vorgegangen war. Da warnten sie es noch einmal, auf seiner Hut zu sein und niemand die Türe zu öffnen.

Die Königin stellte sich daheim vor den Spiegel und sprach:

"Spieglein, Spieglein an der Wand,
Wer ist die schönste im ganzen Land?"

Da antwortete er wie vorher:

"Frau Königin, Ihr seid die schönste hier,
Aber Sneewittchen über den Bergen
Bei den sieben Zwergen
Ist doch noch tausendmal schöner als Ihr."

Als sie den Spiegel so reden hörte, zitterte und bebte sie vor Zorn. "Sneewittchen soll sterben", rief sie, "und wenn es mein eignes Leben kostet." Darauf ging sie in eine ganz verborgene einsame Kammer, wo niemand hinkam, und machte da einen giftigen, giftigen Apfel. Äußerlich sah er schön aus, mit roten Backen, daß jeder, der ihn erblickte, Lust danach bekam, aber wer ein Stückchen davon aß, der mußte sterben. Als der Apfel fertig war, färbte sie sich das Gesicht und verkleidete sich in eine Bauersfrau, und so ging sie über die sieben Berge zu den sieben Zwergen.

Sie klopfte an, Sneewittchen streckte den Kopf zum Fenster heraus und sprach: "Ich darf keinen Menschen einlassen, die sieben Zwerge haben mir's verboten."

"Mir auch recht", antwortete die Bäurin, "meine Äpfel will ich schon loswerden. Da, einen will ich dir schenken."

"Nein", sprach Sneewittchen, "ich darf nichts annehmen."

"Fürchtest du dich vor Gift?" sprach die Alte. "Siehst du, da schneide ich den Apfel in zwei Teile; den roten Backen iß du, den weißen will ich essen." Der Apfel war aber so künstlich gemacht, daß der rote Backen allein vergiftet war. Sneewittchen lusterte den schönen Apfel an, und als es sah, daß die Bäurin davon aß, so konnte es nicht länger widerstehen, streckte die Hand hinaus und nahm die giftige Hälfte. Kaum aber hatte es einen Bissen davon im Mund, so fiel es tot zur Erde nieder.

Da betrachtete es die Königin mit grausigen Blicken und lachte überlaut und sprach: "Weiß wie Schnee, rot wie Blut, schwarz wie Ebenholz! Diesmal können dich die Zwerge nicht wieder erwecken." Und als sie daheim den Spiegel befragte:

"Spieglein, Spieglein an der Wand,
Wer ist die schönste im ganzen Land?",

so antwortete er endlich:

"Frau Königin, Ihr seid die schönste im Land."

Da hatte ihr neidisches Herz Ruhe, so gut ein neidisches Herz Ruhe haben kann. Die Zwerglein, wie sie abends nach Haus kamen, fanden Sneewittchen auf der Erde liegen, und es ging kein Atem mehr aus seinem Mund, und es war tot. Sie hoben es auf, suchten, ob sie was Giftiges fänden, schnürten es auf, kämmten ihm die Haare, wuschen es mit Wasser und Wein, aber es half alles nichts; das liebe Kind war tot und blieb tot. Sie legten es auf eine Bahre und setzten sich alle siebene daran und beweinten es, und weinten drei Tage lang. Da wollten sie es begraben, aber es sah noch so frisch aus wie ein lebender Mensch und hatte noch seine schönen roten Backen.

Sie sprachen: "Das können wir nicht in die schwarze Erde versenken", und ließen einen durchsichtigen Sarg von Glas machen, daß man es von allen Seiten sehen konnte, legten es hinein und schrieben mit goldenen Buchstaben seinen Namen darauf, und daß es eine Königstochter wäre. Dann setzten sie den Sarg hinaus auf den Berg, und einer von ihnen blieb immer dabei und bewachte ihn. Und die Tiere kamen auch und beweinten Sneewittchen, erst eine Eule, dann ein Rabe, zuletzt ein Täubchen.

Nun lag Sneewittchen lange, lange Zeit in dem Sarg und verweste nicht, sondern sah aus, als wenn es schliefe, denn es war noch so weiß als Schnee, so rot als Blut und so schwarzhaarig wie Ebenholz.

Es geschah aber, daß ein Königssohn in den Wald geriet und zu dem Zwergenhaus kam, da zu übernachten. Er sah auf dem Berg den Sarg, und das schöne Sneewittchen darin, und las, was mit goldenen Buchstaben darauf geschrieben war. Da sprach er zu den Zwergen: "Laßt mir den Sarg, ich will euch geben, was ihr dafür haben wollt."

Aber die Zwerge antworteten: "Wir geben ihn nicht um alles Gold in der Welt."

Da sprach er: "So schenkt mir ihn, denn ich kann nicht leben, ohne Sneewittchen zu sehen, ich will es ehren und hochachten wie mein Liebstes." Wie er so sprach, empfanden die guten Zwerglein Mitleiden mit ihm und gaben ihm den Sarg.

Der Königssohn ließ ihn nun von seinen Dienern auf den Schultern forttragen. Da geschah es, daß sie über einen Strauch stolperten, und von dem Schüttern fuhr der giftige Apfelgrütz, den Sneewittchen abgebissen hatte, aus dem Hals. Und nicht lange, so öffnete es die Augen, hob den Deckel vom Sarg in die Höhe und richtete sich auf und war wieder lebendig.

"Ach Gott, wo bin ich?" rief es.

Der Königssohn sagte voll Freude: "Du bist bei mir", und erzählte, was sich zugetragen hatte, und sprach: "Ich habe dich lieber als alles auf der Welt; komm mit mir in meines Vaters Schloß, du sollst meine Gemahlin werden." Da war ihm Sneewittchen gut und ging mit ihm, und ihre Hochzeit ward mit großer Pracht und Herrlichkeit angeordnet. Zu dem Fest wurde aber auch Sneewittchens gottlose Stiefmutter eingeladen.

Wie sie sich nun mit schönen Kleidern angetan hatte, trat sie vor den Spiegel und sprach:

"Spieglein, Spieglein an der Wand,
Wer ist die schönste im ganzen Land?"

Der Spiegel antwortete:

"Frau Königin, Ihr seid die schönste hier,
Aber die junge Königin ist tausendmal schöner als Ihr."

Da stieß das böse Weib einen Fluch aus, und ward ihr so angst, so angst, daß sie sich nicht zu lassen wußte. Sie wollte zuerst gar nicht auf die Hochzeit kommen; doch ließ es ihr keine Ruhe, sie mußte fort und die junge Königin sehen.

Und wie sie hineintrat, erkannte sie Sneewittchen, und vor Angst und Schrecken stand sie da und konnte sich nicht regen. Aber es waren schon eiserne Pantoffeln über Kohlenfeuer gestellt und wurden mit Zangen hereingetragen und vor sie hingestellt. Da mußte sie in die rotglühenden Schuhe treten und so lange tanzen, bis sie tot zur Erde fiel.

Rumpelstilzchen

Es war einmal ein Müller, der war arm, aber er hatte eine schöne Tochter. Nun traf es sich, daß er mit dem König zu sprechen kam, und um sich ein Ansehen zu geben, sagte er zu ihm: "Ich habe eine Tochter, die kann Stroh zu Gold spinnen."

Der König sprach zum Müller: "Das ist eine Kunst, die mir wohl gefällt, wenn deine Tochter so geschickt ist, wie du sagst, so bring sie morgen in mein Schloß, da will ich sie auf die Probe stellen."

Als nun das Mädchen zu ihm gebracht ward, führte er es in eine Kammer, die ganz voll Stroh lag, gab ihr Rad und Haspel und sprach: "Jetzt mache dich an die Arbeit, und wenn du diese Nacht durch bis morgen früh dieses Stroh nicht zu Gold versponnen hast, so mußt du sterben." Darauf schloß er die Kammer selbst zu, und sie blieb allein darin.

Da saß nun die arme Müllerstochter und wußte um ihr Leben keinen Rat: sie verstand gar nichts davon, wie man Stroh zu Gold spinnen konnte, und ihre Angst ward immer größer, daß sie endlich zu weinen anfing. Da ging auf einmal die Türe auf und trat ein kleines Männchen herein und sprach: "Guten Abend, Jungfer Müllerin, warum weint Sie so sehr?"

"Ach", antwortete das Mädchen, "ich soll Stroh zu Gold spinnen und verstehe das nicht."

Sprach das Männchen: "Was gibst du mir, wenn ich dir's spinne?"

"Mein Halsband", sagte das Mädchen. Das Männchen nahm das Halsband, setzte sich vor das Rädchen, und schnurr, schnurr, schnurr, dreimal gezogen, war die Spule voll. Dann steckte es eine andere auf, und schnurr, schnurr, schnurr, dreimal gezogen, war auch die zweite voll; und so ging's fort bis zum Morgen, da war alles Stroh versponnen, und alle Spulen waren voll Gold.

Bei Sonnenaufgang kam schon der König, und als er das Gold erblickte, erstaunte er und freute sich, aber sein Herz ward nur noch goldgieriger. Er ließ die Müllerstochter in eine andere Kammer voll Stroh bringen, die noch viel größer war, und befahl ihr, das auch in einer Nacht zu spinnen, wenn ihr das Leben lieb wäre. Das Mädchen wußte sich nicht zu helfen und weinte, da ging abermals die Türe auf, und das kleine Männchen erschien und sprach: "Was gibst du mir, wenn ich dir das Stroh zu Gold spinne?"

"Meinen Ring von dem Finger", antwortete das Mädchen. Das Männchen nahm den Ring, fing wieder an zu schnurren mit dem Rade und hatte bis zum Morgen alles Stroh zu glänzendem Gold gesponnen. Der König freute sich über die Maßen bei dem Anblick, war aber noch immer nicht Goldes satt, sondern ließ die Müllerstochter in eine noch größere Kammer voll Stroh bringen und sprach: "Die mußt du noch in dieser Nacht verspinnen: gelingt dir's aber, so sollst du meine Gemahlin werden."

"Wenn's auch eine Müllerstochter ist", dachte er, "eine reichere Frau finde ich in der ganzen Welt nicht."

Als das Mädchen allein war, kam das Männlein zum drittenmal wieder und sprach: "Was gibst du mir, wenn ich dir noch diesmal das Stroh spinne?"

"Ich habe nichts mehr, das ich geben könnte", antwortete das Mädchen."So versprich mir, wenn du Königin wirst, dein erstes Kind."

"Wer weiß, wie das noch geht", dachte die Müllerstochter und wußte sich auch in der Not nicht anders zu helfen; sie versprach also dem Männchen, was es verlangte, und das Männchen spann dafür noch einmal das Stroh zu Gold.

Und als am Morgen der König kam und alles fand, wie er gewünscht hatte, so hielt er Hochzeit mit ihr, und die schöne Müllerstochter ward eine Königin.

Über ein Jahr brachte sie ein schönes Kind zur Welt und dachte gar nicht mehr an das Männchen: da trat es plötzlich in ihre Kammer und sprach: "Nun gib mir, was du versprochen hast." Die Königin erschrak und bot dem Männchen alle Reichtümer des Königreichs an, wenn es ihr das Kind lassen wollte: aber das Männchen sprach: "Nein, etwas Lebendes ist mir lieber als alle Schätze der Welt." Da fing die Königin so an zu jammern und zu weinen, daß das Männchen Mitleiden mit ihr hatte: "Drei Tage will ich dir Zeit lassen", sprach er, "wenn du bis dahin meinen Namen weißt, so sollst du dein Kind behalten."

Nun besann sich die Königin die ganze Nacht über auf alle Namen, die sie jemals gehört hatte, und schickte einen Boten über Land, der sollte sich erkundigen weit und breit, was es sonst noch für Namen gäbe.

Als am andern Tag das Männchen kam, fing sie an mit Kaspar, Melchior, Balzer und sagte alle Namen, die sie wußte, nach der Reihe her, aber bei jedem sprach das Männlein: "So heiß ich nicht."

Den zweiten Tag ließ sie in der Nachbarschaft herumfragen, wie die Leute da genannt würden, und sagte dem Männlein die ungewöhnlichsten und seltsamsten Namen vor: "Heißt du vielleicht Rippenbiest oder Hammelswade oder Schnürbein?" Aber es antwortete immer: "So heiß ich nicht."

Den dritten Tag kam der Bote wieder zurück und erzählte: "Neue Namen habe ich keinen einzigen finden können, aber wie ich an einen hohen Berg um die Waldecke kam, wo Fuchs und Has sich gute Nacht sagen, so sah ich da ein kleines Haus, und vor dem Haus brannte ein Feuer, und um das Feuer sprang ein gar zu lächerliches Männchen, hüpfte auf einem Bein und schrie:

"Heute back ich,
Morgen brau ich,
Übermorgen hol ich der Königin ihr Kind;
Ach, wie gut ist, daß niemand weiß,
Daß ich Rumpelstilzchen heiß!"

Da könnt ihr denken, wie die Königin froh war, als sie den Namen hörte, und als bald hernach das Männlein hereintrat und fragte: "Nun, Frau Königin, wie heiß ich?", fragte sie erst: "Heißest du Kunz?"

"Nein".

"Heißest du Heinz?"

"Nein."

"Heißt du etwa Rumpelstilzchen?"

"Das hat dir der Teufel gesagt, das hat dir der Teufel gesagt", schrie das Männlein und stieß mit dem rechten Fuß vor Zorn so tief in die Erde, daß es bis an den Leib hineinfuhr, dann packte es in seiner Wut den linken Fuß mit beiden Händen und riß sich selbst mitten entzwei.

Das Bürle

Es war ein Dorf, darin saßen lauter reiche Bauern und nur ein armer, den nannten sie das Bürle (Bäuerlein). Er hatte nicht einmal eine Kuh und noch weniger Geld, eine zu kaufen; und er und seine Frau hätten so gern eine gehabt.

Einmal sprach er zu ihr: "Hör, ich habe einen guten Gedanken, da ist unser Gevatter Schreiner, der soll uns ein Kalb aus Holz machen und braun anstreichen, daß es wie ein anderes aussieht, mit der Zeit wird's wohl groß und gibt eine Kuh." Der Frau gefiel das auch, und der Gevatter

Schreiner zimmerte und hobelte das Kalb zurecht, strich es an, wie sich's gehörte, und machte es so, daß es den Kopf herabsenkte, als fräße es.

Wie die Kühe des andern Morgens ausgetrieben wurden, rief das Bürle den Hirt herein und sprach: "Seht, da hab ich ein Kälbchen, aber es ist noch klein und muß noch getragen werden."

Der Hirt sagte: "Schon gut", nahm's in seinen Arm, trug's hinaus auf die Weide und stellte es ins Gras. Das Kälbchen blieb da immer stehen wie eins, das frißt, und der Hirt sprach: "Das wird bald selber laufen, guck einer, was es schon frißt!"

Abends, als er die Herde wieder heimtreiben wollte, sprach er zu dem Kalb: "Kannst du da stehen und dich satt fressen, so kannst du auch auf deinen vier Beinen gehen, ich mag dich nicht wieder auf dem Arm heimschleppen." Das Bürle stand aber vor der Haustüre und wartete auf sein Kälbchen; als nun der Kuhhirt durchs Dorf trieb und das Kälbchen fehlte, fragte er danach. Der Hirt antwortete: "Das steht noch immer draußen und frißt: es wollte nicht aufhören und nicht mitgehen." Bürle aber sprach: "Ei was, ich muß mein Vieh wieder haben."

Da gingen sie zusammen nach der Wiese zurück, aber einer hatte das Kalb gestohlen, und es war fort. Sprach der Hirt: "Es wird sich wohl verlaufen haben." Das Bürle aber sagte: "Mir nicht so!", und führte den Hirten vor den Schultheiß, der verdammte ihn für seine Nachlässigkeit, daß er dem Bürle für das entkommene Kalb mußte eine

Kuh geben. Nun hatte das Bürle und seine Frau die lang gewünschte Kuh; sie freuten sich von Herzen, hatten aber kein Futter und konnten ihr nichts zu fressen geben, also mußte sie bald geschlachtet werden. Das Fleisch salzten sie ein, und das Bürle ging in die Stadt und wollte das Fell dort verkaufen, um für den Erlös ein neues Kälbchen zu bestellen.

Unterwegs kam er an eine Mühle, da saß ein Rabe mit gebrochenen Flügeln, den nahm er aus Erbarmen auf und wickelte ihn in das Fell. Weil aber das Wetter so schlecht ward und Wind und Regen stürmte, konnte er nicht weiter, kehrte in die Mühle ein und bat um Herberge. Die Müllerin war allein zu Haus und sprach zu dem Bürle: "Da leg dich auf die Streu", und gab ihm ein Käsebrot. Das Bürle aß und legte sich nieder, sein Fell neben sich, und die Frau dachte: "Der ist müde und schläft."

Indem kam der Pfaff, die Frau Müllerin empfing ihn wohl und sprach: "Mein Mann ist aus, da wollen wir uns traktieren." Bürle horchte auf, und wie's von Traktieren hörte, ärgerte es sich, daß es mit Käsebrot hatte vorliebnehmen müssen.

Da trug die Frau herbei und trug viererlei auf, Braten, Salat, Kuchen und Wein. Wie sie sich nun setzten und essen wollten, klopfte es draußen. Sprach die Frau: "Ach Gott, das ist mein Mann!" Geschwind versteckte sie den Braten in die Ofenkachel, den Wein unters Kopfkissen, den Salat aufs Bett, den Kuchen unters Bett und den Pfaff in den Schrank auf dem Hausern. Danach machte sie dem

Mann auf und sprach: "Gottlob, daß du wieder hier bist! Das ist ein Wetter, als wenn die Welt untergehen sollte!" Der Müller sah's Bürle auf dem Streu liegen und fragte: "Was will der Kerl da?"

"Ach", sagte die Frau, "der arme Schelm kam in dem Sturm und Regen und bat um ein Obdach, da hab ich ihm ein Käsebrot gegeben und ihm die Streu angewiesen." Sprach der Mann: "Ich habe nichts dagegen, aber schaff mir bald etwas zu essen." Die Frau sagte: "Ich habe aber nichts als Käsebrot."

"Ich bin mit allem zufrieden", antwortete der Mann, "meinetwegen mit Käsebrot", sah das Bürle an und rief: "Komm und iß noch einmal mit." Bürle ließ sich das nicht zweimal sagen, stand auf und aß mit. Danach sah der Müller das Fell auf der Erde liegen, in dem der Rabe steckte, und fragte: "Was hast du da?" Antwortete das Bürle: "Da hab ich einen Wahrsager drin."

"Kann der mir auch wahrsagen?" sprach der Müller. "Warum nicht?" antwortete das Bürle. "Er sagt aber nur vier Dinge, und das fünfte behält er bei sich." Der Müller war neugierig und sprach: "Laß ihn einmal wahrsagen." Da drückte Bürle dem Raben auf den Kopf, daß er quakte und "krr krr" machte. Sprach der Müller: "Was hat er gesagt?" Bürle antwortete: "Erstens hat er gesagt, es steckte Wein unterm Kopfkissen."

"Das wäre des Guckgucks!" rief der Müller, ging hin und fand den Wein. "Nun weiter", sprach der Müller. Das Bürle ließ den Raben wieder quaksen und sprach: "Zweitens hat er gesagt, wäre Braten in der Ofenkachel."

"Das wäre des Guckgucks!" rief der Müller, ging hin und fand den Braten. Bürle ließ den Raben noch mehr weissagen und sprach: "Drittens hat er gesagt, wäre Salat auf dem Bett."

"Das wäre des Guckgucks!" rief der Müller, ging hin und fand den Salat. Endlich drückte das Bürle den Raben noch einmal, daß er knurrte, und sprach: "Viertens hat er gesagt, wäre Kuchen unterm Bett."

"Das wäre des Guckgucks!" rief der Müller, ging hin und fand den Kuchen.

Nun setzten sich die zwei zusammen an den Tisch, die Müllerin aber kriegte Todesängste, legte sich ins Bett und nahm alle Schlüssel zu sich. Der Müller hätte auch gern das fünfte gewußt, aber Bürle sprach: "Erst wollen wir die vier andern Dinge ruhig essen, denn das fünfte ist etwas Schlimmes." So aßen sie, und danach ward gehandelt, wieviel der Müller für die fünfte Wahrsagung geben sollte, bis sie um dreihundert Taler einig wurden. Da drückte das Bürle dem Raben noch einmal an den Kopf, daß er laut quakte.

Fragte der Müller: "Was hat er gesagt?"

Antwortete das Bürle: "Er hat gesagt, draußen im Schrank auf dem Hausern, da steckte der Teufel."

Sprach der Müller: "Der Teufel muß hinaus", und sperrte die Haustür auf, die Frau aber mußte den Schlüssel hergeben, und Bürle schloß den Schrank auf. Da lief der Pfaff, was er konnte, hinaus, und der Müller sprach: "Ich habe den schwarzen Kerl mit meinen Augen gesehen: es war richtig."

Bürle aber machte sich am andern Morgen in der Dämmerung mit den dreihundert Talern aus dem Staub.

Daheim tat sich das Bürle allgemach auf, baute ein hübsches Haus, und die Bauern sprachen: "Das Bürle ist gewiß gewesen, wo der goldene Schnee fällt und man das Geld mit Scheffeln heimträgt." Da ward Bürle vor den Schultheiß gefordert, es sollte sagen, woher sein Reichtum käme. Antwortete es: "Ich habe mein Kuhfell in der Stadt für dreihundert Taler verkauft." Als die Bauern das hörten, wollten sie auch den großen Vorteil genießen, liefen heim, schlugen all ihre Kühe tot und zogen die Felle ab, um sie in der Stadt mit dem großen Gewinn zu verkaufen. Der Schultheiß sprach: "Meine Magd muß aber vorangehen." Als diese zum Kaufmann in die Stadt kam, gab er ihr nicht mehr als drei Taler für ein Fell; und als die übrigen kamen, gab er ihnen nicht einmal so viel und sprach: "Was soll ich mit all den Häuten anfangen?"

Nun ärgerten sich die Bauern, daß sie vom Bürle hinters Licht geführt waren, wollten Rache an ihm nehmen und verklagten es wegen des Betrugs bei dem Schultheiß. Das unschuldige Bürle ward einstimmig zum Tod verurteilt und sollte in einem durchlöcherten Faß ins Wasser gerollt werden.

Bürle ward hinausgeführt und ein Geistlicher gebracht, der ihm eine Seelenmesse lesen sollte. Die andern mußten sich alle entfernen, und wie das Bürle den Geistlichen anblickte, so erkannte es den Pfaffen, der bei der Frau Müllerin gewesen war.

Sprach es zu ihm: "Ich hab Euch aus dem Schrank befreit, befreit mich aus dem Faß."

Nun trieb gerade der Schäfer mit einer Herde Schafe daher, von dem das Bürle wußte, daß er längst gerne Schultheiß geworden wäre, da schrie es aus allen Kräften: "Nein, ich tu's nicht! Und wenn's die ganze Welt haben wollte, nein, ich tu's nicht!" Der Schäfer, der das hörte, kam herbei und fragte: "Was hast du vor? Was willst du nicht tun?"

Bürle sprach: "Da wollen sie mich zum Schultheiß machen, wenn ich mich in das Faß setze, aber ich tu's nicht."

Der Schäfer sagte: "Wenn's weiter nichts ist, um Schultheiß zu werden, wollte ich mich gleich in das Faß setzen."

Bürle sprach: "Willst du dich hineinsetzen, so wirst du auch Schultheiß." Der Schäfer war's zufrieden, setzte sich hinein, und das Bürle schlug den Deckel drauf; dann nahm es die Herde des Schäfers für sich und trieb sie fort.

Der Pfaff aber ging zur Gemeinde und sagte, die Seelenmesse wäre gelesen. Da kamen sie und rollten das Faß nach dem Wasser hin. Als das Faß zu rollen anfing, rief der Schäfer: "Ich will ja gerne Schultheiß werden." Sie glaubten nicht anders, als das Bürle schrie so, und sprachen: "Das meinen wir auch, aber erst sollst du dich da unten umsehen", und rollten das Faß ins Wasser hinein. Darauf gingen die Bauern heim, und wie sie ins Dorf kamen, so kam auch das Bürle daher, trieb eine Herde Schafe ruhig ein und war ganz zufrieden. Da erstaunten die Bauern und sprachen: "Bürle, wo kommst du her? Kommst du aus dem Wasser?"

"Freilich", antwortete das Bürle, "ich bin versunken tief, tief, bis ich endlich auf den Grund kam: ich stieß dem Faß den Boden aus und kroch hervor, da waren schöne Wiesen, auf denen viele Lämmer weideten, davon bracht ich mir die Herde mit."

Sprachen die Bauern: "Sind noch mehr da?"

"O ja", sagte das Bürle, "mehr, als ihr brauchen könnt." Da verabredeten sich die Bauern, daß sie sich auch Schafe holen wollten, jeder eine Herde; der Schultheiß aber sagte: "Ich komme zuerst." Nun gingen sie zusammen zum Wasser, da standen gerade am blauen Himmel kleine Flockwolken, die man Lämmerchen nennt, die spiegelten sich im Wasser ab, da riefen die Bauern: "Wir sehen schon die Schafe unten auf dem Grund."

Der Schulz drängte sich hervor und sagte: "Nun will ich zuerst hinunter und mich umsehen; wenn's gut ist, will ich euch rufen." Da sprang er hinein, "plump" klang es im Wasser. Sie meinten nicht anders, als er riefe ihnen zu: "Kommt!", und der ganze Haufe stürzte in einer Hast hinter ihm drein. Da war das Dorf ausgestorben, und Bürle als der einzige Erbe ward ein reicher Mann.

Die Bienenkönigin

Zwei Königssöhne gingen einmal auf Abenteuer und gerieten in ein wildes, wüstes Leben, so daß sie gar nicht wieder nach Haus kamen. Der jüngste, welcher der Dummling hieß, machte sich auf und suchte seine Brüder; aber wie er sie endlich fand, verspotteten sie ihn, daß er mit seiner Einfalt sich durch die Welt schlagen wollte, und sie zwei könnten nicht durchkommen und wären doch viel klüger. Sie zogen alle drei miteinander fort und kamen an einen Ameisenhaufen. Die zwei ältesten wollten ihn aufwühlen und sehen, wie die kleinen Ameisen in der Angst herumkröchen und ihre Eier forttrügen, aber der Dummling sagte: "Laßt die Tiere in Frieden, ich leid's nicht, daß ihr sie stört."

Da gingen sie weiter und kamen an einen See, auf dem schwammen viele, viele Enten. Die zwei Brüder wollten ein paar fangen und braten, aber der Dummling ließ es nicht zu und sprach: "Laßt die Tiere in Frieden, ich leid's nicht, daß ihr sie tötet."

Endlich kamen sie an ein Bienennest, darin war so viel Honig, daß er am Stamm herunterlief. Die zwei wollten Feuer unter den Baum legen und die Bienen ersticken, damit sie den Honig wegnehmen könnten. Der Dummling hielt sie aber wieder ab und sprach: "Laßt die Tiere in Frieden, ich leid's nicht, daß ihr sie verbrennt."

Endlich kamen die drei Brüder in ein Schloß, wo in den Ställen lauter steinerne Pferde standen, auch war kein

Mensch zu sehen, und sie gingen durch alle Säle, bis sie vor eine Tür ganz am Ende kamen, davor hingen drei Schlösser; es war aber mitten in der Türe ein Lädlein, dadurch konnte man in die Stube sehen. Da sahen sie ein graues Männchen, das an einem Tisch saß. Sie riefen es an, einmal, zweimal, aber es hörte nicht; endlich riefen sie zum drittenmal, da stand es auf, öffnete die Schlösser und kam heraus. Er sprach aber kein Wort, sondern führte sie zu einem reichbesetzten Tisch; und als sie gegessen und getrunken hatten, brachte es einen jeglichen in sein eigenes Schlafgemach.

Am andern Morgen kam das graue Männchen zu dem ältesten, winkte und leitete ihn zu einer steinernen Tafel, darauf standen drei Aufgaben geschrieben, wodurch das Schloß erlöst werden könnte.

Die erste war, in dem Wald unter dem Moos lagen die Perlen der Königstochter, tausend an der Zahl, die mußten aufgesucht werden, und wenn vor Sonnenuntergang noch eine einzige fehlte, so ward der, welcher gesucht hatte, zu Stein.

Der älteste ging hin und suchte den ganzen Tag, als aber der Tag zu Ende war, hatte er erst hundert gefunden; es geschah, wie auf der Tafel stand, er ward in Stein verwandelt.

Am folgenden Tag unternahm der zweite Bruder das Abenteuer; es ging ihm aber nicht viel besser als dem ältesten, er fand nicht mehr als zweihundert Perlen und ward zu Stein. Endlich kam auch an den Dummling die Reihe, der suchte im Moos, es war aber so schwer, die Perlen zu finden, und ging so langsam. Da setzte er sich auf einen Stein und weinte. Und wie er so saß, kam der Ameisenkönig, dem er einmal das Leben erhalten hatte, mit fünftausend Ameisen, und es währte gar nicht lange, so hatten die kleinen Tiere die Perlen miteinander gefunden und auf einen Haufen getragen. Die zweite Aufgabe aber war, den Schlüssel zu der Schlafkammer der Königstochter aus der See zu holen. Wie der Dummling zur See kam, schwammen die Enten, die er einmal gerettet hatte, heran, tauchten unter und holten den Schlüssel aus der Tiefe.

Die dritte Aufgabe aber war die schwerste, aus den drei schlafenden Töchtern des Königs sollte die jüngste und die liebste herausgesucht werden. Sie glichen sich aber vollkommen und waren durch nichts verschieden, als daß sie, bevor sie eingeschlafen waren, verschiedene Süßigkeiten gegessen hatten, die älteste ein Stück Zucker, die zweite ein wenig Sirup, die jüngste einen Löffel voll Honig. Da kam die Bienenkönigin von den Bienen, die der Dummling vor dem Feuer geschützt hatte, und versuchte den Mund von allen dreien, zuletzt blieb sie auf dem Mund sitzen, der Honig gegessen hatte, und so erkannte der Königssohn die rechte.

Da war der Zauber vorbei, alles war aus dem Schlaf erlöst, und wer von Stein war, erhielt seine menschliche Gestalt wieder. Und der Dummling vermählte sich mit der jüngsten und liebsten und ward König nach ihres Vaters Tod; seine zwei Brüder aber erhielten die beiden andern Schwestern.

Jorinde und Joringel

Es war einmal ein altes Schloß mitten in einem großen dicken Wald, darinnen wohnte eine alte Frau ganz allein, das war eine Erzzauberin. Am Tage machte sie sich zur Katze oder zur Nachteule, des Abends aber wurde sie wieder ordentlich wie ein Mensch gestaltet. Sie konnte das Wild und die Vögel herbeilocken, und dann schlachtete sie, kochte und briet es. Wenn jemand auf hundert Schritte dem Schloß nahe kam, so mußte er stillestehen und konnte sich nicht von der Stelle bewegen, bis sie ihn lossprach; wenn aber eine keusche Jungfrau in diesen Kreis kam, so verwandelte sie dieselbe in einen Vogel und sperrte sie dann in einen Korb ein und trug den Korb in eine Kammer des Schlosses. Sie hatte wohl siebentausend solcher Körbe mit so raren Vögeln im Schlosse.

Nun war einmal eine Jungfrau, die hieß Jorinde; sie war schöner als alle andere Mädchen. Die und dann ein gar schöner Jüngling namens Joringel hatten sich zusammen versprochen. Sie waren in den Brauttagen, und sie hatten ihr größtes Vergnügen eins am andern.

Damit sie nun einsmalen vertraut zusammen reden könnten, gingen sie in den Wald spazieren. "Hüte dich", sagte Joringel, "daß du nicht so nahe ans Schloß kommst." Es war ein schöner Abend, die Sonne schien zwischen den Stämmen der Bäume hell ins dunkle Grün des Waldes, und die Turteltaube sang kläglich auf den alten Maibuchen. Jorinde weinte zuweilen, setzte sich hin im Sonnenschein und klagte; Joringel klagte auch. Sie waren so bestürzt, als wenn sie hätten sterben sollen; sie sahen sich um, waren irre und wußten nicht, wohin sie nach Hause gehen sollten. Noch halb stand die Sonne über dem Berg, und halb war sie unter. Joringel sah durchs Gebüsch und sah die alte Mauer des Schlosses nah bei sich; er erschrak und wurde todbang. Jorinde sang:

"Mein Vöglein mit dem Ringlein rot
Singt Leide, Leide, Leide:
Es singt dem Täubelein seinen Tod,
Singt Leide, Lei – zicküth, zicküth, zicküth."

Joringel sah nach Jorinde. Jorinde war in eine Nachtigall verwandelt, die sang "Zicküth, Zicküth". Eine Nachteule mit glühenden Augen flog dreimal um sie herum und schrie dreimal "Schu, hu, hu, hu". Joringel konnte sich nicht regen: er stand da wie ein Stein, konnte nicht weinen, nicht reden, nicht Hand noch Fuß regen. Nun war die Sonne unter; die Eule flog in einen Strauch, und gleich darauf kam eine alte krumme Frau aus diesem hervor, gelb und mager: große rote Augen, krumme Nase, die mit der Spitze ans Kinn reichte. Sie murmelte, fing die Nachtigall und trug sie auf der Hand fort. Joringel konnte nichts sagen, nicht von der Stelle kommen; die Nachtigall war fort.

Endlich kam das Weib wieder und sagte mit dumpfer Stimme: "Grüß dich, Zachiel, wenn's Möndel ins Körbel scheint, bind los, Zachiel, zu guter Stund." Da wurde

Joringel los. Er fiel vor dem Weib auf die Knie und bat, sie möchte ihm seine Jorinde wiedergeben, aber sie sagte, er sollte sie nie wiederhaben, und ging fort.

Er rief, er weinte, er jammerte, aber alles umsonst. "Uu, was soll mir geschehen?" Joringel ging fort und kam endlich in ein fremdes Dorf; da hütete er die Schafe lange Zeit. Oft ging er rund um das Schloß herum, aber nicht zu nahe dabei.

Endlich träumte er einmal des Nachts, er fände eine blutrote Blume, in deren Mitte eine schöne große Perle war. Die Blume brach er ab, ging damit zum Schlosse: alles, was er mit der Blume berührte, ward von der Zauberei frei; auch träumte er, er hätte seine Jorinde dadurch wiederbekommen.

Des Morgens, als er erwachte, fing er an, durch Berg und Tal zu suchen, ob er eine solche Blume fände; er suchte bis an den neunten Tag, da fand er die blutrote Blume am Morgen früh. In der Mitte war ein großer Tautropfe, so groß wie die schönste Perle. Diese Blume trug er Tag und Nacht bis zum Schloß. Wie er auf hundert Schritt nahe bis zum Schloß kam, da ward er nicht fest, sondern ging fort bis ans Tor. Joringel freute sich hoch, berührte die Pforte mit der Blume, und sie sprang auf. Er ging hinein, durch den Hof, horchte, wo er die vielen Vögel vernähme; endlich hörte er's. Er ging und fand den Saal, darauf war die Zauberin und fütterte die Vögel in den siebentausend Körben. Wie sie den Joringel sah, ward sie bös, sehr bös, schalt, spie Gift und Galle gegen ihn aus, aber sie konnte auf zwei Schritte nicht an ihn kommen. Er kehrte sich nicht an sie und ging, besah die Körbe mit den Vögeln; da waren aber viele hundert Nachtigallen, wie sollte er nun seine Jorinde wiederfinden?

Indem er so zusah, [merkte er,] daß die Alte heimlich ein Körbchen mit einem Vogel wegnahm und damit nach der Türe ging. Flugs sprang er hinzu, berührte das Körbchen mit der Blume und auch das alte Weib; nun konnte sie nichts mehr zaubern, und Jorinde stand da, hatte ihn um den Hals gefaßt, so schön, wie sie ehemals war. Da machte er auch alle die andern Vögel wieder zu Jungfrauen, und da ging er mit seiner Jorinde nach Hause, und sie lebten lange vergnügt zusammen.

Die drei Glückskinder

Ein Vater ließ einmal seine drei Söhne vor sich kommen und schenkte dem ersten einen Hahn, dem zweiten eine Sense, dem dritten eine Katze. "Ich bin schon alt", sagte er, "und mein Tod ist nah, da wollte ich euch vor meinem Ende noch versorgen. Geld hab ich nicht, und was ich euch jetzt gebe, scheint wenig wert, es kommt aber bloß darauf an, daß ihr es verständig anwendet: sucht euch nur ein Land, wo dergleichen Dinge noch unbekannt sind, so ist euer Glück gemacht."

Nach dem Tode des Vaters ging der älteste mit seinem Hahn aus, wo er aber hinkam, war der Hahn schon bekannt: in den Städten sah er ihn schon von weitem auf den Türmen sitzen und sich mit dem Wind umdrehen, in den Dörfern hörte er mehr als einen krähen, und niemand wollte sich über das Tier wundern, so daß es nicht das Ansehn hatte, als würde er sein Glück damit machen. Endlich aber geriet's ihm doch, daß er auf eine Insel kam, wo die Leute nichts von einem Hahn wußten, sogar ihre Zeit nicht einzuteilen verstanden. Sie wußten wohl, wenn's Morgen oder Abend war, aber nachts, wenn sie's nicht verschliefen, wußte sich keiner aus der Zeit herauszufinden. "Seht", sprach er, "was für ein stolzes Tier, es hat eine rubinrote Krone auf dem Kopf und trägt Sporn wie ein Ritter. Es ruft euch des Nachts dreimal zu bestimmter Zeit an, und wenn's das letztemal ruft, so geht die Sonne bald auf. Wenn's aber bei hellem Tag ruft, so richtet euch darauf ein, dann gibt's gewiß anderes Wetter."

Den Leuten gefiel das wohl, sie schliefen eine ganze Nacht nicht und hörten mit großer Freude, wie der Hahn um zwei, vier und sechs Uhr laut und vernehmlich die Zeit abrief. Sie fragten ihn, ob das Tier nicht feil wäre und wieviel er dafür verlangte. "Etwa so viel, als ein Esel Gold trägt", antwortete er. "Ein Spottgeld für ein so kostbares Tier", riefen sie insgesamt und gaben ihm gerne, was er gefordert hatte.

Als er mit dem Reichtum heimkam, verwunderten sich seine Brüder, und der zweite sprach: "So will ich mich doch aufmachen und sehen, ob ich meine Sense auch so gut losschlagen kann." Es hatte aber nicht das Ansehen danach, denn überall begegneten ihm Bauern und hatten so gut eine Sense auf der Schulter als er. Doch zuletzt glückte es ihm auch auf einer Insel, wo die Leute nichts von einer Sense wußten. Wenn dort das Korn reif war, so fuhren sie Kanonen vor den Feldern auf und schossen's herunter. Das war nun ein ungewisses Ding, mancher schoß drüber hinaus, ein anderer traf statt des Halms die Ähren und schoß sie fort, dabei ging viel zugrund, und obendrein gab's einen lästerlichen Lärmen. Da stellte sich der Mann hin und mähte es so still und so geschwind nieder, daß die Leute Maul und Nase vor Verwunderung aufsperrten. Sie waren willig, ihm dafür zu geben, was er verlangte, und er bekam ein Pferd, dem war Gold aufgeladen, soviel es tragen konnte.

Nun wollte der dritte Bruder seine Katze auch an den rechten Mann bringen. Es ging ihm wie den andern, solange er auf dem festen Lande blieb, war nichts auszurichten, es gab allerorten Katzen, und waren ihrer so viel, daß die neugebornen Jungen meist im Wasser ersäuft wurden. Endlich ließ er sich auf eine Insel überschiffen, und es traf sich glücklicherweise, daß dort noch niemals eine gesehen war und doch die Mäuse so überhandgenommen hatten, daß sie auf den Tischen und Bänken tanzten, der Hausherr mochte daheim sein oder nicht.

Die Leute jammerten gewaltig über die Plage, der König selbst wußte sich in seinem Schlosse nicht dagegen zu retten: in allen Ecken pfiffen Mäuse und zernagten, was sie mit ihren Zähnen nur packen konnten. Da fing nun die Katze ihre Jagd an und hatte bald ein paar Säle gereinigt, und die Leute baten den König, das Wundertier für das Reich zu kaufen. Der König gab gerne, was gefordert wurde, das war ein mit Gold beladener Maulesel, und der dritte Bruder kam mit den allergrößten Schätzen heim. Die Katze machte sich in dem königlichen Schlosse mit den Mäusen eine rechte Lust und biß so viele tot, daß sie nicht mehr zu zählen waren. Endlich ward ihr von der Arbeit heiß, und sie bekam Durst; da blieb sie stehen, drehte den Kopf in die Höhe und schrie: "Miau, miau."

Der König samt allen seinen Leuten, als sie das seltsame Geschrei vernahmen, erschraken und liefen in ihrer Angst sämtlich zum Schloß hinaus. Unten hielt der König Rat, was zu tun das beste wäre; zuletzt ward beschlossen, einen Herold an die Katze abzuschicken und sie aufzufordern, das Schloß zu verlassen oder zu gewärtigen, daß Gewalt gegen sie gebraucht würde. Die Räte sagten: "Lieber wollen wir uns von den Mäusen plagen lassen, an das Übel sind wir gewöhnt, als unser Leben einem solchen Untier preisgeben."

Ein Edelknabe mußte hinaufgehen und die Katze fragen, ob sie das Schloß gutwillig räumen wollte. Die Katze aber, deren Durst nur noch größer geworden war, antwortete bloß: "Miau, miau." Der Edelknabe verstand: "Durchaus, durchaus nicht", und überbrachte dem König die Antwort.

"Nun", sprachen die Räte, "soll sie der Gewalt weichen." Es wurden Kanonen aufgeführt und das Haus in Brand geschossen. Als das Feuer in den Saal kam, wo die Katze saß, sprang sie glücklich zum Fenster hinaus; die Belagerer hörten aber nicht eher auf, als bis das ganze Schloß in Grund und Boden geschossen war.

Sechse kommen durch die ganze Welt

Es war einmal ein Mann, der verstand allerlei Künste; er diente im Krieg und hielt sich brav und tapfer, aber als der Krieg zu Ende war, bekam er den Abschied und drei Heller Zehrgeld auf den Weg. "Wart", sprach er, "das laß ich mir nicht gefallen, finde ich die rechten Leute, so soll mir der König noch die Schätze des ganzen Landes herausgeben."

Da ging er voll Zorn in den Wald und sah einen darin stehen, der hatte sechs Bäume ausgerupft, als wären's Kornhalme. Sprach er zu ihm: "Willst du mein Diener sein und mit mir ziehen?"

"Ja", antwortete er, "aber erst will ich meiner Mutter das Wellchen Holz heimbringen", und nahm einen von den Bäumen und wickelte ihn um die fünf andern, hob die Welle auf die Schulter und trug sie fort. Dann kam er wieder und ging mit seinem Herrn, der sprach: "Wir zwei sollten wohl durch die ganze Welt kommen."

Und als sie ein Weilchen gegangen waren, fanden sie einen Jäger, der lag auf den Knien, hatte die Büchse angelegt und zielte. Sprach der Herr zu ihm: "Jäger, was willst du schießen?" Er antwortete: "Zwei Meilen von hier sitzt eine Fliege auf dem Ast eines Eichbaums, der will ich das linke Auge herausschießen."

"O geh mit mir", sprach der Mann, "wenn wir drei zusammen sind, sollten wir wohl durch die ganze Welt kommen." Der Jäger war bereit und ging mit ihm, und sie kamen zu sieben Windmühlen, deren Flügel trieben ganz hastig herum, und ging doch links und rechts kein Wind und bewegte sich kein Blättchen. Da sprach der Mann: "Ich weiß nicht, was die Windmühlen treibt, es regt sich ja kein Lüftchen", und ging mit seinen Dienern weiter, und als sie zwei Meilen fortgegangen waren, sahen sie einen auf einem Baum sitzen, der hielt das eine Nasenloch zu und blies aus dem andern. "Mein, was treibst du da oben?" fragte der Mann. Er antwortete: "Zwei Meilen von hier stehen sieben Windmühlen, seht, die blase ich an, daß sie laufen."

"O geh mit mir", sprach der Mann, "wenn wir vier zusammen sind, sollten wir wohl durch die ganze Welt kommen." Da stieg der Bläser herab und ging mit, und über eine Zeit sahen sie einen, der stand da auf einem Bein und hatte das andere abgeschnallt und neben sich gelegt. Da sprach der Herr: "Du hast dir's ja bequem gemacht zum Ausruhen."

"Ich bin ein Laufer", antwortete er, "und damit ich nicht gar zu schnell springe, habe ich mir das eine Bein abgeschnallt; wenn ich mit zwei Beinen laufe, so geht's geschwinder, als ein Vogel fliegt."

"O geh mit mir, wenn wir fünf zusammen sind, sollten wir wohl durch die ganze Welt kommen." Da ging er mit, und gar nicht lang, so begegneten sie einem, der hatte ein Hütchen auf, hatte es aber ganz auf dem einen Ohr sitzen. Da sprach der Herr zu ihm: "Manierlich, manierlich! Häng deinen Hut doch nicht auf ein Ohr, du siehst ja aus wie ein Hans Narr."

"Ich darf's nicht tun", sprach der andere, "denn setz ich meinen Hut gerad, so kommt ein gewaltiger Frost, und die Vögel unter dem Himmel erfrieren und fallen tot zur Erde."

"O geh mit mir", sprach der Herr, "wenn wir sechs zusammen sind, sollten wir wohl durch die ganze Welt kommen."

Nun gingen die sechse in eine Stadt, wo der König hatte bekanntmachen lassen, wer mit seiner Tochter in die Wette laufen wollte und den Sieg davontrüge, der sollte ihr Gemahl werden; wer aber verlöre, müßte auch seinen Kopf hergeben. Da meldete sich der Mann und sprach: "Ich will aber meinen Diener für mich laufen lassen." Der König antwortete: "Dann mußt du auch noch dessen Leben zum Pfand setzen, also daß sein und dein Kopf für den Sieg haften." Als das verabredet und festgemacht war, schnallte der Mann dem Laufer das andere Bein an und sprach zu ihm: "Nun sei hurtig und hilf, daß wir siegen." Es war aber bestimmt, daß, wer am ersten Wasser aus einem weit abgelegenen Brunnen brächte, der sollte Sieger sein.

Nun bekam der Laufer einen Krug und die Königstochter auch einen, und sie fingen zu gleicher Zeit zu laufen an; aber in einem Augenblick, als die Königstochter erst eine kleine Strecke fort war, konnte den Laufer schon kein Zuschauer mehr sehen, und es war nicht anders, als wäre der Wind vorbeigesaust. In kurzer Zeit langte er bei dem Brunnen an, schöpfte den Krug voll Wasser und kehrte wieder um. Mitten aber auf dem Heimweg überkam ihn eine Müdigkeit, da setzte er den Krug hin, legte sich nieder und schlief ein. Er hatte aber einen Pferdeschädel, der da auf der Erde lag, zum Kopfkissen gemacht, damit er hart läge und bald wieder erwachte.

Indessen war die Königstochter, die auch gut laufen konnte, so gut es ein gewöhnlicher Mensch vermag, bei dem Brunnen angelangt und eilte mit ihrem Krug voll Wasser zurück; und als sie den Laufer daliegen und schlafen sah, war sie froh und sprach: "Der Feind ist in meine Hände gegeben", leerte seinen Krug aus und sprang weiter.

Nun wär alles verloren gewesen, wenn nicht zu gutem Glück der Jäger mit seinen scharfen Augen oben auf dem Schloß gestanden und alles mit angesehen hätte. Da sprach er: "Die Königstochter soll doch gegen uns nicht aufkommen", lud seine Büchse und schoß so geschickt, daß er dem Laufer den Pferdeschädel unter dem Kopf wegschoß, ohne ihm wehzutun. Da erwachte der Laufer, sprang in die

Höhe und sah, daß sein Krug leer und die Königstochter schon weit voraus war. Aber er verlor den Mut nicht, lief mit dem Krug wieder zum Brunnen zurück, schöpfte aufs neue Wasser und war noch zehn Minuten eher als die Königstochter daheim.

"Seht Ihr", sprach er, "jetzt hab ich erst die Beine aufgehoben, vorher war's gar kein Laufen zu nennen." Den König aber kränkte es, und seine Tochter noch mehr, daß sie so ein gemeiner, abgedankter Soldat davontragen sollte; sie ratschlagten miteinander, wie sie ihn samt seinen Gesellen loswürden.

Da sprach der König zu ihr: "Ich habe ein Mittel gefunden, laß dir nicht bang sein, sie sollen nicht wieder heimkommen." Und sprach zu ihnen: "Ihr sollt euch nun zusammen lustig machen, essen und trinken", und führte sie zu einer Stube, die hatte einen Boden von Eisen, und die Türen waren auch von Eisen, und die Fenster waren mit eisernen Stäben verwahrt. In der Stube war eine Tafel, mit köstlichen Speisen besetzt, da sprach der König zu ihnen: "Geht hinein und laßt's euch wohl sein." Und wie sie darinnen waren, ließ er die Türe verschließen und verriegeln. Dann ließ er den Koch kommen und befahl ihm, ein Feuer so lang unter die Stube zu machen, bis das Eisen glühend würde. Das tat der Koch, und es fing an und ward den sechsen in der Stube, während sie an der Tafel saßen, ganz warm, und sie meinten, das käme vom Essen; als aber die Hitze immer größer ward und sie hinaus wollten, Türe und

Fenster aber verschlossen fanden, da merkten sie, daß der König Böses im Sinne gehabt hatte und sie ersticken wollte.

"Es soll ihm aber nicht gelingen", sprach der mit dem Hütchen, "ich will einen Frost kommen lassen, vor dem sich das Feuer schämen und verkriechen soll." Da setzte er sein Hütchen gerade, und alsobald fiel ein Frost, daß alle Hitze verschwand und die Speisen auf den Schüsseln anfingen zu frieren. Als nun ein paar Stunden herum waren und der König glaubte, sie wären in der Hitze verschmachtet, ließ er die Türe öffnen und wollte selbst nach ihnen sehen. Aber wie die Türe aufging, standen sie alle sechse da, frisch und gesund, und sagten, es wäre ihnen lieb, daß sie herauskönnten, sich zu wärmen, denn bei der großen Kälte in der Stube frören die Speisen an den Schüsseln fest. Da ging der König voll Zorn hinab zu dem Koch, schalt ihn und fragte, warum er nicht getan hätte, was ihm wäre befohlen worden. Der Koch aber antwortete: "Es ist Glut genug da, seht nur selbst." Da sah der König, daß ein gewaltiges Feuer unter der Eisenstube brannte, und merkte, daß er den sechsen auf diese Weise nichts anhaben könnte.

Nun sann der König aufs neue, wie er der bösen Gäste loswürde, ließ den Meister kommen und sprach: "Willst du Gold nehmen und dein Recht auf meine Tochter aufgeben, so sollst du haben, soviel du willst."

"O ja, Herr König", antwortete er, "gebt mir so viel, als mein Diener tragen kann, so verlange ich Eure Tochter nicht." Das war der König zufrieden, und jener sprach weiter: "So will ich in vierzehn Tagen kommen und es holen." Darauf rief er alle Schneider aus dem ganzen Reich herbei, die mußten vierzehn Tage lang sitzen und einen Sack nähen. Und als er fertig war, mußte der Starke, welcher Bäume ausrupfen konnte, den Sack auf die Schulter nehmen und mit ihm zu dem König gehen. Da sprach der König: "Was ist das für ein gewaltiger Kerl, der den hausgroßen Ballen Leinewand auf der Schulter trägt?" Erschrak und dachte: "Was wird der für Gold wegschleppen!"

Da hieß er eine Tonne Gold herbringen, die mußten sechzehn der stärksten Männer tragen, aber der Starke packte sie mit einer Hand, steckte sie in den Sack und sprach: "Warum bringt ihr nicht gleich mehr, das deckt ja kaum den Boden."

Da ließ der König nach und nach seinen ganzen Schatz herbeitragen, den schob der Starke in den Sack hinein, und der Sack ward davon noch nicht zur Hälfte voll. "Schafft mehr herbei", rief er, "die paar Brocken füllen nicht." Da mußten noch siebentausend Wagen mit Gold in dem ganzen Reich zusammengefahren werden; die schob der Starke samt den vorgespannten Ochsen in seinen Sack. "Ich will's nicht lange besehen", sprach er, "und nehmen, was kommt, damit der Sack nur voll wird."

Wie alles darinstak, ging doch noch viel hinein, da sprach er: "Ich will dem Ding nur ein Ende machen, man bindet wohl einmal einen Sack zu, wenn er auch noch nicht voll ist." Dann huckte er ihn auf den Rücken und ging mit seinen Gesellen fort.

Als der König nun sah, wie der einzige Mann des ganzen Landes Reichtum forttrug, ward er zornig und ließ seine Reiterei aufsitzen, die sollten den sechsen nachjagen und hatten Befehl, dem Starken den Sack wieder abzunehmen. Zwei Regimenter holten sie bald ein und riefen ihnen zu: "Ihr seid Gefangene, legt den Sack mit dem Gold nieder oder ihr werdet zusammengehauen."

"Was sagt ihr?" sprach der Bläser. "Wir wären Gefangene? Eher sollt ihr sämtlich in der Luft herumtanzen", hielt das eine Nasenloch zu und blies mit dem andern die beiden Regimenter an, da fuhren sie auseinander und in die blaue Luft über alle Berge weg, der eine hierhin, der andere dorthin. Ein Feldwebel rief um Gnade, er hätte neun Wunden und wäre ein braver Kerl, der den Schimpf nicht verdiente. Da ließ der Bläser ein wenig nach, so daß er ohne Schaden wieder herabkam, dann sprach er zu ihm: "Nun geh heim zum König und sag, er sollte nur noch mehr Reiterei schicken, ich wollte sie alle in die Luft blasen."

Der König, als er den Bescheid vernahm, sprach: "Laßt die Kerle gehen, die haben etwas an sich."

Da brachten die sechs den Reichtum heim, teilten ihn unter sich und lebten vergnügt bis an ihr Ende.

Das kluge Gretel

Es war eine Köchin, die hieß Gretel, die trug Schuhe mit roten Absätzen, und wenn sie damit ausging, so drehte sie sich hin und her, war ganz fröhlich und dachte: "Du bist doch ein schönes Mädel." Und wenn sie nach Haus kam, so trank sie aus Fröhlichkeit einen Schluck Wein, und weil der Wein auch Lust zum Essen macht, so versuchte sie das Beste, was sie kochte, so lang, bis sie satt war, und sprach: "Die Köchin muß wissen, wie's Essen schmeckt."

Es trug sich zu, daß der Herr einmal zu ihr sagte: "Gretel, heut abend kommt ein Gast, richte mir zwei Hühner fein wohl zu."

"Will's schon machen, Herr", antwortete Gretel. Nun stach's die Hühner ab, brühte sie, rupfte sie, steckte sie an den Spieß und brachte sie, wie's gegen Abend ging, zum Feuer, damit sie braten sollten. Die Hühner fingen an, braun und gar zu werden, aber der Gast war noch nicht gekommen. Da rief Gretel dem Herrn: "Kommt der Gast nicht, so muß ich die Hühner vom Feuer tun, ist aber Jammer und Schade, wenn sie nicht bald gegessen werden, wo sie am besten im Saft sind."

Sprach der Herr: "So will ich nur selbst laufen und den Gast holen." Als der Herr den Rücken gekehrt hatte, legte Gretel den Spieß mit den Hühnern beiseite und dachte: "So lange da beim Feuer stehen macht schwitzen und durstig, wer weiß, wann die kommen! Derweil spring ich in den Keller und tue einen Schluck." Lief hinab, setzte einen Krug an, sprach: "Gott gesegne's dir, Gretel", und tat einen guten Zug. "Der Wein hängt aneinander", sprach's weiter, "und ist nicht gut abbrechen", und tat noch einen ernsthaften Zug.

Nun ging es und stellte die Hühner wieder übers Feuer, strich sie mit Butter und trieb den Spieß lustig herum. Weil aber der Braten so gut roch, dachte Gretel: "Es könnte etwas fehlen, versucht muß er werden! " Schleckte mit dem Finger und sprach: "Ei, was sind die Hühner so gut! Ist ja Sünd und Schand, daß man sie nicht gleich ißt!" Lief zum Fenster, ob der Herr mit dem Gast noch nicht käm, aber es sah niemand; stellte sich wieder zu den Hühnern, dachte: "Der eine Flügel verbrennt, besser ist's, ich eß ihn weg." Also schnitt es ihn ab und aß ihn auf, und er schmeckte ihm: und wie es damit fertig war, dachte es: "Der andere muß auch herab, sonst merkt der Herr, daß etwas fehlt." Wie die zwei Flügel verzehrt waren, ging es wieder und schaute nach dem Herrn und sah ihn nicht. "Wer weiß", fiel ihm ein, "sie kommen wohl gar nicht und sind wo eingekehrt."

Da sprach's: "Hei, Gretel, sei guter Dinge, das eine ist doch angegriffen, tu noch einen frischen Trunk, und iß es vollends auf, wenn's all ist, hast du Ruhe; warum soll die gute Gottesgabe umkommen?" Also lief es noch einmal in den Keller, tat einen ehrbaren Trunk und aß das eine Huhn in aller Freudigkeit auf. Wie das eine Huhn hinunter war und der Herr noch immer nicht kam, sah Gretel das andere an und sprach: "Wo das eine ist, muß das andere auch sein, die zwei gehören zusammen: was dem einen recht ist, das ist dem andern billig; ich glaube, wenn ich noch einen Trunk tue, so sollte mir's nicht schaden". Also tat es noch einen herzhaften Trunk und ließ das zweite Huhn wieder zum andern laufen.

Wie es so im besten Essen war, kam der Herr dahergegangen und rief: "Eil dich, Gretel, der Gast kommt gleich nach."

"Ja, Herr, will's schon zurichten", antwortete Gretel. Der Herr sah indessen, ob der Tisch wohl gedeckt war, nahm das große Messer, womit er die Hühner zerschneiden wollte, und wetzte es auf dem Gang.

Indem kam der Gast, klopfte sittig und höflich an der Haustüre. Gretel lief und schaute, wer da war, und als es den Gast sah, hielt es den Finger an den Mund und sprach: "Still, still! Macht geschwind, daß Ihr wieder fortkommt, wenn Euch mein Herr erwischt, so seid Ihr unglücklich; er hat Euch zwar zum Nachtessen eingeladen, aber er hat nichts anders im Sinn, als Euch die beiden Ohren abzuschneiden. Hört nur, wie er das Messer dazu wetzt." Der Gast hörte das Wetzen und eilte, was er konnte, die Stiegen wieder hinab. Gretel war nicht faul, lief schreiend zu dem Herrn und rief: "Da habt Ihr einen schönen Gast eingeladen!"

"Ei, warum, Gretel? Was meinst du damit?"

"Ja", sagte es, "der hat mir beide Hühner, die ich eben auftragen wollte, von der Schüssel genommen und ist damit fortgelaufen."

"Das ist feine Weise!" sprach der Herr, und ward ihm leid um die schönen Hühner. "Wenn er mir dann wenigstens das eine gelassen hätte, damit mir was zu essen geblieben wäre." Er rief ihm nach, er sollte bleiben, aber der Gast tat, als hörte er es nicht.

Da lief er hinter ihm her, das Messer noch immer in der Hand, und schrie: "Nur eins, nur eins!", und meinte, der Gast sollte ihm nur ein Huhn lassen und nicht alle beide nehmen; der Gast aber meinte nicht anders, als er sollte eins von seinen Ohren hergeben, und lief, als wenn Feuer unter ihm brennte, damit er sie beide heimbrächte.

Hans im Glück

Hans hatte sieben Jahre bei seinem Herrn gedient, da sprach er zu ihm: "Herr, meine Zeit ist herum, nun wollte ich gerne wieder heim zu meiner Mutter, gebt mir meinen Lohn." Der Herr antwortete: "Du hast mir treu und ehrlich gedient, wie der Dienst war, so soll der Lohn sein", und gab ihm ein Stück Gold, das so groß als Hansens Kopf war. Hans zog sein Tüchlein aus der Tasche, wickelte den Klumpen hinein, setzte ihn auf die Schulter und machte sich auf den Weg nach Haus. Wie er so dahinging und immer ein Bein vor das andere setzte, kam ihm ein Reiter in die Augen, der frisch und fröhlich auf einem muntern Pferd vorbeitrabte. "Ach", sprach Hans ganz laut, "was ist das Reiten ein schönes Ding! Da sitzt einer wie auf einem Stuhl, stößt sich an keinen Stein, spart die Schuh und kommt fort, er weiß nicht wie." Der Reiter, der das gehört hatte, hielt an und rief: "Ei, Hans, warum laufst du auch zu Fuß?"

"Ich muß ja wohl", antwortete er, "da habe ich einen Klumpen heimzutragen: es ist zwar Gold, aber ich kann den Kopf dabei nicht geradhalten, auch drückt mir's auf die Schulter."

"Weißt du was", sagte der Reiter, "wir wollen tauschen: ich gebe dir mein Pferd, und du gibst mir deinen Klumpen."

"Von Herzen gern", sprach Hans, "aber ich sage Euch, Ihr müßt Euch damit schleppen." Der Reiter stieg ab, nahm das Gold und half dem Hans hinauf, gab ihm die Zügel fest in die Hände und sprach: "Wenn's nun recht geschwind soll gehen, so mußt du mit der Zunge schnalzen und 'hopp, hopp' rufen."

Hans war seelenfroh, als er auf dem Pferde saß und so frank und frei dahinritt. Über ein Weilchen fiel's ihm ein, es sollte noch schneller gehen, und fing an, mit der Zunge zu schnalzen und "hopp, hopp" zu rufen. Das Pferd setzte sich in starken Trab, und ehe sich's Hans versah, war er abgeworfen und lag in einem Graben, der die Äcker von der Landstraße trennte. Das Pferd wäre auch durchgegangen, wenn es nicht ein Bauer aufgehalten hätte, der des Weges kam und eine Kuh vor sich hertrieb. Hans suchte seine Glieder zusammen und machte sich wieder auf die Beine. Er war aber verdrießlich und sprach zu dem Bauer:

"Es ist ein schlechter Spaß, das Reiten, zumal wenn man auf so eine Mähre gerät wie diese, die stößt und einen herabwirft, daß man den Hals brechen kann; ich setze mich nun und nimmermehr wieder auf. Da lob ich mir Eure Kuh, da kann einer mit Gemächlichkeit hinterhergehen und hat obendrein seine Milch, Butter und Käse jeden Tag gewiß. Was gäb ich darum, wenn ich so eine Kuh hätte!"

"Nun", sprach der Bauer, "geschieht Euch so ein großer Gefallen, so will ich Euch wohl die Kuh für das Pferd vertauschen." Hans willigte mit tausend Freuden ein; der Bauer schwang sich aufs Pferd und ritt eilig davon.

Hans trieb seine Kuh ruhig vor sich her und bedachte den glücklichen Handel. "Hab ich nur ein Stück Brot, und daran wird mir's doch nicht fehlen, so kann ich, sooft mir's beliebt, Butter und Käse dazu essen; hab ich Durst, so melk ich meine Kuh und trinke Milch. Herz, was verlangst du mehr?"

Als er zu einem Wirtshaus kam, machte er halt, aß in der großen Freude alles, was er bei sich hatte, sein Mittags_ und Abendbrot, rein auf und ließ sich für seine letzten paar Heller ein halbes Glas Bier einschenken. Dann trieb er seine Kuh weiter, immer nach dem Dorfe seiner Mutter zu.

Die Hitze ward drückender, je näher der Mittag kam, und Hans befand sich in einer Heide, die wohl noch eine Stunde dauerte. Da ward es ihm ganz heiß, so daß ihm vor Durst die Zunge am Gaumen klebte. "Dem Ding ist zu helfen", dachte Hans, "jetzt will ich meine Kuh melken und mich an der Milch laben." Er band sie an einen dürren Baum, und da er keinen Eimer hatte, so stellte er seine Ledermütze unter, aber wie er sich auch bemühte, es kam kein Tropfen Milch zum Vorschein. Und weil er sich ungeschickt dabei anstellte, so gab ihm das ungeduldige Tier endlich mit einem der Hinterfüße einen solchen Schlag vor den Kopf, daß er zu Boden taumelte und eine Zeitlang sich gar nicht besinnen konnte, wo er war.

Glücklicherweise kam gerade ein Metzger des Weges, der auf einem Schubkarren ein junges Schwein liegen hatte. "Was sind das für Streiche!" rief er und half dem guten Hans auf. Hans erzählte, was vorgefallen war. Der Metzger reichte ihm seine Flasche und sprach: "Da trinkt einmal und erholt Euch. Die Kuh will wohl keine Milch geben, das ist ein altes Tier, das höchstens noch zum Ziehen taugt oder zum Schlachten.

"Ei, ei", sprach Hans und strich sich die Haare über den Kopf, "wer hätte das gedacht! Es ist freilich gut, wenn man so ein Tier ins Haus abschlachten kann, was gibt's für Fleisch! Aber ich mache mir aus dem Kuhfleisch nicht viel, es ist mir nicht saftig genug. Ja, wer so ein junges Schwein hätte! Das schmeckt anders, dabei noch die Würste."

"Hört, Hans", sprach da der Metzger, "Euch zuliebe will ich tauschen und will Euch das Schwein für die Kuh lassen."

"Gott lohn Euch Eure Freundschaft", sprach Hans, übergab ihm die Kuh, ließ sich das Schweinchen vom Karren losmachen und den Strick, woran es gebunden war, in die Hand geben. Hans zog weiter und überdachte, wie ihm doch alles nach Wunsch ginge, begegnete ihm ja eine Verdrießlichkeit, so würde sie doch gleich wiedergutgemacht. Es gesellte sich danach ein Bursch zu ihm, der trug eine schöne weiße Gans unter dem Arm. Sie boten einander die Zeit, und Hans fing an, von seinem Glück zu erzählen und wie er immer so vorteilhaft getauscht hätte. Der Bursch erzählte ihm, daß er die Gans zu einem Kindtaufschmaus brächte. "Hebt einmal", fuhr er fort und packte sie bei den Flügeln, "wie schwer sie ist, die ist aber auch acht Wochen lang genudelt worden. Wer in den Braten beißt, muß sich das Fett von beiden Seiten abwischen."

"Ja", sprach Hans und wog sie mit der einen Hand, "die hat ihr Gewicht, aber mein Schwein ist auch keine Sau." Indessen sah sich der Bursch nach allen Seiten ganz bedenklich um, schüttelte auch wohl mit dem Kopf. "Hört", fing er darauf an, "mit Eurem Schweine mag's nicht ganz richtig sein. In dem Dorfe, durch das ich gekommen bin, ist eben dem Schulzen eins aus dem Stall gestohlen worden. Ich fürchte, ich fürchte, Ihr habt's da in der Hand. Sie haben Leute ausgeschickt, und es wäre ein schlimmer Handel, wenn sie Euch mit dem Schwein erwischten: das geringste ist, daß Ihr ins finstere Loch gesteckt werdet." Dem guten Hans ward bang: "Ach Gott", sprach er, "helft mir aus der Not, Ihr wißt hier herum bessern Bescheid, nehmt mein Schwein da und laßt mir Eure Gans."

"Ich muß schon etwas aufs Spiel setzen", antwortete der Bursche, "aber ich will doch nicht schuld sein, daß Ihr ins Unglück geratet."

Er nahm also das Seil in die Hand und trieb das Schwein schnell auf einen Seitenweg fort; der gute Hans aber ging, seiner Sorgen entledigt, mit der Gans unter dem Arme der Heimat zu. "Wenn ich's recht überlege", sprach er mit sich selbst, "habe ich noch Vorteil bei dem Tausch: erstlich den guten Braten, hernach die Menge von Fett, die heraus-träufeln wird, das gibt Gänsefettbrot auf ein Vierteljahr; und endlich die schönen weißen Federn, die laß ich mir in mein Kopfkissen stopfen, und darauf will ich wohl ungewiegt einschlafen. Was wird meine Mutter eine Freude haben!"

Als er durch das letzte Dorf gekommen war, stand da ein Scherenschleifer mit seinem Karren, sein Rad schnurrte, und er sang dazu:

"Ich schleife die Schere und drehe geschwind
Und hänge mein Mäntelchen nach dem Wind."

Hans blieb stehen und sah ihm zu; endlich redete er ihn an und sprach: "Euch geht's wohl, weil Ihr so lustig bei Eurem Schleifen seid."

"Ja", antwortete der Scherenschleifer, "das Handwerk hat einen güldenen Boden. Ein rechter Schleifer ist ein Mann, der, sooft er in die Tasche greift, auch Geld darin findet. Aber wo habt Ihr die schöne Gans gekauft?"

"Die hab ich nicht gekauft, sondern für mein Schwein eingetauscht."

"Und das Schwein?"

"Das hab ich für eine Kuh gekriegt."

"Und die Kuh?"

"Die hab ich für ein Pferd bekommen."

"Und das Pferd?"

"Dafür hab ich einen Klumpen Gold, so groß als mein Kopf, gegeben."

"Und das Gold?"

"Ei, das war mein Lohn für sieben Jahre Dienst."

"Ihr habt Euch jederzeit zu helfen gewußt", sprach der Schleifer, "könnt Ihr's nun dahin bringen, daß Ihr das Geld in der Tasche springen hört, wenn Ihr aufsteht, so habt Ihr Euer Glück gemacht."

"Wie soll ich das anfangen?" sprach Hans. "Ihr müßt ein Schleifer werden wie ich; dazu gehört eigentlich nichts als ein Wetzstein, das andere findet sich schon von selbst. Da hab ich einen, der ist zwar ein wenig schadhaft, dafür sollt Ihr mir aber auch weiter nichts als Eure Gans geben; wollt Ihr das?"

"Wie könnt Ihr noch fragen", antwortete Hans, "ich werde ja zum glücklichsten Menschen auf Erden; habe ich Geld, sooft ich in die Tasche greife, was brauche ich da länger zu sorgen?" Reichte ihm die Gans hin und nahm den Wetzstein in Empfang. "Nun", sprach der Schleifer und hob einen gewöhnlichen schweren Feldstein, der neben ihm lag, auf, "da habt Ihr noch einen tüchtigen Stein dazu, auf dem sich's gut schlagen läßt und Ihr Eure alten Nägel geradeklopfen könnt. Nehmt hin und hebt ihn ordentlich auf."

Hans lud den Stein auf und ging mit vergnügtem Herzen weiter; seine Augen leuchteten vor Freude: "Ich muß in einer Glückshaut geboren sein", rief er aus, "alles, was ich wünsche, trifft mir ein wie einem Sonntagskind."

Indessen, weil er seit Tagesanbruch auf den Beinen gewesen war, begann er müde zu werden; auch plagte ihn der Hunger, da er allen Vorrat auf einmal in der Freude über die erhandelte Kuh aufgezehrt hatte. Er konnte endlich nur mit Mühe weitergehen und mußte jeden Augenblick haltmachen; dabei drückten ihn die Steine ganz erbärmlich. Da konnte er sich des Gedankens nicht erwehren, wie gut es wäre, wenn er sie gerade jetzt nicht zu tragen brauchte. Wie eine Schnecke kam er zu einem Feldbrunnen geschlichen, wollte da ruhen und sich mit einem frischen Trunk laben; damit er aber die Steine im Niedersitzen nicht beschädigte, legte er sie bedächtig neben sich auf den Rand des Brunnens.

Darauf setzte er sich nieder und wollte sich zum Trinken bücken, da versah er's, stieß ein klein wenig an, und beide Steine plumpten hinab. Hans, als er sie mit seinen Augen in die Tiefe hatte versinken sehen, sprang vor Freuden auf, kniete dann nieder und dankte Gott mit Tränen in den Augen, daß er ihm auch diese Gnade noch erwiesen und ihn auf eine so gute Art, und ohne daß er sich einen Vorwurf zu machen brauchte, von den schweren Steinen befreit hätte, die ihm allein noch hinderlich gewesen wären. "So glücklich wie ich", rief er aus, "gibt es keinen Menschen unter der Sonne." Mit leichtem Herzen und frei von aller Last sprang er nun fort, bis er daheim bei seiner Mutter war.

Das singende springende Löweneckerchen

Es war einmal ein Mann, der hatte eine große Reise vor, und beim Abschied fragte er seine drei Töchter, was er ihnen mitbringen sollte. Da wollte die älteste Perlen, die zweite wollte Diamanten, die dritte aber sprach: "Lieber Vater, ich wünsche mir ein singendes, springendes Löweneckerchen (Lerche)." Der Vater sagte: "Ja, wenn ich es kriegen kann, sollst du es haben", küßte alle drei und zog fort.

Als nun die Zeit kam, daß er wieder auf dem Heimweg war, so hatte er Perlen und Diamanten für die zwei ältesten gekauft, aber das singende, springende Löweneckerchen für die jüngste hatte er umsonst allerorten gesucht, und das tat ihm leid, denn sie war sein liebstes Kind. Da führte ihn der Weg durch einen Wald, und mitten darin war ein prächtiges Schloß, und nah am Schloß stand ein Baum, ganz oben auf der Spitze des Baums aber sah er ein Löweneckerchen singen und springen. "Ei, du kommst mir gerade recht", sagte er ganz vergnügt und rief seinem Diener, er sollte hinaufsteigen und das Tierchen fangen.

Wie er aber zu dem Baum trat, sprang ein Löwe darunter auf, schüttelte sich und brüllte, daß das Laub an den Bäumen zitterte. "Wer mir mein singendes, springendes Löweneckerchen stehlen will", rief er, "den fresse ich auf."

Da sagte der Mann: "Ich habe nicht gewußt, daß der Vogel dir gehört; ich will mein Unrecht wiedergutmachen und mich mit schwerem Golde loskaufen, laß mir nur das Leben." Der Löwe sprach: "Dich kann nichts retten, als wenn du mir zu eigen versprichst, was dir daheim zuerst begegnet; willst du das aber tun, so schenke ich dir das Leben und den Vogel für deine Tochter obendrein." Der Mann aber weigerte sich und sprach: "Das könnte meine jüngste Tochter sein, die hat mich am liebsten und läuft mir immer entgegen, wenn ich nach Haus komme." Dem Diener aber war angst, und er sagte: "Muß Euch denn gerade Eure Tochter begegnen, es könnte ja auch eine Katze oder ein Hund sein." Da ließ sich der Mann überreden, nahm das singende, springende Löweneckerchen und versprach dem Löwen zu eigen, was ihm daheim zuerst begegnen würde.

Wie er daheim anlangte und in sein Haus eintrat, war das erste, was ihm begegnete, niemand anders als seine jüngste, liebste Tochter: die kam gelaufen, küßte und herzte ihn, und als sie sah, daß er ein singendes, springendes Löweneckerchen mitgebracht hatte, war sie außer sich vor Freude. Der Vater aber konnte sich nicht freuen, sondern fing an zu weinen und sagte: "Mein liebstes Kind, den kleinen Vogel habe ich teuer gekauft, ich habe dich dafür einem wilden Löwen versprechen müssen, und wenn er dich hat, wird er dich zerreißen und fressen", und erzählte ihr da alles, wie es zugegangen war, und bat sie, nicht hinzugehen, es möchte auch kommen, was da wollte.

Sie tröstete ihn aber und sprach: "Liebster Vater, was Ihr versprochen habt, muß auch gehalten werden: ich will hingehen und will den Löwen schon besänftigen, daß ich wieder gesund zu Euch komme."

Am andern Morgen ließ sie sich den Weg zeigen, nahm Abschied und ging getrost in den Wald hinein. Der Löwe aber war ein verzauberter Königssohn und war bei Tag ein Löwe, und mit ihm wurden alle seine Leute Löwen, in der Nacht aber hatten sie ihre natürliche, menschliche Gestalt.

Bei ihrer Ankunft ward sie freundlich empfangen und in das Schloß geführt. Als die Nacht kam, war er ein schöner Mann, und die Hochzeit ward mit Pracht gefeiert. Sie lebten vergnügt miteinander, wachten in der Nacht und schliefen am Tag.

Zu einer Zeit kam er und sagte: "Morgen ist ein Fest in deines Vaters Haus, weil deine älteste Schwester sich verheiratet, und wenn du Lust hast hinzugehen, so sollen dich meine Löwen hinführen." Da sagte sie ja, sie möchte gern ihren Vater wiedersehen, fuhr hin und ward von den Löwen begleitet. Da war große Freude, als sie ankam, denn sie hatten alle geglaubt, sie wäre von dem Löwen zerrissen worden und schon lange nicht mehr am Leben. Sie erzählte aber, was sie für einen schönen Mann hätte und wie gut es ihr ginge, und blieb bei ihnen, solang die Hochzeit dauerte, dann fuhr sie wieder zurück in den Wald.

Wie die zweite Tochter heiratete und sie wieder zur Hochzeit eingeladen war, sprach sie zum Löwen: "Diesmal will ich nicht allein sein, du mußt mitgehen." Der Löwe aber sagte, das wäre zu gefährlich für ihn, denn wenn dort der Strahl eines brennenden Lichts ihn berührte, so würde er in eine Taube verwandelt und müßte sieben Jahre lang mit den Tauben fliegen. "Ach", sagte sie, "geh nur mit mir: ich will dich schon hüten und vor allem Licht bewahren." Also zogen sie zusammen und nahmen auch ihr kleines Kind mit. Sie ließ dort einen Saal mauern, so stark und dick, daß kein Strahl durchdringen konnte, darin sollt er sitzen, wann die Hochzeitslichter angesteckt würden. Die Tür aber war von frischem Holz gemacht, das sprang und bekam einen kleinen Ritz, den kein Mensch bemerkte.

Nun ward die Hochzeit mit Pracht gefeiert, wie aber der Zug aus der Kirche zurückkam mit den vielen Fackeln und Lichtern an dem Saal vorbei, da fiel ein haarbreiter Strahl auf den Königssohn, und wie dieser Strahl ihn berührt hatte, in dem Augenblick war er auch verwandelt, und als sie hineinkam und ihn suchte, sah sie ihn nicht, aber es saß da eine weiße Taube. Die Taube sprach zu ihr: "Sieben Jahr muß ich in die Welt fortfliegen; alle sieben Schritte aber will ich einen roten Blutstropfen und eine weiße Feder fallen lassen, die sollen dir den Weg zeigen, und wenn du der Spur folgst, kannst du mich erlösen."

Da flog die Taube zur Tür hinaus, und sie folgte ihr nach, und alle sieben Schritte fiel ein rotes Blutströpfchen und ein weißes Federchen herab und zeigte ihren Weg. So ging sie immerzu in die weite Welt hinein und schaute nicht um sich und ruhte sich nicht, und waren fast die sieben Jahre herum; da freute sie sich und meinte, sie wären bald erlöst, und war noch so weit davon.

Einmal, als sie so fortging, fiel kein Federchen mehr und auch kein rotes Blutströpfchen, und als sie die Augen aufschlug, so war die Taube verschwunden. Und weil sie dachte: "Menschen können dir da nicht helfen", so stieg sie zur Sonne hinauf und sagte zu ihr: "Du scheinst in alle Ritzen und über alle Spitzen, hast du keine weiße Taube fliegen sehen?"

" Nein", sagte die Sonne, "ich habe keine gesehen, aber da schenk ich dir ein Kästchen, das mach auf, wenn du in großer Not bist." Da dankte sie der Sonne und ging weiter, bis es Abend war und der Mond schien, da fragte sie ihn: "Du scheinst ja die ganze Nacht und durch alle Felder und Wälder, hast du eine weiße Taube fliegen sehen?"

"Nein", sagte der Mond, "ich habe keine gesehen, aber da schenk ich dir ein Ei, das zerbrich, wenn du in großer Not bist." Da dankte sie dem Mond und ging weiter, bis der Nachtwind herankam und sie anblies; da sprach sie zu ihm: "Du wehst ja über alle Bäume und unter allen Blättern weg, hast du keine weiße Taube fliegen sehen?"

"Nein", sagte der Nachtwind, "ich habe keine gesehen, aber ich will die drei andern Winde fragen, die haben sie vielleicht gesehen." Der Ostwind und der Westwind kamen und hatten nichts gesehen, der Südwind aber sprach: "Die weiße Taube habe ich gesehen, sie ist zum Roten Meer geflogen, da ist sie wieder ein Löwe geworden, denn die sieben Jahre sind herum, und der Löwe steht dort im Kampf mit einem Lindwurm, der Lindwurm ist aber eine verzauberte Königstochter."

Da sagte der Nachtwind zu ihr: "Ich will dir Rat geben, geh zum Roten Meer, am rechten Ufer, da stehen große Ruten, die zähle, und die eilfte schneid dir ab und schlag den Lindwurm damit, dann kann ihn der Löwe bezwingen, und beide bekommen auch ihren menschlichen Leib wieder. Hernach schau dich um, und du wirst den Vogel Greif sehen, der am Roten Meer sitzt, schwing dich mit deinem Liebsten auf seinen Rücken: der Vogel wird euch übers Meer nach Haus tragen. Da hast du auch eine Nuß, wenn du mitten über dem Meere bist, laß sie herabfallen, alsbald wird sie aufgehen, und ein großer Nußbaum wird aus dem Wasser hervorwachsen, auf dem sich der Greif ausruht; und könnte er nicht ruhen, so wäre er nicht stark genug, euch hinüberzutragen; und wenn du vergißt, die Nuß herabzuwerfen, so läßt er euch ins Meer fallen."

Da ging sie hin und fand alles, wie der Nachtwind gesagt hatte. Sie zählte die Ruten am Meer und schnitt die eilfte ab, damit schlug sie den Lindwurm, und der Löwe bezwang ihn; alsbald hatten beide ihren menschlichen Leib wieder. Aber wie die Königstochter, die vorher ein Lindwurm gewesen war, vom Zauber frei war, nahm sie den

Jüngling in den Arm, setzte sich auf den Vogel Greif und führte ihn mit sich fort. Da stand die arme Weitgewanderte und war wieder verlassen und setzte sich nieder und weinte. Endlich aber ermutigte sie sich und sprach: "Ich will noch so weit gehen, als der Wind weht, und so lange, als der Hahn kräht, bis ich ihn finde."

Und ging fort, lange, lange Wege, bis sie endlich zu dem Schloß kam, wo beide zusammenlebten; da hörte sie, daß bald ein Fest wäre, wo sie Hochzeit miteinander machen wollten. Sie sprach aber: "Gott hilft mir noch", und öffnete das Kästchen, das ihr die Sonne gegeben hatte, da lag ein Kleid darin, so glänzend wie die Sonne selber. Da nahm sie es heraus und zog es an und ging hinauf in das Schloß, und alle Leute und die Braut selber sahen sie mit Verwunderung an; und das Kleid gefiel der Braut so gut, daß sie dachte, es könnte ihr Hochzeitskleid geben, und fragte, ob es nicht feil wäre. "Nicht für Geld und Gut", antwortete sie, "aber für Fleisch und Blut." Die Braut fragte, was sie damit meinte. Da sagte sie: "Laßt mich eine Nacht in der Kammer schlafen, wo der Bräutigam schläft." Die Braut wollte nicht, und wollte doch gerne das Kleid haben, endlich willigte sie ein, aber der Kammerdiener mußte dem Königssohn einen Schlaftrunk geben.

Als es nun Nacht war und der Jüngling schon schlief, ward sie in die Kammer geführt. Da setzte sie sich ans Bett und sagte: "Ich bin dir nachgefolgt sieben Jahre, bin bei Sonne und Mond und bei den vier Winden gewesen und habe nach dir gefragt, und habe dir geholfen gegen den

Lindwurm, willst du mich denn ganz vergessen?" Der Königssohn aber schlief so hart, daß es ihm nur vorkam, als rauschte der Wind draußen in den Tannenbäumen.

Wie nun der Morgen anbrach, da ward sie wieder hinausgeführt und mußte das goldene Kleid hingeben. Und als auch das nichts geholfen hatte, ward sie traurig, ging hinaus auf eine Wiese, setzte sich da hin und weinte. Und wie sie so saß, da fiel ihr das Ei noch ein, das ihr der Mond gegeben hatte; sie schlug es auf, da kam eine Glucke heraus mit zwölf Küchlein ganz von Gold, die liefen herum und piepten und krochen der Alten wieder unter die Flügel, so daß nichts Schöneres auf der Welt zu sehen war.

Da stand sie auf, trieb sie auf der Wiese vor sich her, so lange, bis die Braut aus dem Fenster sah, und da gefielen ihr die kleinen Küchlein so gut, daß sie gleich herabkam und fragte, ob sie nicht feil wären. "Nicht für Geld und Gut, aber für Fleisch und Blut; laßt mich noch eine Nacht in der Kammer schlafen, wo der Bräutigam schläft."

Die Braut sagte ja und wollte sie betrügen wie am vorigen Abend. Als aber der Königssohn zu Bett ging, fragte er seinen Kammerdiener, was das Murmeln und Rauschen in der Nacht gewesen sei. Da erzählte der Kammerdiener alles, daß er ihm einen Schlaftrunk hätte geben müssen, weil ein armes Mädchen heimlich in der Kammer geschlafen hätte, und heute nacht sollte er ihm wieder einen geben. Sagte der Königssohn: "Gieß den Trank neben das Bett aus."

Zur Nacht wurde sie wieder hereingeführt, und als sie anfing zu erzählen, wie es ihr traurig ergangen wäre, da erkannte er gleich an der Stimme seine liebe Gemahlin, sprang auf und rief: "Jetzt bin ich erst recht erlöst, mir ist gewesen wie in einem Traum, denn die fremde Königstochter hatte mich bezaubert, daß ich dich vergessen mußte, aber Gott hat noch zu rechter Stunde die Betörung von mir genommen."

Da gingen sie beide in der Nacht heimlich aus dem Schloß, denn sie fürchteten sich vor dem Vater der Königstochter, der ein Zauberer war, und setzten sich auf den Vogel Greif, der trug sie über das Rote Meer, und als sie in der Mitte waren, ließ sie die Nuß fallen. Alsbald wuchs ein großer Nußbaum, darauf ruhte sich der Vogel, und dann führte er sie nach Haus, wo sie ihr Kind fanden, das war groß und schön geworden, und sie lebten von nun an vergnügt bis an ihr Ende.

Die Gänsemagd

Es lebte einmal eine alte Königin, der war ihr Gemahl schon lange Jahre gestorben, und sie hatte eine schöne Tochter. Wie die erwuchs, wurde sie weit über Feld an einen Königssohn versprochen. Als nun die Zeit kam, wo sie vermählt werden sollten und das Kind in das fremde Reich abreisen mußte, packte ihr die Alte gar viel köstliches Gerät und Geschmeide ein, Gold und Silber, Becher und Kleinode, kurz, alles, was nur zu einem königlichen Brautschatz gehörte, denn sie hatte ihr Kind von Herzen lieb. Auch gab sie ihr eine Kammerjungfer bei, welche mitreiten und die Braut in die Hände des Bräutigams überliefern sollte, und jede bekam ein Pferd zur Reise, aber das Pferd der Königstochter hieß Falada und konnte sprechen. Wie nun die Abschiedsstunde da war, begab sich die alte Mutter in ihre Schlafkammer, nahm ein Messerlein und schnitt damit in ihre Finger, daß sie bluteten; darauf hielt sie ein weißes Läppchen unter und ließ drei Tropfen Blut hineinfallen, gab sie der Tochter und sprach: "Liebes Kind, verwahre sie wohl, sie werden dir unterweges not tun."

Also nahmen beide voneinander betrübten Abschied; das Läppchen steckte die Königstochter in ihren Busen vor sich, setzte sich aufs Pferd und zog nun fort zu ihrem Bräutigam. Da sie eine Stunde geritten waren, empfand sie heißen Durst und sprach zu ihrer Kammerjungfer: "Steig ab und schöpfe mir mit meinem Becher, den du für mich mitgenommen hast, Wasser aus dem Bache, ich möchte gern einmal trinken."

"Wenn Ihr Durst habt", sprach die Kammerjungfer, "so steigt selber ab, legt Euch ans Wasser und trinkt, ich mag Eure Magd nicht sein." Da stieg die Königstochter vor großem Durst herunter, neigte sich über das Wasser im Bach und trank und durfte nicht aus dem goldenen Becher trinken. Da sprach sie: "Ach Gott!" Da antworteten die drei Blutstropfen: "Wenn das deine Mutter wüßte, das Herz im

Leibe tät ihr zerspringen." Aber die Königsbraut war demütig, sagte nichts und stieg wieder zu Pferd.

So ritten sie etliche Meilen weiter fort, aber der Tag war warm, die Sonne stach, und sie durstete bald von neuem. Da sie nun an einen Wasserfluß kamen, rief sie noch einmal ihrer Kammerjungfer: "Steig ab und gib mir aus meinem Goldbecher zu trinken", denn sie hatte aller bösen Worte längst vergessen. Die Kammerjungfer sprach aber noch hochmütiger: "Wollt Ihr trinken, so trinkt allein, ich mag nicht Eure Magd sein." Da stieg die Königstochter hernieder vor großem Durst, legte sich über das fließende Wasser, weinte und sprach: "Ach Gott!" Und die Blutstropfen antworteten wiederum: "Wenn das deine Mutter wüßte, das Herz im Leibe tät ihr zerspringen."

Und wie sie so trank und sich recht überlehnte, fiel ihr das Läppchen, worin die drei Tropfen waren, aus dem Busen und floß mit dem Wasser fort, ohne daß sie es in ihrer großen Angst merkte. Die Kammerjungfer hatte aber zugesehen und freute sich, daß sie Gewalt über die Braut bekäme: denn damit, daß diese die Blutstropfen verloren hatte, war sie schwach und machtlos geworden.

Als sie nun wieder auf ihr Pferd steigen wollte, das da hieß Falada, sagte die Kammerfrau: "Auf Falada gehör ich, und auf meinen Gaul gehörst du"; und das mußte sie sich gefallen lassen. Dann befahl ihr die Kammerfrau mit harten Worten, die königlichen Kleider auszuziehen und ihre schlechten anzulegen, und endlich mußte sie sich unter freiem Himmel verschwören, daß sie am königlichen Hof keinem Menschen etwas davon sprechen wollte; und wenn sie diesen Eid nicht abgelegt hätte, wäre sie auf der Stelle umgebracht worden. Aber Falada sah das alles an und nahm's wohl in acht. Die Kammerfrau stieg nun auf Falada und die wahre Braut auf das schlechte Roß, und so zogen sie weiter, bis sie endlich in dem königlichen Schloß eintrafen.

Da war große Freude über ihre Ankunft, und der Königssohn sprang ihnen entgegen, hob die Kammerfrau vom Pferde und meinte, sie wäre seine Gemahlin; sie ward die Treppe hinaufgeführt, die wahre Königstochter aber mußte unten stehenbleiben. Da schaute der alte König am Fenster und sah sie im Hof halten und sah, wie sie fein war, zart und gar schön; ging alsbald hin ins königliche Gemach und fragte die Braut nach der, die sie bei sich hätte und da unten im Hofe stände und wer sie wäre. "Die hab ich mir unterwegs mitgenommen zur Gesellschaft; gebt der Magd was zu arbeiten, daß sie nicht müßig steht." Aber der alte König hatte keine Arbeit für sie und wußte nichts, als daß er sagte: "Da hab ich so einen kleinen Jungen, der hütet die Gänse, dem mag sie helfen." Der Junge hieß Kürdchen (Konrädchen), dem mußte die wahre Braut helfen Gänse hüten.

Bald aber sprach die falsche Braut zu dem jungen König: "Liebster Gemahl, ich bitte Euch, tut mir einen Gefallen." Er antwortete: "Das will ich gerne tun."

"Nun, so laßt den Schinder rufen und da dem Pferde, worauf ich hergeritten bin, den Hals abhauen, weil es mich unterweges geärgert hat." Eigentlich aber fürchtete sie, daß das Pferd sprechen möchte, wie sie mit der Königstochter umgegangen war. Nun war das so weit geraten, daß es geschehen und der treue Falada sterben sollte, da kam es auch der rechten Königstochter zu Ohr, und sie versprach dem Schinder heimlich ein Stück Geld, das sie ihm bezahlen wollte, wenn er ihr einen kleinen Dienst erwiese.

In der Stadt war ein großes finsteres Tor, wo sie abends und morgens mit den Gänsen durch mußte, unter das finstere Tor möchte er dem Falada seinen Kopf hinnageln, daß sie ihn doch noch mehr als einmal sehen könnte. Also versprach das der Schindersknecht zu tun, hieb den Kopf ab und nagelte ihn unter das finstere Tor fest.

Des Morgens früh, da sie und Kürdchen unterm Tor hinaustrieben, sprach sie im Vorbeigehen:

"O du Falada, da du hangest",

da antwortete der Kopf:

"O du Jungfer Königin,
Da du gangest,
Wenn das deine Mutter wüßte,
Ihr Herz tät ihr zerspringen."

Da zog sie still weiter zur Stadt hinaus, und sie trieben die Gänse aufs Feld. Und wenn sie auf der Wiese angekommen war, saß sie nieder und machte ihre Haare auf, die waren eitel Gold, und Kürdchen sah sie und freute sich, wie sie glänzten, und wollte ihr ein paar ausraufen. Da sprach sie:

"Weh, weh, Windchen,
Nimm Kürdchen sein Hütchen,
Und laß 'n sich mit jagen,
Bis ich mich geflochten und geschnatzt
Und wieder aufgesatzt."

Und da kam ein so starker Wind, daß er dem Kürdchen sein Hütchen wegwehte über alle Land[e], und es mußte ihm nachlaufen. Bis es wiederkam, war sie mit dem Kämmen und Aufsetzen fertig, und er konnte keine Haare kriegen. Da war Kürdchen bös und sprach nicht mit ihr; und so hüteten sie die Gänse, bis daß es Abend ward, dann gingen sie nach Haus.

Den andern Morgen, wie sie unter dem finstern Tor hinaustrieben, sprach die Jungfrau:

"O du Falada, da du hangest."

Falada antwortete:

"O du Jungfer Königin,
Da du gangest,
Wenn das deine Mutter wüßte,
Das Herz tät ihr zerspringen."

Und in dem Feld setzte sie sich wieder auf die Wiese und fing an, ihr Haar auszukämmen, und Kürdchen lief und wollte danach greifen, da sprach sie schnell:

"Weh, weh, Windchen,
Nimm Kürdchen sein Hütchen,
Und laß 'n sich mit jagen,
Bis ich mich geflochten und geschnatzt
Und wieder aufgesatzt."

Da wehte der Wind und wehte ihm das Hütchen vom Kopf weit weg, daß Kürdchen nachlaufen mußte; und als es wiederkam, hatte sie längst ihr Haar zurecht, und es konnte keins davon erwischen; und so hüteten sie die Gänse, bis es Abend ward. Abends aber, nachdem sie heimgekommen waren, ging Kürdchen vor den alten König und sagte: "Mit dem Mädchen will ich nicht länger Gänse hüten."

"Warum denn?" fragte der alte König. "Ei, das ärgert mich den ganzen Tag." Da befahl ihm der alte König zu erzählen, wie's ihm denn mit ihr ginge. Da sagte Kürdchen: "Morgens, wenn wir unter dem finstern Tor mit der Herde durchkommen, so ist da ein Gaulskopf an der Wand, zu dem redet sie:

"Falada, da du hangest."

Da antwortet der Kopf:

"O du Königsjungfer,
Da du gangest,
Wenn das deine Mutter wüßte,
Das Herz tät ihr zerspringen."

Und so erzählte Kürdchen weiter, was auf der Gänsewiese geschähe und wie es da dem Hut im Winde nachlaufen müßte.

Der alte König befahl ihm, den nächsten Tag wieder hinauszutreiben, und er selbst, wie es Morgen war, setzte sich hinter das finstere Tor und hörte da, wie sie mit dem Haupt des Falada sprach; und dann ging er ihr auch nach in das Feld und barg sich in einem Busch auf der Wiese. Da sah er nun bald mit seinen eigenen Augen, wie die Gänsemagd und der Gänsejunge die Herde getrieben brachte und wie nach einer Weile sie sich setzte und ihre Haare losflocht, die strahlten von Glanz. Gleich sprach sie wieder:

"Weh, weh, Windchen,
Faß Kürdchen sein Hütchen,
Und laß 'n sich mit jagen,
Bis daß ich mich geflochten und geschnatzt
Und wieder aufgesatzt."

Da kam ein Windstoß und fuhr mit Kürdchens Hut weg, daß es weit zu laufen hatte, und die Magd kämmte und flocht ihre Locken still fort, welches der alte König alles beobachtete.

Darauf ging er unbemerkt zurück, und als abends die Gänsemagd heimkam, rief er sie beiseite und fragte, warum sie dem allem so täte. "Das darf ich Euch und darf auch keinem Menschen mein Leid klagen, denn so hab ich mich unter freiem Himmel verschworen, weil ich sonst um mein Leben gekommen wäre." Er drang in sie und ließ ihr keinen Frieden, aber er konnte nichts aus ihr herausbringen. Da sprach er: "Wenn du mir nichts sagen willst, so klag dem Eisenofen da dein Leid", und ging fort.

Da kroch sie in den Eisenofen, fing an zu jammern und zu weinen, schüttete ihr Herz aus und sprach: "Da sitze ich nun, von aller Welt verlassen, und bin doch eine Königstochter, und eine falsche Kammerjungfer hat mich mit Gewalt dahin gebracht, daß ich meine königlichen Kleider habe ablegen müssen, und hat meinen Platz bei meinem Bräutigam eingenommen, und ich muß als Gänsemagd gemeine Dienste tun. Wenn das meine Mutter wüßte, das Herz im Leib tät ihr zerspringen." Der alte König stand aber außen an der Ofenröhre, lauerte ihr zu und hörte, was sie sprach. Da kam er wieder herein und hieß sie aus dem Ofen gehen. Da wurden ihr königliche Kleider angetan, und es schien ein Wunder, wie sie so schön war.

Der alte König rief seinen Sohn und offenbarte ihm, daß er die falsche Braut hätte: die wäre bloß ein Kammermädchen, die wahre aber stände hier, als die gewesene Gänsemagd. Der junge König war herzensfroh, als er ihre Schönheit und Tugend erblickte, und ein großes Mahl wurde angestellt, zu dem alle Leute und guten Freunde gebeten wurden. Obenan saß der Bräutigam, die Königstochter zur einen Seite und die Kammerjungfer zur andern, aber die Kammerjungfer war verblendet und erkannte jene nicht mehr in dem glänzenden Schmuck.

Als sie nun gegessen und getrunken hatten und gutes Muts waren, gab der alte König der Kammerfrau ein Rätsel auf, was eine solche wert wäre, die den Herrn so und so betrogen hätte, erzählte damit den ganzen Verlauf und fragte: "Welches Urteils ist diese würdig?" Da sprach die falsche Braut: "Die ist nichts Besseres wert, als daß sie splitternackt ausgezogen und in ein Faß gesteckt wird, das inwendig mit spitzen Nägeln beschlagen ist; und zwei weiße Pferde müssen vorgespannt werden, die sie Gasse auf Gasse ab zu Tode schleifen."

"Das bist du", sprach der alte König, "und hast dein eigen Urteil gefunden, und danach soll dir widerfahren." Und als das Urteil vollzogen war, vermählte sich der junge König mit seiner rechten Gemahlin, und beide beherrschten ihr Reich in Frieden und Seligkeit.

Der junge Riese

Ein Bauersmann hatte einen Sohn, der war so groß wie ein Daumen und ward gar nicht größer und wuchs in etlichen Jahren nicht ein Haarbreit. Einmal wollte der Bauer ins Feld gehen und pflügen, da sagte der Kleine: "Vater, ich will mit hinaus."

"Du willst mit hinaus?" sprach der Vater. "Bleib du hier, dort bist du zu nichts nutz; du könntest mir auch verlorengehen." Da fing der Däumling an zu weinen, und um Ruhe zu haben, steckte ihn der Vater in die Tasche und nahm ihn mit. Draußen auf dem Felde holte er ihn wieder heraus und setzte ihn in eine frische Furche. Wie er da so saß, kam über den Berg ein großer Riese daher. "Siehst du dort den großen Butzemann?" sagte der Vater, und wollte den Kleinen schrecken, damit er artig wäre. "Der kommt und holt dich." Der Riese aber hatte mit seinen langen Beinen kaum ein paar Schritte getan, so war er bei der Furche. Er hob den kleinen Däumling mit zwei Fingern behutsam in die Höhe, betrachtete ihn und ging, ohne ein Wort zu sprechen, mit ihm fort.

Der Vater stand dabei, konnte vor Schrecken keinen Laut hervorbringen und dachte nicht anders als sein Kind für verloren, also daß er's sein Lebtag nicht wieder mit Augen sehen würde. Der Riese aber trug es heim und ließ es an seiner Brust saugen, und der Däumling wuchs und ward groß und stark nach Art der Riesen.

Nach Verlauf von zwei Jahren ging der Alte mit ihm in den Wald, wollte ihn versuchen und sprach: "Zieh dir eine Gerte heraus." Da war der Knabe schon so stark, daß er einen jungen Baum mit den Wurzeln aus der Erde riß. Der Riese aber meinte: "Das muß besser kommen", nahm ihn wieder mit und säugte ihn noch zwei Jahre. Als er ihn versuchte, hatte seine Kraft schon so zugenommen, daß er einen alten Baum aus der Erde brechen konnte. Das war dem Riesen noch immer nicht genug, er säugte ihn abermals zwei Jahre, und als er dann mit ihm in den Wald ging und sprach: "Nun reiß einmal eine ordentliche Gerte aus", so riß der Junge den dicksten Eichenbaum aus der Erde, daß er krachte, und war ihm nur ein Spaß.

"Nun ist's genug", sprach der Riese, "du hast ausgelernt", und führte ihn zurück auf den Acker, wo er ihn geholt hatte. Sein Vater stand da hinter dem Pflug, der junge Riese ging auf ihn zu und sprach: "Sieht Er wohl, Vater, was sein Sohn für ein Mann geworden ist." Der Bauer erschrak und sagte: "Nein, du bist mein Sohn nicht, ich will dich nicht, geh weg von mir."

"Freilich bin ich sein Sohn, laß Er mich an die Arbeit, ich kann pflügen so gut als Er und noch besser."

"Nein, nein, du bist mein Sohn nicht, du kannst auch nicht pflügen, geh weg von mir." Weil er sich aber vor dem großen Mann fürchtete, ließ er den Pflug los, trat zurück und setzte sich zur Seite ans Land. Da nahm der Junge das Geschirr und drückte bloß mit einer Hand darauf, aber der Druck war so gewaltig, daß der Pflug tief in die Erde ging.

Der Bauer konnte das nicht mit ansehen und rief ihm zu: "Wenn du pflügen willst, mußt du nicht so gewaltig drükken, das gibt schlechte Arbeit." Der Junge aber spannte die Pferde aus, zog selber den Pflug und sagte: "Geh Er nur nach Haus, Vater, und laß Er die Mutter eine große Schüssel voll Essen kochen; ich will derweil den Acker schon umreißen."

Da ging der Bauer heim und bestellte das Essen bei seiner Frau; der Junge aber pflügte das Feld, zwei Morgen groß, ganz allein, und dann spannte er sich auch selber vor die Egge und eggte alles mit zwei Eggen zugleich. Wie er fertig war, ging er in den Wald und riß zwei Eichenbäume aus, legte sie auf die Schultern, und hinten und vorn eine Egge darauf, und hinten und vorn auch ein Pferd, und trug das alles, als wär es ein Bund Stroh, nach seiner Eltern Haus.

Wie er in den Hof kam, erkannte ihn seine Mutter nicht und fragte: "Wer ist der entsetzliche, große Mann?" Der Bauer sagte: "Das ist unser Sohn." Sie sprach: "Nein, unser Sohn ist das nimmermehr, so groß haben wir keinen gehabt, unser war ein kleines Ding." Sie rief ihm zu: "Geh fort, wir wollen dich nicht."

Der Junge schwieg still, zog seine Pferde in den Stall, gab ihnen Hafer und Heu, alles, wie sich's gehörte. Als er fertig war, ging er in die Stube, setzte sich auf die Bank und sagte: "Mutter, nun hätte ich Lust zu essen, ist's bald fertig?"

Da sagte sie ja und brachte zwei große, große Schüsseln voll herein, daran hätten sie und ihr Mann acht Tage lang satt gehabt. Der Junge aber aß sie allein auf und fragte, ob sie nicht mehr vorsetzen könnte. "Nein", sagte sie, "das ist alles, was wir haben."

"Das war ja nur zum Schmecken, ich muß mehr haben." Sie getraute nicht, ihm zu widerstehen, ging hin und setzte einen großen Schweinekessel voll übers Feuer, und wie es gar war, trug sie es herein. "Endlich kommen noch ein paar Brocken", sagte er und aß alles hinein; es war aber noch nicht genug, seinen Hunger zu stillen. Da sprach er: "Vater, ich sehe wohl, bei Ihm werd ich nicht satt, will Er mir einen Stab von Eisen verschaffen, der stark ist und den ich vor meinen Knien nicht zerbrechen kann, so will ich fort in die Welt gehen." Der Bauer war froh, spannte seine zwei Pferde vor den Wagen und holte bei dem Schmied einen Stab so groß und dick, als ihn die zwei Pferde nur fortschaffen konnten. Der Junge nahm ihn vor die Knie, und ratsch! brach er ihn wie eine Bohnenstange in der Mitte entzwei und warf ihn weg. Der Vater spannte vier Pferde vor und holte einen Stab so groß und dick, als ihn die vier Pferde fortschaffen konnten. Der Sohn knickte auch diesen vor dem Knie entzwei, warf ihn hin und sprach: "Vater, der kann mir nicht helfen, Er muß besser vorspannen und einen stärkern Stab holen."

Da spannte der Vater acht Pferde vor und holte einen so groß und dick, als ihn die acht Pferde herbeifahren konnten. Wie der Sohn den in die Hand nahm, brach er gleich oben ein Stück davon ab und sagte: "Vater, ich sehe, Er kann mir keinen Stab anschaffen, wie ich ihn brauche, ich will nicht länger bei Ihm bleiben."

Da ging er fort und gab sich für einen Schmiedegesellen aus. Er kam in ein Dorf, darin wohnte ein Schmied, der war ein Geizmann, gönnte keinem Menschen etwas und wollte alles allein haben; zu dem trat er in die Schmiede und fragte, ob er keinen Gesellen brauchte. "Ja", sagte der Schmied, sah ihn an und dachte: "Das ist ein tüchtiger Kerl, der wird gut vorschlagen und sein Brot verdienen." Er fragte: "Wieviel willst du Lohn haben?"

"Gar keinen will ich haben", antwortete er, "nur alle vierzehn Tage, wenn die andern Gesellen ihren Lohn bezahlt kriegen, will ich dir zwei Streiche geben, die mußt du aushalten." Das war der Geizmann von Herzen zufrieden und dachte damit viel Geld zu sparen.

Am andern Morgen sollte der fremde Geselle zuerst vorschlagen, wie aber der Meister den glühenden Stab brachte und jener den ersten Schlag tat, so flog das Eisen voneinander, und der Amboß sank in die Erde, so tief, daß sie ihn gar nicht wieder herausbringen konnten. Da ward der Geizmann bös und sagte: "Ei was, dich kann ich nicht brauchen, du schlägst gar zu grob, was willst du für den einen Zuschlag haben?" Da sprach er: "Ich will dir nur einen ganz kleinen Streich geben, weiter nichts." Und hob seinen Fuß auf und gab ihm einen Tritt, daß er über vier Fuder Heu hinausflog. Darauf suchte er sich den dicksten Eisenstab aus, der in der Schmiede war, nahm ihn als einen Stock in die Hand und ging weiter.

Als er eine Weile gezogen war, kam er zu einem Vorwerk und fragte den Amtmann, ob er keinen Großknecht nötig hätte. "Ja", sagte der Amtmann, "ich kann einen brauchen; du siehst aus wie ein tüchtiger Kerl, der schon was vermag, wieviel willst du Jahrslohn haben?" Er antwortete wiederum, er verlangte gar keinen Lohn, aber alle Jahre wollte er ihm drei Streiche geben, die müßte er aushalten. Das war der Amtmann zufrieden, denn er war auch ein Geizhals.

Am andern Morgen, da sollten die Knechte ins Holz fahren, und die andern Knechte waren schon auf, er aber lag noch im Bett. Da rief ihn einer an: "Steh auf, es ist Zeit, wir wollen ins Holz, und du mußt mit."

"Ach", sagte er ganz grob und trotzig, "geht ihr nur hin, ich komme doch eher wieder als ihr alle miteinander."

Da gingen die andern zum Amtmann und erzählten ihm, der Großknecht läge noch im Bett und wollte nicht mit ins Holz fahren. Der Amtmann sagte, sie sollten ihn noch einmal wecken und ihn heißen die Pferde vorspannen. Der Großknecht sprach aber wie vorher: "Geht ihr nur hin, ich komme doch eher wieder als ihr alle miteinander."

Darauf blieb er noch zwei Stunden liegen, da stieg er endlich aus den Federn, holte sich aber erst zwei Scheffel voll Erbsen vom Boden, kochte sich einen Brei und aß den mit guter Ruhe, und wie das alles geschehen war, ging er hin, spannte die Pferde vor und fuhr ins Holz.

Nicht weit vor dem Holz war ein Hohlweg, wo er durch mußte, da fuhr er den Wagen erst vorwärts, dann mußten die Pferde stillehalten, und er ging hinter den Wagen, nahm Bäume und Reisig und machte da eine große Hukke (Verhack), so daß kein Pferd durchkommen konnte. Wie er nun vors Holz kam, fuhren die andern eben mit ihren beladenen Wagen heraus und wollten heim, da sprach er zu ihnen: "Fahrt nur hin, ich komme doch eher als ihr nach Haus."

Er fuhr gar nicht weit ins Holz, riß gleich zwei der allergrößten Bäume aus der Erde, warf sie auf den Wagen und drehte um. Als er vor der Hucke anlangte, standen die andern noch da und konnten nicht durch. "Seht ihr wohl", sprach er, "wärt ihr bei mir geblieben, so wärt ihr ebenso schnell nach Haus gekommen und hättet noch eine Stunde schlafen können." Er wollte nun zufahren, aber seine Pferde konnten sich nicht durcharbeiten, da spannte er sie aus, legte sie oben auf den Wagen, nahm selber die Deichsel in die Hand, und hüf! zog er alles durch, und das ging so leicht, als hätt er Federn geladen. Wie er drüben war, sprach er zu den andern: "Seht ihr wohl, ich bin schneller hindurch als ihr", fuhr weiter, und die andern mußten stehenbleiben.

In dem Hof aber nahm er einen Baum in die Hand, zeigte ihn dem Amtmann und sagte: "Ist das nicht ein schönes Klafterstück?" Da sprach der Amtmann zu seiner Frau: "Der Knecht ist gut; wenn er auch lang schläft, er ist doch eher wieder da als die andern."

Nun diente er dem Amtmann ein Jahr; wie das herum war und die andern Knechte ihren Lohn kriegten, sprach er, es wäre Zeit, er wollte sich auch seinen Lohn nehmen.

Dem Amtmann ward aber angst vor den Streichen, die er kriegen sollte, und bat ihn inständig, er möchte sie ihm schenken, lieber wollte er selbst Großknecht werden, und er sollte Amtmann sein. "Nein", sprach er, "ich will kein Amtmann werden, ich bin Großknecht und will's bleiben, ich will aber austeilen, was bedungen ist." Der Amtmann wollte ihm geben, was er nur verlangte, aber es half nichts, der Großknecht sprach zu allem nein. Da wußte sich der Amtmann nicht zu helfen und bat ihn um vierzehn Tage Frist, er wollte sich auf etwas besinnen.

Der Großknecht sprach, die Frist sollte er haben. Der Amtmann berief alle seine Schreiber zusammen, sie sollten sich bedenken und ihm einen Rat geben. Die Schreiber besannen sich lange, endlich sagten sie, vor dem Großknecht wäre niemand seines Lebens sicher, der schlüge einen Menschen wie eine Mücke tot. Er sollte ihn heißen in den Brunnen steigen und ihn reinigen, wenn er unten wäre, wollten sie einen von den Mühlensteinen, die da lägen, herbeirollen und ihm auf den Kopf werfen, dann würde er nicht wieder an des Tages Licht kommen.

Der Rat gefiel dem Amtmann, und der Großknecht war bereit, in den Brunnen hinabzusteigen. Als er unten auf dem Grund stand, rollten sie den größten Mühlstein hinab und meinten, der Kopf wäre ihm eingeschlagen, aber er rief: "Jagt die Hühner vom Brunnen weg, die kratzen da oben im Sand und werfen mir die Körner in die Augen, daß ich nicht sehen kann." Da rief der Amtmann: "Husch, husch!", und tat, als scheuchte er die Hühner weg.

Als der Großknecht mit seiner Arbeit fertig war, stieg er herauf und sagte: "Seht einmal, ich habe doch ein schönes Halsband um", da war es der Mühlenstein, den er um den Hals trug.

Der Großknecht wollte jetzt seinen Lohn nehmen, aber der Amtmann bat wieder um vierzehn Tage Bedenkzeit. Die Schreiber kamen zusammen und gaben den Rat, er sollte den Großknecht in die verwünschte Mühle schicken, um dort in der Nacht Korn zu mahlen: von da wäre noch kein Mensch morgens lebendig herausgekommen. Der Anschlag gefiel dem Amtmann, er rief den Großknecht noch denselben Abend und hieß ihn acht Malter Korn in die Mühle fahren und in der Nacht noch mahlen; sie hätten's nötig.

Da ging der Großknecht auf den Boden und tat zwei Malter in seine rechte Tasche, zwei in die linke, vier nahm er in einem Quersack halb auf den Rücken, halb auf die Brust und ging also beladen nach der verwünschten Mühle. Der Müller sagte ihm, bei Tag könnte er recht gut da mahlen, aber nicht in der Nacht, da wäre die Mühle verwünscht, und wer da noch hineingegangen wäre, den hätte man am Morgen tot darin gefunden.

Er sprach: "Ich will schon durchkommen, macht Euch nur fort und legt Euch aufs Ohr." Darauf ging er in die Mühle und schüttete das Korn auf. Gegen elf Uhr ging er in die Müllerstube und setzte sich auf die Bank. Als er ein Weilchen da gesessen hatte, tat sich auf einmal die Tür auf und kam eine große, große Tafel herein, und auf die Tafel stellte sich Wein und Braten und viel gutes Essen, alles von selber, denn es war niemand da, der's auftrug. Und danach rückten sich die Stühle herbei, aber es kamen keine Leute, bis auf einmal sah er Finger, die hantierten mit den Messern und Gabeln und legten Speisen auf die Teller, aber sonst konnte er nichts sehen. Da er hungrig war und die Speisen sah, so setzte er sich auch an die Tafel, aß mit und ließ sich's gut schmecken.

Als er satt war und die andern ihre Schüsseln auch ganz leer gemacht hatten, da wurden die Lichter auf einmal alle ausgeputzt, das hörte er deutlich, und wie's nun stockfinster war, so kriegte er so etwas wie eine Ohrfeige ins Gesicht. Da sprach er: "Wenn noch einmal so etwas kommt, so teil ich auch wieder aus." Und wie er zum zweitenmal eine Ohrfeige kriegte, da schlug er gleichfalls mit hinein. Und so ging das fort die ganze Nacht, er nahm nichts umsonst, sondern gab reichlich zurück und schlug nicht faul um sich herum; bei Tagesanbruch aber hörte alles auf.

Wie der Müller aufgestanden war, wollt er nach ihm sehen und verwunderte sich, daß er noch lebte. Da sprach er: "Ich habe mich satt gegessen, habe Ohrfeigen gekriegt, aber ich habe auch Ohrfeigen ausgeteilt." Der Müller freute sich und sagte, nun wäre die Mühle erlöst, und wollte ihm gern zur Belohnung viel Geld geben. Er sprach aber: "Geld will ich nicht, ich habe doch genug." Dann nahm er sein Mehl auf den Rücken, ging nach Haus und sagte dem Amtmann, er hätte die Sache ausgerichtet und wollte nun seinen bedungenen Lohn haben.

Wie der Amtmann das hörte, da ward ihm erst recht angst: er wußte sich nicht zu lassen, ging in der Stube auf und ab, und die Schweißtropfen liefen ihm von der Stirne herunter. Da machte er das Fenster auf nach frischer Luft, eh er sich's aber versah, hatte ihm der Großknecht einen Tritt gegeben, daß er durchs Fenster in die Luft hineinflog, immerfort, bis ihn niemand mehr sehen konnte.

Da sprach der Großknecht zur Frau des Amtmanns: "Kommt er nicht wieder, so müßt Ihr den anderen Streich hinnehmen." Sie rief: "Nein, nein, ich kann's nicht aushalten", und machte das andere Fenster auf, weil ihr die Schweißtropfen die Stirne herunterliefen. Da gab er ihr einen Tritt, daß sie gleichfalls hinausflog, und da sie leichter war, noch viel höher als ihr Mann.

Der Mann rief: "Komm doch zu mir", sie aber rief: "Komm du zu mir, ich kann nicht zu dir." Und sie schwebten da in der Luft und konnte keins zum andern kommen, und ob sie da noch schweben, das weiß ich nicht; der junge Riese aber nahm seine Eisenstange und ging weiter.

Die kluge Bauerntochter

Es war einmal ein armer Bauer, der hatte kein Land, nur ein kleines Häuschen und eine alleinige Tochter, da sprach die Tochter: "Wir sollten den Herrn König um ein Stückchen Rottland bitten." Da der König ihre Armut hörte, schenkte er ihnen auch ein Eckchen Rasen, den hackte sie und ihr Vater um, und wollten ein wenig Korn und der Art Frucht darauf säen. Als sie den Acker beinah herum hatten, so fanden sie in der Erde einen Mörsel von purem Gold. "Hör", sagte der Vater zu dem Mädchen, "weil unser Herr König ist so gnädig gewesen und hat uns diesen Acker geschenkt, so müssen wir ihm den Mörsel dafür geben." Die Tochter aber wollt es nicht bewilligen und sagte: "Vater, wenn wir den Mörsel haben und haben den Stößer nicht, dann müssen wir auch den Stößer herbeischaffen, darum schweigt lieber still."

Er wollte ihr aber nicht gehorchen, nahm den Mörsel, trug ihn zum Herrn König und sagte, den hätte er gefunden in der Heide, ob er ihn als eine Verehrung annehmen wollte. Der König nahm den Mörsel und fragte, ob er nichts mehr gefunden hätte. "Nein", antwortete der Bauer. Da sagte der König, er sollte nun auch den Stößer herbeischaffen. Der Bauer sprach, den hätten sie nicht gefunden; aber das half ihm so viel, als hätt er's in den Wind gesagt, er ward ins Gefängnis gesetzt und sollte so lange da sitzen, bis er den Stößer herbeigeschafft hätte. Die Bedienten mußten ihm täglich Wasser und Brot bringen, was man so in dem Gefängnis kriegt, da hörten sie, wie der Mann als fort schrie: "Ach, hätt ich meiner Tochter gehört! Ach, ach, hätt ich meiner Tochter gehört!"

Da gingen die Bedienten zum König und sprachen das, wie der Gefangene als fort schrie: "Ach, hätt ich doch meiner Tochter gehört!", und wollte nicht essen und nicht trinken. Da befahl er den Bedienten, sie sollten den Gefangenen vor ihn bringen, und da fragte ihn der Herr König, warum er also fort schrie: "Ach, hätt ich meiner Tochter gehört!"

"Was hat Eure Tochter denn gesagt?"

"Ja, sie hat gesprochen, ich sollte den Mörsel nicht bringen, sonst müßt ich auch den Stößer schaffen."

"Habt Ihr so eine kluge Tochter, so laßt sie einmal herkommen." Also mußte sie vor den König kommen, der fragte sie, ob sie denn so klug wäre, und sagte, er wollte ihr ein Rätsel aufgeben, wenn sie das treffen könnte, dann wollte er sie heiraten. Da sprach sie gleich, ja, sie wollt's erraten.

Da sagte der König: "Komm zu mir, nicht gekleidet, nicht nackend, nicht geritten, nicht gefahren, nicht in dem Weg, nicht außer dem Weg, und wenn du das kannst, will ich dich heiraten." Da ging sie hin und zog sich aus splitternackend, da war sie nicht gekleidet, und nahm ein großes Fischgarn und setzte sich hinein und wickelte es ganz um sich herum, da war sie nicht nackend; und borgte einen Esel fürs Geld und band dem Esel das Fischgarn an den Schwanz, darin er sie fortschleppen mußte, und war das nicht geritten und nicht gefahren; der Esel mußte sie aber in der Fahrgleise schleppen, so daß sie nur mit der großen Zehe auf die Erde am, und war das nicht in dem Weg und nicht außer dem Wege. Und wie sie so daherkam, sagte der König, sie hätte das Rätsel getroffen, und es wäre alles erfüllt. Da ließ er ihren Vater los aus dem Gefängnis und nahm sie bei sich als seine Gemahlin und befahl ihr das ganze königliche Gut an.

Nun waren etliche Jahre herum, als der Herr König einmal auf die Parade zog, da trug es sich zu, daß Bauern mit ihren Wagen vor dem Schloß hielten, die hatten Holz verkauft; etliche hatten Ochsen vorgespannt und etliche Pferde. Da war ein Bauer, der hatte drei Pferde, davon kriegte eins ein junges Füllchen, das lief weg und legte sich mitten zwischen zwei Ochsen, die vor dem Wagen waren.

Als nun die Bauern zusammenkamen, fingen sie an, sich zu zanken, zu schmeißen und zu lärmen, und der Ochsenbauer wollte das Füllchen behalten und sagte, die Ochsen hätten's gehabt; und der andere sagte, nein, seine Pferde hätten's gehabt, und es wäre sein.

Der Zank kam vor den König, und der tat den Ausspruch, wo das Füllen gelegen hätte, da sollt es bleiben; und also bekam's der Ochsenbauer, dem's doch nicht gehörte. Da ging der andere weg, weinte und lamentierte über sein Füllchen. Nun hatte er gehört, wie daß die Frau Königin so gnädig wäre, weil sie auch von armen Bauersleuten gekommen wäre; ging er zu ihr und bat sie, ob sie ihm nicht helfen könnte, daß er sein Füllchen wieder bekäme. Sagte sie: "Ja, wenn Ihr mir versprecht, daß Ihr mich nicht verraten wollt, so will ich's Euch sagen. Morgen früh, wenn der König auf der Wachtparade ist, so stellt Euch hin mitten in die Straße, wo er vorbeikommen muß, nehmt ein großes Fischgarn und tut, als fischtet Ihr, und fischt also fort und schüttet das Garn aus, als wenn Ihr's voll hättet", und sagte ihm auch, was er antworten sollte, wenn er vom König gefragt würde.

Also stand der Bauer am andern Tag da und fischte auf einem trockenen Platz. Wie der König vorbeikam und das sah, schickte er seinen Laufer hin, der sollte fragen, was der närrische Mann vorhätte. Da gab er zur Antwort: "Ich fische." Fragte der Laufer, wie er fischen könnte, es wäre ja kein Wasser da. Sagte der Bauer: "So gut als zwei Ochsen können ein Füllen kriegen, so gut kann ich auch auf dem trockenen Platz fischen." Der Laufer ging hin und brachte dem König die Antwort, da ließ er den Bauer vor sich kommen und sagte ihm, das hätte er nicht von sich, von wem er das hätte: und sollt's gleich bekennen. Der Bauer aber wollt's nicht tun und sagte immer, Gott bewahr! er hätt es von sich. Sie legten ihn aber auf ein Gebund Stroh und schlugen und drangsalten ihn so lange, bis er's bekannte, daß er's von der Frau Königin hätte.

Als der König nach Haus kam, sagte er zu seiner Frau: "Warum bist du so falsch mit mir, ich will dich nicht mehr zur Gemahlin: deine Zeit ist um, geh wieder hin, woher du kommen bist, in dein Bauernhäuschen." Doch erlaubte er ihr eins, sie sollte sich das Liebste und Beste mitnehmen, was sie wüßte, und das sollte ihr Abschied sein. Sie sagte: "Ja, lieber Mann, wenn du's so befiehlst, will ich es auch tun", und fiel über ihn her und küßte ihn und sprach, sie wollte Abschied von ihm nehmen. Dann ließ sie einen starken Schlaftrunk kommen, Abschied mit ihm zu trinken; der König tat einen großen Zug, sie aber trank nur ein wenig.

Da geriet er bald in einen tiefen Schlaf, und als sie das sah, rief sie einen Bedienten und nahm ein schönes weißes Linnentuch und schlug ihn da hinein, und die Bedienten mußten ihn in einen Wagen vor die Türe tragen, und fuhr sie ihn heim in ihr Häuschen. Da legte sie ihn in ihr Bettchen, und er schlief Tag und Nacht in einem fort, und als er aufwachte, sah er sich um und sagte: "Ach Gott, wo bin ich denn?" Rief seinen Bedienten, aber es war keiner da. Endlich kam seine Frau vors Bett und sagte: "Lieber Herr König, Ihr habt mir befohlen, ich sollte das Liebste und Beste aus dem Schloß mitnehmen, nun hab ich nichts Besseres und Lieberes als dich, da hab ich dich mitgenommen." Dem König stiegen die Tränen in die Augen, und er sagte: "Liebe Frau, du sollst mein sein und ich dein", und nahm sie wieder mit ins königliche Schloß und ließ sich aufs neue mit ihr vermählen; und werden sie ja wohl noch auf den heutigen Tag leben.

Das Wasser des Lebens

Es war einmal ein König, der war krank, und niemand glaubte, daß er mit dem Leben davonkäme. Er hatte aber drei Söhne, die waren darüber betrübt, gingen hinunter in den Schloßgarten und weinten. Da begegnete ihnen ein alter Mann, der fragte sie nach ihrem Kummer. Sie sagten ihm, ihr Vater wäre so krank, daß er wohl sterben würde, denn es wollte ihm nichts helfen. Da sprach der Alte: "Ich weiß noch ein Mittel, das ist das Wasser des Lebens, wenn er davon trinkt, so wird er wieder gesund; es ist aber schwer zu finden."

Der älteste sagte: "Ich will es schon finden", ging zum kranken König und bat ihn, er möchte ihm erlauben auszuziehen, um das Wasser des Lebens zu suchen, denn das könnte ihn allein heilen. "Nein", sprach der König, "die Gefahr dabei ist zu groß, lieber will ich sterben." Er bat aber so lange, bis der König einwilligte. Der Prinz dachte in seinem Herzen: "Bringe ich das Wasser, so bin ich meinem Vater der liebste und erbe das Reich."

Also machte er sich auf, und als er eine Zeitlang fortgeritten war, stand da ein Zwerg auf dem Wege, der rief ihn an und sprach: "Wo hinaus so geschwind?"

"Dummer Knirps", sagte der Prinz ganz stolz, "das brauchst du nicht zu wissen", und ritt weiter. Das kleine Männchen aber war zornig geworden und hatte einen bösen Wunsch getan. Der Prinz geriet bald hernach in eine Bergschlucht, und je weiter er ritt, je enger taten sich die Berge zusammen, und endlich ward der Weg so eng, daß er keinen Schritt weiter konnte; es war nicht möglich, das Pferd zu wenden oder aus dem Sattel zu steigen, und er saß da wie eingesperrt.

Der kranke König wartete lange Zeit auf ihn, aber er kam nicht. Da sagte der zweite Sohn: "Vater, laßt mich ausziehen und das Wasser suchen", und dachte bei sich: "Ist mein Bruder tot, so fällt das Reich mir zu." Der König wollt ihn anfangs auch nicht ziehen lassen, endlich gab er nach.

Der Prinz zog also auf demselben Weg fort, den sein Bruder eingeschlagen hatte, und begegnete auch dem Zwerg, der ihn anhielt und fragte, wohin er so eilig wolle. "Kleiner Knirps", sagte der Prinz, "das brauchst du nicht zu wissen", und ritt fort, ohne sich weiter umzusehen.

Aber der Zwerg verwünschte ihn, und er geriet wie der andere in eine Bergschlucht und konnte nicht vorwärts und rückwärts. So geht's aber den Hochmütigen.

Als auch der zweite Sohn ausblieb, so erbot sich der jüngste, auszuziehen und das Wasser zu holen, und der König mußte ihn endlich ziehen lassen. Als er dem Zwerg begegnete und dieser fragte, wohin er so eilig wolle, so hielt er an, gab ihm Rede und Antwort und sagte: "Ich suche das Wasser des Lebens, denn mein Vater ist sterbenskrank."

"Weißt du auch, wo das zu finden ist?"

"Nein", sagte der Prinz. "Weil du dich betragen hast, wie sich's geziemt, nicht übermütig wie deine falschen Brüder, so will ich dir Auskunft geben und dir sagen, wie du zu dem Wasser des Lebens gelangst. Es quillt aus einem Brunnen in dem Hofe eines verwünschten Schlosses, aber du dringst nicht hinein, wenn ich dir nicht eine eiserne Rute gebe und zwei Laiberchen Brot. Mit der Rute schlag dreimal an das eiserne Tor des Schlosses, so wird es aufspringen; inwendig liegen zwei Löwen, die den Rachen aufsperren, wenn du aber jedem ein Brot hineinwirfst, so werden sie still, und dann eile dich und hol von dem Wasser des Lebens, bevor es zwölf schlägt, sonst schlägt das Tor wieder zu, und du bist eingesperrt." Der Prinz dankte ihm, nahm die Rute und das Brot und machte sich auf den Weg.

Und als er anlangte, war alles so, wie der Zwerg gesagt hatte. Das Tor sprang beim dritten Rutenschlag auf, und als er die Löwen mit dem Brot gesänftigt hatte, trat er in das Schloß und kam in einen großen schönen Saal; darin saßen verwünschte Prinzen, denen zog er die Ringe vom Finger, dann lag da ein Schwert und ein Brot, das nahm er weg. Und weiter kam er in ein Zimmer, darin stand eine schöne Jungfrau, die freute sich, als sie ihn sah, küßte ihn und sagte, er hätte sie erlöst und sollte ihr ganzes Reich haben, und wenn er in einem Jahr wiederkäme, so sollte ihre Hochzeit gefeiert werden. Dann sagte sie ihm auch, wo der Brunnen wäre mit dem Lebenswasser, er müßte sich aber eilen und daraus schöpfen, eh es zwölf schlüge.

Da ging er weiter und kam endlich in ein Zimmer, wo ein schönes frischgedecktes Bett stand, und weil er müde war, wollt er erst ein wenig ausruhen. Also legte er sich und schlief ein; als er erwachte, schlug es dreiviertel auf zwölf. Da sprang er ganz erschrocken auf, lief zu dem Brunnen und schöpfte daraus mit einem Becher, der daneben stand, und eilte, daß er fortkam.

Wie er eben zum eisernen Tor hinausging, da schlug's zwölf, und das Tor schlug so heftig zu, daß es ihm noch ein Stück von der Ferse wegnahm. Er aber war froh, daß er das Wasser des Lebens erlangt hatte, ging heimwärts und kam wieder an dem Zwerg vorbei.

Als dieser das Schwert und das Brot sah, sprach er: "Damit hast du großes Gut gewonnen, mit dem Schwert kannst du ganze Heere schlagen, das Brot aber wird niemals all." Der Prinz wollte ohne seine Brüder nicht zu dem Vater nach Haus kommen und sprach: "Lieber Zwerg, kannst du mir nicht sagen, wo meine zwei Brüder sind? Sie sind früher als ich nach dem Wasser des Lebens ausgezogen und sind nicht wiedergekommen."

"Zwischen zwei Bergen stecken sie eingeschlossen", sprach der Zwerg, "dahin habe ich sie verwünscht, weil sie so übermütig waren." Da bat der Prinz so lange, bis der Zwerg sie wieder losließ, aber er warnte ihn und sprach: "Hüte dich vor ihnen, sie haben ein böses Herz."

Als seine Brüder kamen, freute er sich und erzählte ihnen, wie es ihm ergangen wäre, daß er das Wasser des Lebens gefunden und einen Becher voll mitgenommen und eine schöne Prinzessin erlöst hätte, die wollte ein Jahr lang auf ihn warten, dann sollte Hochzeit gehalten werden, und er bekäme ein großes Reich. Danach ritten sie zusammen fort und gerieten in ein Land, wo Hunger und Krieg war, und der König glaubte schon, er müßte verderben, so groß war die Not. Da ging der Prinz zu ihm und gab ihm das Brot, womit er sein ganzes Reich speiste und sättigte; und dann gab ihm der Prinz auch das Schwert, damit schlug er die Heere seiner Feinde und konnte nun in Ruhe und

Frieden leben. Da nahm der Prinz sein Brot und Schwert wieder zurück, und die drei Brüder ritten weiter.

Sie kamen aber noch in zwei Länder, wo Hunger und Krieg herrschten, und da gab der Prinz den Königen jedesmal sein Brot und Schwert und hatte nun drei Reiche errettet. Und danach setzten sie sich auf ein Schiff und fuhren übers Meer. Während der Fahrt, da sprachen die beiden ältesten unter sich: "Der jüngste hat das Wasser des Lebens gefunden und wir nicht, dafür wird ihm unser Vater das Reich geben, das uns gebührt, und er wird unser Glück wegnehmen." Da wurden sie rachsüchtig und verabredeten miteinander, daß sie ihn verderben wollten. Sie warteten, bis er einmal fest eingeschlafen war, da gossen sie das Wasser des Lebens aus dem Becher und nahmen es für sich, ihm aber gossen sie bitteres Meerwasser hinein.

Als sie nun daheim ankamen, brachte der jüngste dem kranken König seinen Becher, damit er daraus trinken und gesund werden sollte. Kaum aber hatte er ein wenig von dem bitteren Meerwasser getrunken, so ward er noch kränker als zuvor. Und wie er darüber jammerte, kamen die beiden ältesten Söhne und klagten den jüngsten an, er hätte ihn vergiften wollen, sie brächten ihm das rechte Wasser des Lebens, und reichten es ihm. Kaum hatte er davon getrunken, so fühlte er seine Krankheit verschwinden und ward stark und gesund wie in seinen jungen Tagen. Danach gingen die beiden zu dem jüngsten, verspotteten ihn und sagten: "Du hast zwar das Wasser des Lebens gefunden, aber du hast die Mühe gehabt und wir den Lohn; du hättest klüger sein und die Augen aufbehalten sollen, wir haben dir's genommen, während du auf dem Meere eingeschlafen warst, und übers Jahr, da holt sich einer von uns die schöne Königstochter. Aber hüte dich, daß du nichts davon verrätst, der Vater glaubt dir doch nicht, und wenn du ein einziges Wort sagst, so sollst du noch obendrein dein Leben verlieren, schweigst du aber, so soll dir's geschenkt sein."

Der alte König war zornig über seinen jüngsten Sohn und glaubte, er hätte ihm nach dem Leben getrachtet. Also ließ er den Hof versammeln und das Urteil über ihn sprechen, daß er heimlich sollte erschossen werden. Als der Prinz nun einmal auf die Jagd ritt und nichts Böses vermutete, mußte des Königs Jäger mitgehen. Draußen, als sie ganz allein im Wald waren und der Jäger so traurig aussah, sagte der Prinz zu ihm: "Lieber Jäger, was fehlt dir?" Der Jäger sprach: "Ich kann's nicht sagen und soll es doch." Da sprach der Prinz: "Sage heraus, was es ist, ich will dir's verzeihen."

"Ach", sagte der Jäger, "ich soll Euch totschießen, der König hat mir's befohlen." Da erschrak der Prinz und sprach: "Lieber Jäger, laß mich leben, da geb ich dir mein königliches Kleid, gib mir dafür dein schlechtes." Der Jäger sagte: "Das will ich gerne tun, ich hätte doch nicht nach Euch schießen können." Da tauschten sie die Kleider, und der Jäger ging heim, der Prinz aber ging weiter in den Wald hinein.

Über eine Zeit, da kamen zu dem alten König drei Wagen mit Gold und Edelsteinen für seinen jüngsten Sohn; sie waren aber von den drei Königen geschickt, die mit des Prinzen Schwert die Feinde geschlagen und mit seinem Brot ihr Land ernährt hatten und die sich dankbar bezeigen wollten. Da dachte der alte König: "Sollte mein Sohn unschuldig gewesen sein?" Und sprach zu seinen Leuten: "Wäre er noch am Leben, wie tut mir's so leid, daß ich ihn habe töten lassen."

"Er lebt noch", sprach der Jäger, "ich konnte es nicht übers Herz bringen, Euern Befehl auszuführen", und sagte dem König, wie es zugegangen war. Da fiel dem König ein Stein von dem Herzen, und er ließ in allen Reichen verkündigen, sein Sohn dürfte wiederkommen und sollte in Gnaden aufgenommen werden.

Die Königstochter aber ließ eine Straße vor ihrem Schloß machen, die war ganz golden und glänzend, und sagte ihren Leuten, wer darauf geradeswegs zu ihr geritten käme, das wäre der rechte, und den sollten sie einlassen, wer aber daneben käme, der wäre der rechte nicht, und den sollten sie auch nicht einlassen. Als nun die Zeit bald herum war, dachte der älteste, er wollte sich eilen, zur Königstochter gehen und sich für ihren Erlöser ausgeben, da bekäme er sie zur Gemahlin und das Reich daneben.

Also ritt er fort, und als er vor das Schloß kam und die schöne goldene Straße sah, dachte er: "Das wäre jammerschade, wenn du darauf rittest", lenkte ab und ritt rechts nebenher. Wie er aber vor das Tor kam, sagten die

Leute zu ihm, er wäre der rechte nicht, er sollte wieder fortgehen.

Bald darauf machte sich der zweite Prinz auf, und wie der zur goldenen Straße kam und das Pferd den einen Fuß darauf gesetzt hatte, dachte er: "Es wäre jammerschade, das könnte etwas abtreten", lenkte ab und ritt links nebenher. Wie er aber vor das Tor kam, sagten die Leute, er wäre der rechte nicht, er sollte wieder fortgehen.

Als nun das Jahr ganz herum war, wollte der dritte aus dem Wald fort zu seiner Liebsten reiten und bei ihr sein Leid vergessen. Also machte er sich auf und dachte immer an sie und wäre gerne schon bei ihr gewesen und sah die goldene Straße gar nicht.

Da ritt sein Pferd mitten darüber hin, und als er vor das Tor kam, ward es aufgetan, und die Königstochter empfing ihn mit Freuden und sagte, er wär ihr Erlöser und der Herr des Königreichs, und ward die Hochzeit gehalten mit großer Glückseligkeit. Und als sie vorbei war, erzählte sie ihm, daß sein Vater ihn zu sich entboten und ihm verziehen hätte. Da ritt er hin und sagte ihm alles, wie seine Brüder ihn betrogen und er doch dazu geschwiegen hätte. Der alte König wollte sie strafen, aber sie hatten sich aufs Meer gesetzt und waren fortgeschifft und kamen ihr Lebtag nicht wieder.

Doktor Allwissend

Es war einmal ein armer Bauer namens Krebs, der fuhr mit zwei Ochsen ein Fuder Holz in die Stadt und verkaufte es für zwei Taler an einen Doktor. Wie ihm nun das Geld ausbezahlt wurde, saß der Doktor gerade zu Tisch; da sah der Bauer, wie er schön aß und trank, und das Herz ging ihm danach auf, und er wäre auch gern ein Doktor gewesen. Also blieb er noch ein Weilchen stehen und fragte endlich, ob er nicht auch könnte ein Doktor werden. "O ja", sagte der Doktor, "das ist bald geschehen."

"Was muß ich tun?" fragte der Bau[e]r. "Erstlich kauf dir ein Abc-Buch, so eins, wo vorn ein Göckelhahn drin ist; zweitens mache deinen Wagen und deine zwei Ochsen zu Geld und schaff dir damit Kleider an und was sonst zur Doktorei gehört; drittens laß dir ein Schild malen mit den Worten 'Ich bin der Doktor Allwissend' und laß das oben über deine Haustür nageln."

Der Bauer tat alles, wie's ihm geheißen war. Als er nun ein wenig gedoktert hatte, aber noch nicht viel, ward einem reichen großen Herrn Geld gestohlen. Da ward ihm von dem Doktor Allwissend gesagt, der in dem und dem Dorfe wohnte und auch wissen müßte, wo das Geld hingekommen wäre.

Also ließ der Herr seinen Wagen anspannen, fuhr hinaus ins Dorf und fragte bei ihm an, ob er der Doktor Allwissend wäre. Ja, der wär er. So sollte er mitgehen und das gestohlene Geld wiederschaffen. O ja, aber die Grete, seine Frau, müßte auch mit. Der Herr war das zufrieden und ließ sie beide in den Wagen sitzen, und sie fuhren zusammen fort.

Als sie auf den adligen Hof kamen, war der Tisch gedeckt, da sollte er erst mitessen. Ja, aber seine Frau, die Grete, auch, sagte er und setzte sich mit ihr hinter den Tisch. Wie nun der erste Bediente mit einer Schüssel schönem Essen kam, stieß der Bauer seine Frau an und sagte: "Grete, das war der erste", und meinte, es wäre derjenige, welcher das erste Essen brächte. Der Bediente aber meinte, er hätte damit sagen wollen: "Das ist der erste Dieb", und weil er's nun wirklich war, ward ihm angst, und er sagte draußen zu seinen Kameraden: "Der Doktor weiß alles, wir kommen übel an: er hat gesagt, ich wäre der erste." Der zweite wollte gar nicht herein, er mußte aber doch. Wie er nun mit seiner Schüssel hereinkam, stieß der Bauer seine Frau an: "Grete, das ist der zweite." Dem Bedienten ward ebenfalls angst, und er machte, daß er hinauskam. Dem dritten ging's nicht besser, der Bauer sagte wieder: "Grete, das ist der dritte." Der vierte mußte eine verdeckte Schüssel hereintragen, und der Herr sprach zum Doktor, er sollte seine Kunst zeigen und raten, was darunterläge; es waren aber Krebse. Der Bauer sah die Schüssel an, wußte nicht, wie er sich helfen sollte, und sprach: "Ach, ich armer Krebs!" Wie der Herr das hörte, rief er: "Da, er weiß es, nun weiß er auch, wer das Geld hat." Dem Bedienten aber ward gewaltig angst, und er blinzelte den Doktor an, er möchte einmal herauskommen.

Wie er nun hinauskam, gestanden sie ihm alle viere, sie hätten das Geld gestohlen; sie wollten's ja gerne herausgeben und ihm eine schwere Summe dazu, wenn er sie nicht verraten wollte: es ginge ihnen sonst an den Hals. Sie führten ihn auch hin, wo das Geld versteckt lag.

Damit war der Doktor zufrieden, ging wieder hinein, setzte sich an den Tisch und sprach: "Herr, nun will ich in meinem Buch suchen, wo das Geld steckt." Der fünfte Bediente aber kroch in den Ofen und wollte hören, ob der Doktor noch mehr wüßte. Der saß aber und schlug sein Abc-Buch auf, blätterte hin und her und suchte den Göckelhahn. Weil er ihn nicht gleich finden konnte, sprach er: "Du bist doch darin und mußt auch heraus." Da glaubte der im Ofen, er wäre gemeint, sprang voller Schrecken heraus und rief: "Der Mann weiß alles." Nun zeigte der Doktor Allwissend dem Herrn, wo das Geld lag, sagte aber nicht, wer's gestohlen hatte, bekam von beiden Seiten viel Geld zur Belohnung und ward ein berühmter Mann.

Der Geist im Glas

Es war einmal ein armer Holzhacker, der arbeitete vom Morgen bis in die späte Nacht. Als er sich endlich etwas Geld zusammengespart hatte, sprach er zu seinem Jungen: "Du bist mein einziges Kind, ich will das Geld, das ich mit saurem Schweiß erworben habe, zu deinem Unterricht anwenden; lernst du etwas Rechtschaffenes, so kannst du mich im Alter ernähren, wenn meine Glieder steif geworden sind und ich daheim sitzen muß."

Da ging der Junge auf eine hohe Schule und lernte fleißig, so daß ihn seine Lehrer rühmten, und blieb eine Zeitlang dort. Als er ein paar Schulen durchgelernt hatte, doch aber noch nicht in allem vollkommen war, so war das bißchen Armut, das der Vater erworben hatte, draufgegangen, und er mußte wieder zu ihm heimkehren. "Ach", sprach der Vater betrübt, "ich kann dir nichts mehr geben und kann in der teuern Zeit auch keinen Heller mehr verdienen als das tägliche Brot."

"Lieber Vater", antwortete der Sohn, "macht Euch darüber keine Gedanken, wenn's Gottes Wille also ist, so wird's zu meinem Besten ausschlagen; ich will mich schon dreinschicken." Als der Vater hinaus in den Wald wollte, um etwas am Malterholz (am Zuhauen und Aufrichten) zu verdienen, so sprach der Sohn: "Ich will mit Euch gehen und Euch helfen."

"Ja, mein Sohn", sagte der Vater, "das sollte dir beschwerlich ankommen, du bist an harte Arbeit nicht gewöhnt, du hältst das nicht aus; ich habe auch nur eine Axt und kein Geld übrig, um noch eine zu kaufen."

"Geht nur zum Nachbar", antwortete der Sohn, "der leiht Euch seine Axt so lange, bis ich mir selbst eine verdient habe."

Da borgte der Vater beim Nachbar eine Axt, und am andern Morgen, bei Anbruch des Tags, gingen sie zusammen hinaus in den Wald. Der Sohn half dem Vater und war ganz munter und frisch dabei. Als nun die Sonne über ihnen stand, sprach der Vater: "Wir wollen rasten und Mittag halten, hernach geht's noch einmal so gut." Der Sohn nahm sein Brot in die Hand und sprach: "Ruht Euch nur aus, Vater, ich bin nicht müde, ich will in dem Wald ein wenig auf und ab gehen und Vogelnester suchen."

"O du Geck", sprach der Vater, "was willst du da herumlaufen, hernach bist du müde und kannst den Arm nicht mehr aufheben; bleib hier und setze dich zu mir."

Der Sohn aber ging in den Wald, aß sein Brot, war ganz fröhlich und sah in die grünen Zweige hinein, ob er etwa ein Nest entdeckte. So ging er hin und her, bis er endlich zu einer großen gefährlichen Eiche kam, die gewiß schon viele hundert Jahre alt war und die keine fünf Menschen umspannt hätten. Er blieb stehen und sah sie an und dachte: "Es muß doch mancher Vogel sein Nest hineingebaut haben." Da däuchte ihn auf einmal, als hörte er eine Stimme. Er horchte und vernahm, wie es mit so einem recht dumpfen Ton rief: "Laß mich heraus, laß mich heraus." Er sah sich rings um, konnte aber nichts entdecken, doch es war ihm, als ob die Stimme unten aus der Erde hervorkäme. Da rief er: "Wo bist du?" Die Stimme antwortete: "Ich stecke da unten bei den Eichwurzeln. Laß mich heraus, laß mich heraus."

Der Schüler fing an, unter dem Baum aufzuräumen und bei den Wurzeln zu suchen, bis er endlich in einer kleinen Höhlung eine Glasflasche entdeckte. Er hob sie in die Höhe und hielt sie gegen das Licht, da sah er ein Ding, gleich einem Frosch gestaltet, das sprang darin auf und nieder. "Laß mich heraus, laß mich heraus", rief's von neuem, und der Schüler, der an nichts Böses dachte, nahm den Pfropfen von der Flasche ab.

Alsbald stieg ein Geist heraus und fing an zu wachsen und wuchs so schnell, daß er in wenigen Augenblicken als ein entsetzlicher Kerl, so groß wie der halbe Baum, vor dem Schüler stand.

"Weißt du", rief er mit einer fürchterlichen Stimme, "was dein Lohn dafür ist, daß du mich herausgelassen hast?"

"Nein", antwortete der Schüler ohne Furcht, "wie soll ich das wissen?"

"So will ich dir's sagen", rief der Geist, "den Hals muß ich dir dafür brechen."

"Das hättest du mir früher sagen sollen", antwortete der Schüler, "so hätte ich dich steckenlassen; mein Kopf aber soll vor dir wohl feststehen, da müssen mehr Leute gefragt werden."

"Mehr Leute hin, mehr Leute her", rief der Geist, "deinen verdienten Lohn, den sollst du haben. Denkst du, ich wäre aus Gnade da so lange Zeit eingeschlossen worden, nein, es war zu meiner Strafe; ich bin der großmächtige Merkurius, wer mich losläßt, dem muß ich den Hals brechen."

"Sachte", antwortete der Schüler, "so geschwind geht das nicht, erst muß ich auch wissen, daß du wirklich in der kleinen Flasche gesessen hast und daß du der rechte Geist bist: kannst du auch wieder hinein, so will ich's glauben, und dann magst du mit mir anfangen, was du willst."

Der Geist sprach voll Hochmut: "Das ist eine geringe Kunst", zog sich zusammen und machte sich so dünn und klein, wie er anfangs gewesen war, also daß er durch dieselbe Öffnung und durch den Hals der Flasche wieder hineinkroch. Kaum aber war er darin, so drückte der Schüler den abgezogenen Pfropfen wieder auf und warf die Flasche unter die Eichwurzeln an ihren alten Platz, und der Geist war betrogen. Nun wollte der Schüler zu seinem Vater zurückgehen, aber der Geist rief ganz kläglich: "Ach, laß mich doch heraus, laß mich doch heraus."

"Nein", antwortete der Schüler, "zum zweiten Male nicht: wer mir einmal nach dem Leben gestrebt hat, den laß ich nicht los, wenn ich ihn wieder eingefangen habe."

"Wenn du mich frei machst", rief der Geist, "so will ich dir so viel geben, daß du dein Lebtag genug hast."

"Nein", antwortete der Schüler, "du würdest mich betriegen wie das erste Mal."

"Du verscherzest dein Glück", sprach der Geist, "ich will dir nichts tun, sondern dich reichlich belohnen."

Der Schüler dachte: "Ich will's wagen, vielleicht hält er Wort, und anhaben soll er mir doch nichts." Da nahm er den Pfropfen ab, und der Geist stieg wie das vorige Mal heraus, dehnte sich auseinander und ward groß wie ein Riese. "Nun sollst du deinen Lohn haben", sprach er und reichte dem Schüler einen kleinen Lappen, ganz wie ein Pflaster, und sagte: "Wenn du mit dem einen Ende eine

Wunde bestreichst, so heilt sie; und wenn du mit dem andern Ende Stahl und Eisen bestreichst, so wird es in Silber verwandelt."

"Das muß ich erst versuchen", sprach der Schüler, ging an einen Baum, ritzte die Rinde mit seiner Axt und bestrich sie mit dem einen Ende des Pflasters: alsbald schloß sie sich wieder zusammen und war geheilt. "Nun, es hat seine Richtigkeit", sprach er zum Geist, "jetzt können wir uns trennen." Der Geist dankte ihm für seine Erlösung, und der Schüler dankte dem Geist für sein Geschenk und ging zurück zu seinem Vater.

"Wo bist du herumgelaufen?" sprach der Vater. "Warum hast du die Arbeit vergessen? Ich habe es ja gleich gesagt, daß du nichts zustande bringen würdest."

"Gebt Euch zufrieden, Vater, ich will's nachholen."

"Ja, nachholen", sprach der Vater zornig, "das hat keine Art."

"Habt acht, Vater, den Baum da will ich gleich umhauen, daß er krachen soll." Da nahm er sein Pflaster, bestrich die Axt damit und tat einen gewaltigen Hieb; aber weil das Eisen in Silber verwandelt war, so legte sich die Schneide um. "Ei, Vater, seht einmal, was habt Ihr mir für eine schlechte Axt gegeben, die ist ganz schief geworden." Da erschrak der Vater und sprach: "Ach, was hast du gemacht! Nun muß ich die Axt bezahlen und weiß nicht womit; das ist der Nutzen, den ich von deiner Arbeit habe."

"Werdet nicht bös", antwortete der Sohn, "die Axt will ich schon bezahlen."

"O du Dummbart", rief der Vater, "wovon willst du sie bezahlen? Du hast nichts, als was ich dir gebe; das sind Studentenkniffe, die dir im Kopf stecken, aber vom Holzhacken hast du keinen Verstand." Über ein Weilchen sprach der Schüler: "Vater, ich kann doch nichts mehr arbeiten, wir wollen lieber Feierabend machen."

"Ei was", antwortete er, "meinst du, ich wollte die Hände in den Schoß legen wie du? Ich muß noch schaffen, du kannst dich aber heimpacken."

"Vater, ich bin zum erstenmal hier in dem Wald, ich weiß den Weg nicht allein, geh doch mit mir." Weil sich der Zorn gelegt hatte, so ließ der Vater sich endlich bereden und ging mit ihm heim. Da sprach er zum Sohn: "Geh und verkauf die verschändete Axt und sieh zu, was du dafür kriegst; das übrige muß ich verdienen, um sie dem Nachbar zu bezahlen."

Der Sohn nahm die Axt und trug sie in die Stadt zu einem Goldschmied, der probierte sie, legte sie auf die Waage und sprach: "Sie ist vierhundert Taler wert, so viel habe ich nicht bar." Der Schüler sprach: "Gebt mir, was Ihr habt, das übrige will ich Euch borgen." Der Goldschmied gab ihm dreihundert Taler und blieb einhundert schuldig. Darauf ging der Schüler heim und sprach: "Vater, ich habe Geld, geht und fragt, was der Nachbar für die Axt haben will."

"Das weiß ich schon", antwortete der Alte, "einen Taler, sechs Groschen."

"So gebt ihm zwei Taler, zwölf Groschen, das ist das Doppelte und ist genug; seht Ihr, ich habe Geld im Überfluß", und gab dem Vater einhundert Taler und sprach: "Es soll Euch niemals fehlen, lebt nach Eurer Bequemlichkeit."

"Mein Gott", sprach der Alte, "wie bist du zu dem Reichtum gekommen?" Da erzählte er ihm, wie alles zugegangen wäre und wie er im Vertrauen auf sein Glück einen so reichen Fang getan hätte. Mit dem übrigen Geld aber zog er wieder hin auf die hohe Schule und lernte weiter, und weil er mit seinem Pflaster alle Wunden heilen konnte, ward er der berühmteste Doktor auf der ganzen Welt.

Der Bärenhäuter

Es war einmal ein junger Kerl, der ließ sich als Soldat anwerben, hielt sich tapfer und war immer der vorderste, wenn es blaue Bohnen regnete. Solange der Krieg dauerte, ging alles gut, aber als Friede geschlossen war, erhielt er seinen Abschied, und der Hauptmann sagte, er könnte gehen, wohin er wollte. Seine Eltern waren tot, und er hatte keine Heimat mehr, da ging er zu seinen Brüdern und bat, sie möchten ihm so lange Unterhalt geben, bis der Krieg wieder anfinge. Die Brüder aber waren hartherzig und sagten: "Was sollen wir mit dir? Wir können dich nicht brauchen, sieh zu, wie du dich durchschlägst."

Der Soldat hatte nichts übrig als sein Gewehr, das nahm er auf die Schulter und wollte in die Welt gehen. Er kam auf eine große Heide, auf der nichts zu sehen war als ein Ring von Bäumen; darunter setzte er sich ganz traurig nieder und sann über sein Schicksal nach. "Ich habe kein Geld", dachte er, "ich habe nichts gelernt als das Kriegshandwerk, und jetzt, weil Friede geschlossen ist, brauchen sie mich nicht mehr; ich sehe voraus, ich muß verhungern."

Auf einmal hörte er ein Brausen, und wie er sich umblickte, stand ein unbekannter Mann vor ihm, der einen grünen Rock trug, recht stattlich aussah, aber einen garstigen Pferdefuß hatte. "Ich weiß schon, was dir fehlt", sagte der Mann, "Geld und Gut sollst du haben, soviel du mit aller Gewalt durchbringen kannst, aber ich muß zuvor wissen, ob du dich nicht fürchtest, damit ich mein Geld nicht umsonst ausgebe."

"Ein Soldat und Furcht, wie paßt das zusammen?" antwortete er, "du kannst mich auf die Probe stellen."

"Wohlan", antwortete der Mann, "schau hinter dich." Der Soldat kehrte sich um und sah einen großen Bär, der brummend auf ihn zutrabte. "Oho", rief der Soldat, "dich will ich an der Nase kitzeln, daß dir die Lust zum Brummen vergehen soll", legte an und schoß den Bär auf die Schnauze, daß er zusammenfiel und sich nicht mehr regte. "Ich sehe wohl", sagte der Fremde, "daß dir's an Mut nicht fehlt, aber es ist noch eine Bedingung dabei, die mußt du erfüllen."

"Wenn mir's an meiner Seligkeit nicht schadet", antwortete der Soldat, der wohl merkte, wen er vor sich hatte, "sonst laß ich mich auf nichts ein."

"Das wirst du selber sehen", antwortete der Grünrock, "du darfst in den nächsten sieben Jahren dich nicht waschen, dir Bart und Haare nicht kämmen, die Nägel nicht schneiden und kein Vaterunser beten. Dann will ich dir einen Rock und Mantel geben, den mußt du in dieser Zeit tragen. Stirbst du in diesen sieben Jahren, so bist du mein, bleibst du aber leben, so bist du frei und bist reich dazu für dein Lebtag." Der Soldat dachte an die große Not, in der er sich befand, und da er so oft in den Tod gegangen war, wollte er es auch jetzt wagen und willigte ein.

Der Teufel zog den grünen Rock aus, reichte ihn dem Soldaten hin und sagte: "Wenn du den Rock an deinem Leibe hast und in die Tasche greifst, so wirst du die Hand immer voll Geld haben." Dann zog er dem Bären die Haut ab und sagte: "Das soll dein Mantel sein und auch dein Bett, denn darauf mußt du schlafen und darfst in kein anderes Bett kommen. Und dieser Tracht wegen sollst du Bärenhäuter heißen." Hierauf verschwand der Teufel. Der Soldat zog den Rock an, griff gleich in die Tasche und fand, daß die Sache ihre Richtigkeit hatte. Dann hing er die Bärenhaut um, ging in die Welt, war guter Dinge und unterließ nichts, was ihm wohl und dem Gelde wehe tat.

Im ersten Jahr ging es noch leidlich, aber in dem zweiten sah er schon aus wie ein Ungeheuer. Das Haar bedeckte ihm fast das ganze Gesicht, sein Bart glich einem Stück grobem Filztuch, seine Finger hatten Krallen, und sein Gesicht war so mit Schmutz bedeckt, daß, wenn man Kresse hineingesät hätte, sie aufgegangen wäre. Wer ihn sah, lief fort, weil er aber allerorten den Armen Geld gab, damit sie für ihn beteten, daß er in den sieben Jahren nicht stürbe, und weil er alles gut bezahlte, so erhielt er doch immer noch Herberge.

Im vierten Jahr kam er in ein Wirtshaus, da wollte ihn der Wirt nicht aufnehmen und wollte ihm nicht einmal einen Platz im Stall anweisen, weil er fürchtete, seine Pferde würden scheu werden. Doch als der Bärenhäuter in die Tasche griff und eine Handvoll Dukaten herausholte, so ließ der Wirt sich erweichen und gab ihm eine Stube im Hintergebäude; doch mußte er versprechen, sich nicht sehen zu lassen, damit sein Haus nicht in bösen Ruf käme.

Als der Bärenhäuter abends allein saß und von Herzen wünschte, daß die sieben Jahre herum wären, so hörte er in einem Nebenzimmer ein lautes Jammern. Er hatte ein mitleidiges Herz, öffnete die Türe und erblickte einen alten Mann, der heftig weinte und die Hände über dem Kopf zusammenschlug. Der Bärenhäuter trat näher, aber der Mann sprang auf und wollte entfliehen. Endlich, als er eine menschliche Stimme vernahm, ließ er sich bewegen, und durch freundliches Zureden brachte es der Bärenhäuter dahin, daß er ihm die Ursache seines Kummers offenbarte. Sein Vermögen war nach und nach geschwunden, er und seine Töchter mußten darben, und er war so arm, daß er den Wirt nicht einmal bezahlen konnte und ins Gefängnis sollte gesetzt werden. "Wenn Ihr weiter keine Sorgen habt", sagte der Bärenhäuter, "Geld habe ich genug." Er ließ den Wirt herbeikommen, bezahlte ihn und steckte dem Unglücklichen noch einen Beutel voll Gold in die Tasche.

Als der alte Mann sich aus seinen Sorgen erlöst sah, wußte er nicht, womit er sich dankbar beweisen sollte. "Komm mit mir", sprach er zu ihm, "meine Töchter sind Wunder von Schönheit, wähle dir eine davon zur Frau. Wenn sie hört, was du für mich getan hast, so wird sie sich nicht weigern. Du siehst freilich ein wenig seltsam aus, aber sie wird dich schon wieder in Ordnung bringen." Dem Bärenhäuter gefiel das wohl, und er ging mit.

Als ihn die älteste erblickte, entsetzte sie sich so gewaltig vor seinem Antlitz, daß sie aufschrie und fortlief. Die zweite blieb zwar stehen und betrachtete ihn, von Kopf bis zu Füßen, dann aber sprach sie: "Wie kann ich einen Mann nehmen, der keine menschliche Gestalt mehr hat? Da gefiel mir der rasierte Bär noch besser, der einmal hier zu sehen war und sich für einen Menschen ausgab, der hatte doch einen Husarenpelz an und weiße Handschuhe. Wenn er nur häßlich wäre, so könnte ich mich an ihn gewöhnen." Die jüngste aber sprach: "Lieber Vater, das muß ein guter Mann sein, der Euch aus der Not geholfen hat, habt Ihr ihm dafür eine Braut versprochen, so muß Euer Wort gehalten werden."

Es war schade, daß das Gesicht des Bärenhäuters von Schmutz und Haaren bedeckt war, sonst hätte man sehen können, wie ihm das Herz im Leibe lachte, als er diese Worte hörte. Er nahm einen Ring von seinem Finger, brach ihn entzwei und gab ihr die eine Hälfte, die andere behielt er für sich. In ihre Hälfte aber schrieb er seinen Namen, und in seine Hälfte schrieb er ihren Namen und bat sie, ihr Stück gut aufzuheben. Hierauf nahm er Abschied und sprach: "Ich muß noch drei Jahre wandern. Komm ich aber nicht wieder, so bist du frei, weil ich dann tot bin. Bitte aber Gott, daß er mir das Leben erhält." Die arme Braut kleidete sich ganz schwarz, und wenn sie an ihren Bräutigam dachte, so kamen ihr die Tränen in die Augen. Von ihren Schwestern ward ihr nichts als Hohn und Spott zuteil. "Nimm dich in acht", sagte die älteste, "wenn du ihm die Hand reichst, so schlägt er dir mit der Tatze darauf."

"Hüte dich", sagte die zweite, "die Bären lieben die Süßigkeit, und wenn du ihm gefällst, so frißt er dich auf."

"Du mußt nur immer seinen Willen tun", hub die älteste wieder an, "sonst fängt er an zu brummen." Und die zweite fuhr fort: "Aber die Hochzeit wird lustig sein, Bären, die tanzen gut." Die Braut schwieg still und ließ sich nicht irremachen. Der Bärenhäuter aber zog in der Welt herum, von einem Ort zum andern, tat Gutes, wo er konnte, und gab den Armen reichlich, damit sie für ihn beteten.

Endlich, als der letzte Tag von den sieben Jahren anbrach, ging er wieder hinaus auf die Heide und setzte sich unter den Ring von Bäumen. Nicht lange, so sauste der Wind, und der Teufel stand vor ihm und blickte ihn verdrießlich an; dann warf er ihm den alten Rock hin und verlangte seinen grünen zurück. "So weit sind wir noch nicht", antwortete der Bärenhäuter, "erst sollst du mich reinigen." Der Teufel mochte wollen oder nicht, er mußte Wasser holen, den Bärenhäuter abwaschen, ihm die Haare kämmen und die Nägel schneiden. Hierauf sah er wie ein tapferer Kriegsmann aus und war viel schöner als je vorher.

Als der Teufel glücklich abgezogen war, so war es dem Bärenhäuter ganz leicht ums Herz. Er ging in die Stadt, tat einen prächtigen Sammetrock an, setzte sich in einen Wagen, mit vier Schimmeln bespannt, und fuhr zu dem Haus seiner Braut. Niemand erkannte ihn, der Vater hielt ihn für einen vornehmen Feldobrist und führte ihn in das Zimmer, wo seine Töchter saßen. Er mußte sich zwischen den beiden ältesten niederlassen; sie schenkten ihm Wein ein, legten ihm die besten Bissen vor und meinten, sie hätten keinen schönern Mann auf der Welt gesehen.

Die Braut aber saß in schwarzem Kleide ihm gegenüber, schlug die Augen nicht auf und sprach kein Wort. Als er endlich den Vater fragte, ob er ihm eine seiner Töchter zur Frau geben wollte, so sprangen die beiden ältesten auf, liefen in ihre Kammer und wollten prächtige Kleider anziehen, denn eine jede bildete sich ein, sie wäre die Auserwählte.

Der Fremde, sobald er mit seiner Braut allein war, holte den halben Ring hervor und warf ihn in einen Becher mit Wein, den er ihr über den Tisch reichte. Sie nahm ihn an, aber als sie getrunken hatte und den halben Ring auf dem

Grund liegen fand, so schlug ihr das Herz. Sie holte die andere Hälfte, die sie an einem Band um den Hals trug, hielt sie daran, und es zeigte sich, daß beide Teile vollkommen zueinander paßten. Da sprach er: "Ich bin dein verlobter Bräutigam, den du als Bärenhäuter gesehen hast, aber durch Gottes Gnade habe ich meine menschliche Gestalt wieder erhalten und bin wieder rein geworden." Er ging auf sie zu, umarmte sie und gab ihr einen Kuß.

Indem kamen die beiden Schwestern in vollem Putz herein, und als sie sahen, daß der schöne Mann der jüngsten zuteil geworden war und hörten, daß das der Bärenhäuter war, liefen sie voll Zorn und Wut hinaus; die eine ersäufte sich im Brunnen, die andere erhenkte sich an einem Baum.

Am Abend klopfte jemand an der Türe, und als der Bräutigam öffnete, so war's der Teufel im grünen Rock, der sprach: "Siehst du, nun habe ich zwei Seelen für deine eine."

Der süße Brei

Es war einmal ein armes, frommes Mädchen, das lebte mit seiner Mutter allein, und sie hatten nichts mehr zu essen. Da ging das Kind hinaus in den Wald und begegnete ihm da eine alte Frau, die wußte seinen Jammer schon und schenkte ihm ein Töpfchen, zu dem sollt es sagen: "Töpfchen, koche", so kochte es guten, süßen Hirsenbrei, und wenn es sagte: "Töpfchen, steh", so hörte es wieder auf zu kochen.

Das Mädchen brachte den Topf seiner Mutter heim, und nun waren sie ihrer Armut und ihres Hungers ledig und aßen süßen Brei, sooft sie wollten. Auf eine Zeit war das Mädchen ausgegangen, da sprach die Mutter: "Töpfchen, koche", da kocht es, und sie ißt sich satt; nun will sie, daß das Töpfchen wieder aufhören soll, aber sie weiß das Wort nicht. Also kocht es fort, und der Brei steigt über den Rand hinaus und kocht immerzu, die Küche und das ganze Haus voll, und das zweite Haus und dann die Straße, als wollt's die ganze Welt satt machen, und ist die größte Not, und kein Mensch weiß sich da zu helfen.

Endlich, wie nur noch ein einziges Haus übrig ist, da kommt das Kind heim und spricht nur: "Töpfchen, steh", da steht es und hört auf zu kochen; und wer wieder in die Stadt wollte, der mußte sich durchessen.

Hans mein Igel

Es war einmal ein Bauer, der hatte Geld und Gut genug, aber wie reich er war, so fehlte doch etwas an seinem Glück: er hatte mit seiner Frau keine Kinder. Öfters, wenn er mit den andern Bauern in die Stadt ging, spotteten sie und fragten, warum er keine Kinder hätte. Da ward er endlich zornig, und als er nach Haus kam, sprach er: "Ich will ein Kind haben, und sollt's ein Igel sein."

Da kriegte seine Frau ein Kind, das war oben ein Igel und unten ein Junge, und als sie das Kind sah, erschrak sie und sprach: "Siehst du, du hast uns verwünscht." Da sprach der Mann: "Was kann das alles helfen, getauft muß der Junge werden, aber wir können keinen Gevatter dazu nehmen." Die Frau sprach: "Wir können ihn auch nicht anders taufen als Hans mein Igel." Als er getauft war, sagte der Pfarrer: "Der kann wegen seiner Stacheln in kein ordentlich Bett kommen." Da ward hinter dem Ofen ein wenig Stroh zurechtgemacht und Hans mein Igel daraufgelegt. Er konnte auch an der Mutter nicht trinken, denn er hätte sie mit seinen Stacheln gestochen. So lag er da hinter dem Ofen acht Jahre, und sein Vater war ihn müde und dachte, wenn er nur stürbe; aber er starb nicht, sondern blieb da liegen.

Nun trug es sich zu, daß in der Stadt ein Markt war, und der Bauer wollte hingehen, da fragte er seine Frau, was er ihr sollte mitbringen. "Ein wenig Fleisch und ein paar Wekke, was zum Haushalt gehört", sprach sie. Darauf fragte er die Magd, die wollte ein paar Toffeln und Zwickelstrümpfe. Endlich sagte er auch: "Hans mein Igel, was willst du denn haben?"

"Väterchen", sprach er, "bring mir doch einen Dudelsack mit." Wie nun der Bauer wieder nach Haus kam, gab er der Frau, was er ihr gekauft hatte, Fleisch und Wecke, dann gab er der Magd die Toffeln und die Zwickelstrümpfe, endlich ging er hinter den Ofen und gab dem Hans mein Igel den Dudelsack. Und wie Hans mein Igel den Dudelsack hatte, sprach er: "Väterchen, geht doch vor die Schmiede und laßt mir meinen Göckelhahn beschlagen, dann will ich fortreiten und will nimmermehr wiederkommen." Da war der Vater froh, daß er ihn loswerden sollte, und ließ ihm den Hahn beschlagen, und als er fertig war, setzte sich Hans mein Igel darauf, ritt fort, nahm auch Schweine und Esel mit, die wollt er draußen im Walde hüten.

Im Wald aber mußte der Hahn mit ihm auf einen hohen Baum fliegen, da saß er und hütete die Esel und Schweine, und saß lange Jahre, bis die Herde ganz groß war, und wußte sein Vater nichts von ihm. Wenn er aber auf dem Baum saß, blies er seinen Dudelsack und machte Musik, die war sehr schön.

Einmal kam ein König vorbeigefahren, der hatte sich verirrt und hörte die Musik; da verwunderte er sich darüber und schickte seinen Bedienten hin, er sollte sich einmal umgucken, wo die Musik herkäme. Er guckte sich um, sah aber nichts als ein kleines Tier auf dem Baum oben sitzen, das war wie ein Göckelhahn, auf dem ein Igel saß, und der machte die Musik. Da sprach der König zum Bedienten, er sollte fragen, warum er da säße und ob er nicht wüßte, wo der Weg in sein Königreich ginge. Da stieg Hans mein Igel vom Baum und sprach, er wollte den Weg zeigen, wenn der König ihm wollte verschreiben und versprechen, was ihm zuerst begegnete am königlichen Hofe, sobald er nach Haus käme. Da dachte der König: "Das kann ich leicht tun, Hans mein Igel versteht's doch nicht, und ich kann schreiben, was ich will." Da nahm der König Feder und Dinte und schrieb etwas auf, und als es geschehen war, zeigte ihm Hans mein Igel den Weg, und er kam glücklich nach Haus.

Seine Tochter aber, wie sie ihn von weitem sah, war so voll Freuden, daß sie ihm entgegenlief und ihn küßte. Da gedachte er an Hans mein Igel und erzählte ihr, wie es ihm gegangen wäre und daß er einem wunderlichen Tier hätte verschreiben sollen, was ihm daheim zuerst begegnen würde, und das Tier hätte auf einem Hahn wie auf einem Pferde gesessen und schöne Musik gemacht; er hätte aber geschrieben, es sollt's nicht haben, denn Hans mein Igel könnt es doch nicht lesen. Darüber war die Prinzessin froh und sagte, das wäre gut, denn sie wäre doch nimmermehr hingegangen. Hans mein Igel aber hütete die Esel und Schweine, war immer lustig, saß auf dem Baum und blies auf seinem Dudelsack.

Nun geschah es, daß ein anderer König gefahren kam mit seinen Bedienten und Laufern und hatte sich verirrt und wußte nicht, wieder nach Haus zu kommen, weil der Wald so groß war. Da hörte er gleichfalls die schöne Musik von weitem und sprach zu seinem Laufer, was das wohl wäre, er sollte einmal zusehen. Da ging der Laufer hin unter den Baum und sah den Göckelhahn sitzen und Hans mein Igel obendrauf. Der Laufer fragte ihn, was er da oben vorhätte. "Ich hüte meine Esel und Schweine; aber was ist Euer Begehren?" Der Laufer sagte, sie hätten sich verirrt und könnten nicht wieder ins Königreich, ob er ihnen den Weg nicht zeigen wollte. Da stieg Hans mein Igel mit dem Hahn vom Baum herunter und sagte zu dem alten König, er wolle ihm den Weg zeigen, wenn er ihm zu eigen geben wollte, was ihm zu Haus vor seinem königlichen Schlosse das erste begegnen würde. Der König sagte ja und unterschrieb sich dem Hans mein Igel, er sollte es haben. Als das geschehen war, ritt er auf dem Göckelhahn voraus und zeigte ihm den Weg, und gelangte der König glücklich wieder in sein Reich. Wie er auf den Hof kam, war große Freude darüber.

Nun hatte er eine einzige Tochter, die war sehr schön, die lief ihm entgegen, fiel ihm um den Hals und küßte ihn und freute sich, daß ihr alter Vater wiederkam. Sie fragte ihn auch, wo er so lange in der Welt gewesen wäre, da erzählte er ihr, er hätte sich verirrt und wäre beinahe gar nicht wiedergekommen, aber als er durch einen großen Wald gefahren wäre, hätte einer, halb wie ein Igel, halb wie ein Mensch, rittlings auf einem Hahn in einem hohen Baum gesessen und schöne Musik gemacht, der hätte ihm fortgeholfen und den Weg gezeigt, er aber hätte ihm dafür versprochen, was ihm am königlichen Hofe zuerst begegnete, und das wäre sie, und das täte ihm nun so leid. Da versprach sie ihm aber, sie wollte gerne mit ihm gehen, wann er käme, ihrem alten Vater zuliebe.

Hans mein Igel aber hütete seine Schweine, und die Schweine bekamen wieder Schweine, und wurden ihrer so viel, daß der ganze Wald voll war. Da wollte Hans mein

Igel nicht länger im Walde leben und ließ seinem Vater sagen, sie sollten alle Ställe im Dorf räumen, denn er käme mit einer so großen Herde, daß jeder schlachten könnte, der nur schlachten wollte. Da war sein Vater betrübt, als er das hörte, denn er dachte, Hans mein Igel wäre schon lange gestorben. Hans mein Igel aber setzte sich auf seinen Göckelhahn, trieb die Schweine vor sich her ins Dorf und ließ schlachten; hu! da war ein Gemetzel und ein Hacken, daß man's zwei Stunden weit hören konnte. Danach sagte Hans mein Igel: "Väterchen, laßt mir meinen Göckelhahn noch einmal vor der Schmiede beschlagen, dann reit ich fort und komme mein Lebtag nicht wieder." Da ließ der Vater den Göckelhahn beschlagen und war froh, daß Hans mein Igel nicht wiederkommen wollte.

Hans mein Igel ritt fort in das erste Königreich, da hatte der König befohlen, wenn einer käme auf einem Hahn geritten und hätte einen Dudelsack bei sich, dann sollten alle auf ihn schießen, hauen und stechen, damit er nicht ins Schloß käme. Als nun Hans mein Igel dahergeritten kam, drangen sie mit den Bajonetten auf ihn ein, aber er gab dem Hahn die Sporn, flog auf, über das Tor hin vor des Königs Fenster, ließ sich da nieder und rief ihm zu, er sollt ihm geben, was er versprochen hätte, sonst so wollt er ihm und seiner Tochter das Leben nehmen.

Da gab der König seiner Tochter gute Worte, sie möchte zu ihm hinausgehen, damit sie ihm und sich das Leben rettete. Da zog sie sich weiß an, und ihr Vater gab ihr einen Wagen mit sechs Pferden und herrliche Bedienten,

Geld und Gut. Sie setzte sich ein und Hans mein Igel mit seinem Hahn und Dudelsack neben sie, dann nahmen sie Abschied und zogen fort, und der König dachte, er kriegte sie nicht wieder zu sehen. Es ging aber anders, als er dachte, denn als sie ein Stück Wegs von der Stadt waren, da zog ihr Hans mein Igel die schönen Kleider aus und stach sie mit seiner Igelhaut, bis sie ganz blutig war, sagte: "Das ist der Lohn für eure Falschheit, geh hin, ich will dich nicht", und jagte sie damit nach Haus, und war sie beschimpft ihr Lebtag.

Hans mein Igel aber ritt weiter auf seinem Göckelhahn und mit seinem Dudelsack nach dem zweiten Königreich, wo er dem König auch den Weg gezeigt hatte. Der aber hatte bestellt, wenn einer käme wie Hans mein Igel, sollten sie das Gewehr präsentieren, ihn frei hereinführen, Vivat rufen und ihn ins königliche Schloß bringen. Wie ihn nun die Königstochter sah, war sie erschrocken, weil er doch gar zu wunderlich aussah, sie dachte aber, es wäre nicht anders, sie hätte es ihrem Vater versprochen. Da ward Hans mein Igel von ihr bewillkommt und ward mit ihr vermählt, und er mußte mit an die königliche Tafel gehen, und sie setzte sich zu seiner Seite, und sie aßen und tranken.

Wie's nun Abend ward, daß sie wollten schlafen gehen, da fürchtete sie sich sehr vor seinen Stacheln; er aber sprach, sie sollte sich nicht fürchten, es geschähe ihr kein Leid, und sagte zu dem alten König, er sollte vier Mann bestellen, die sollten wachen vor der Kammertüre und ein großes Feuer anmachen, und wann er in die Kammer einginge und sich ins Bett legen wollte, würde er aus seiner Igelshaut herauskriechen und sie vor dem Bett liegen lassen; dann sollten die Männer hurtig herbeispringen und sie ins Feuer werfen, auch dabeibleiben, bis sie vom Feuer verzehrt wäre.

Wie die Glocke nun elfe schlug, da ging er in die Kammer, streifte die Igelshaut ab und ließ sie vor dem Bette liegen; da kamen die Männer und holten sie geschwind und warfen sie ins Feuer; und als sie das Feuer verzehrt hatte, da war er erlöst und lag da im Bett ganz als ein Mensch gestaltet, aber er war kohlschwarz wie gebrannt. Der König schickte zu seinem Arzt, der wusch ihn mit guten Salben und balsamierte ihn, da ward er weiß und war ein schöner junger Herr. Wie das die Königstochter sah, war sie froh, und am andern Morgen stiegen sie mit Freuden auf, aßen und tranken, und ward die Vermählung erst recht gefeiert, und Hans mein Igel bekam das Königreich von dem alten König.

Wie etliche Jahre herum waren, fuhr er mit seiner Gemahlin zu seinem Vater und sagte, er wäre sein Sohn; der Vater aber sprach, er hätte keinen, er hätte nur einen gehabt, der wäre aber wie ein Igel mit Stacheln geboren worden und wäre in die Welt gegangen. Da gab er sich zu erkennen, und der alte Vater freute sich und ging mit ihm in sein Königreich.

Mein Märchen ist aus,
Und geht vor Gustchen sein Haus.

Einäuglein, Zweiäuglein und Dreiäuglein

Es war eine Frau, die hatte drei Töchter, davon hieß die älteste Einäuglein, weil sie nur ein einziges Auge mitten auf der Stirn hatte, und die mittelste Zweiäuglein, weil sie zwei Augen hatte wie andere Menschen, und die jüngste Dreiäuglein, weil sie drei Augen hatte, und das dritte stand bei ihr gleichfalls mitten auf der Stirne. Darum aber, daß Zweiäuglein nicht anders aussah als andere Menschenkinder, konnten es die Schwestern und die Mutter nicht leiden. Sie sprachen zu ihm: "Du mit deinen zwei Augen bist nicht besser als das gemeine Volk, du gehörst nicht zu uns." Sie stießen es herum und warfen ihm schlechte Kleider hin und gaben ihm nicht mehr zu essen, als was sie übrigließen, und taten ihm Herzeleid an, wo sie nur konnten.

Es trug sich zu, daß Zweiäuglein hinaus ins Feld gehen und die Ziege hüten mußte, aber noch ganz hungrig war, weil ihm seine Schwestern so wenig zu essen gegeben hatten. Da setzte es sich auf einen Rain und fing an zu weinen und so zu weinen, daß zwei Bächlein aus seinen Augen herabflossen. Und wie es in seinem Jammer einmal aufblickte, stand eine Frau neben ihm, die fragte: "Zweiäuglein, was weinst du?" Zweiäuglein antwortete: "Soll ich nicht weinen? Weil ich zwei Augen habe wie andre Menschen, so können mich meine Schwestern und meine Mutter nicht leiden, stoßen mich aus einer Ecke in die andere, werfen mir alte Kleider hin und geben mir nichts zu essen, als was sie übriglassen. Heute haben sie mir so wenig gegeben, daß ich noch ganz hungrig bin."

Sprach die weise Frau: "Zweiäuglein, trockne dir dein Angesicht, ich will dir etwas sagen, daß du nicht mehr hungern sollst. Sprich nur zu deiner Ziege:

'Zicklein, meck,
Tischlein, deck',

so wird ein sauber gedecktes Tischlein vor dir stehen und das schönste Essen darauf, daß du essen kannst, soviel du Lust hast. Und wenn du satt bist und das Tischlein nicht mehr brauchst, so sprich nur:

'Zicklein, meck,
Tischlein, weg',

so wird's vor deinen Augen wieder verschwinden." Darauf ging die weise Frau fort.

Zweiäuglein aber dachte: "Ich muß gleich einmal versuchen, ob es wahr ist, was sie gesagt hat, denn mich hungert gar zu sehr", und sprach:

"Zicklein, meck,
Tischlein, deck",

und kaum hatte sie die Worte ausgesprochen, so stand da ein Tischlein, mit einem weißen Tüchlein gedeckt, darauf ein Teller mit Messer und Gabel und silbernem Löffel, die schönsten Speisen standen rundherum, rauchten und waren noch warm, als wären sie eben aus der Küche gekommen. Da sagte Zweiäuglein das kürzeste Gebet her, das es wußte: "Herr Gott, sei unser Gast zu aller Zeit, Amen", langte zu und ließ sich's wohl schmecken. Und als es satt war, sprach es, wie die weise Frau gelehrt hatte:

"Zicklein, meck,
Tischlein, weg."

Alsbald war das Tischchen und alles, was darauf stand, wieder verschwunden. "Das ist ein schöner Haushalt", dachte Zweiäuglein und war ganz vergnügt und guter Dinge. Abends, als es mit seiner Ziege heimkam, fand es ein irdenes Schüsselchen mit Essen, das ihm die Schwestern hingestellt hatten, aber es rührte nichts an.

Am andern Tag zog es mit seiner Ziege wieder hinaus und ließ die paar Brocken, die ihm gereicht wurden, liegen. Das erstemal und das zweitemal beachteten es die Schwestern gar nicht, wie es aber jedesmal geschah, merkten sie auf und sprachen: "Es ist nicht richtig mit dem Zweiäuglein, das läßt jedesmal das Essen stehen und hat doch sonst alles aufgezehrt, was ihm gereicht wurde; das muß andere Wege gefunden haben."

Damit sie aber hinter die Wahrheit kämen, sollte Einäuglein mitgehen, wenn Zweiäuglein die Ziege auf die Weide trieb, und sollte achten, was es da vorhätte und ob ihm jemand etwas Essen und Trinken brächte. Als nun Zweiäuglein sich wieder aufmachte, trat Einäuglein zu ihm und sprach: "Ich will mit ins Feld und sehen, daß die Ziege auch recht gehütet und ins Futter getrieben wird." Aber Zweiäuglein merkte, was Einäuglein im Sinne hatte, und trieb die Ziege hinaus in hohes Gras und sprach: "Komm, Einäuglein, wir wollen uns hinsetzen, ich will dir was vorsingen." Einäuglein setzte sich hin und war von dem ungewohnten Weg und von der Sonnenhitze müde, und Zweiäuglein sang immer:

"Einäuglein, wachst du?
Einäuglein, schläfst du?"

Da tat Einäuglein das eine Auge zu und schlief ein. Und als Zweiäuglein sah, daß Einäuglein fest schlief und nichts verraten konnte, sprach es: "Zicklein, meck, Tischlein, deck", und setzte sich an sein Tischlein und aß und trank, bis es satt war, dann rief es wieder:

"Zicklein, meck,
Tischlein, weg",

und alles war augenblicklich verschwunden. Zweiäuglein weckte nun Einäuglein und sprach: "Einäuglein, du willst hüten und schläfst dabei ein, derweil hätte die Ziege in alle Welt laufen können; komm, wir wollen nach Haus gehen." Da gingen sie nach Haus, und Zweiäuglein ließ wieder sein

Schüsselchen unangerührt stehen, und Einäuglein konnte der Mutter nicht verraten, warum es nicht essen wollte, und sagte zu seiner Entschuldigung: "Ich war draußen eingeschlafen."

Am andern Tag sprach die Mutter zu Dreiäuglein: "Diesmal sollst du mitgehen und achthaben, ob Zweiäuglein draußen ißt und ob ihm jemand Essen und Trinken bringt, denn essen und trinken muß es heimlich." Da trat Dreiäuglein zum Zweiäuglein und sprach: "Ich will mitgehen und sehen, ob auch die Ziege recht gehütet und ins Futter getrieben wird." Aber Zweiäuglein merkte, was Dreiäuglein im Sinne hatte, und trieb die Ziege hinaus ins hohe Gras und sprach: "Wir wollen uns dahin setzen, Dreiäuglein, ich will dir was vorsingen." Dreiäuglein setzte sich und war müde von dem Weg und der Sonnenhitze, und Zweiäuglein hub wieder das vorige Liedlein an und sang:

"Dreiäuglein, wachst du?"

Aber statt daß es nun singen mußte:

"Dreiäuglein, schläfst du?",

sang es aus Unbedachtsamkeit:

"Zweiäuglein, schläfst du?",

und sang immer:

"Dreiäuglein, wachst du?
Zweiäuglein, schläfst du?"

Da fielen dem Dreiäuglein seine zwei Augen zu und schliefen, aber das dritte, weil es von dem Sprüchlein nicht angeredet war, schlief nicht ein. Zwar tat es Dreiäuglein zu, aber nur aus List, gleich als schlief es auch damit; doch blinzelte es und konnte alles gar wohl sehen. Und als Zweiäuglein meinte, Dreiäuglein schliefe fest, sagte es sein Sprüchlein:

"Zicklein, meck,
Tischlein, deck",

aß und trank nach Herzenslust und hieß dann das Tischlein wieder fortgehen,

"Zicklein, meck,
Tischlein, weg",

und Dreiäuglein hatte alles mit angesehen. Da kam Zweiäuglein zu ihm, weckte es und sprach: "Ei, Dreiäuglein, bist du eingeschlafen? Du kannst gut hüten! Komm, wir wollen heimgehen." Und als sie nach Haus kamen, aß Zweiäuglein wieder nicht, und Dreiäuglein sprach zur Mutter: "Ich weiß nun, warum das hochmütige Ding nicht ißt; wenn sie draußen zur Ziege spricht:

'Zicklein, meck,
Tischlein, deck',

so steht ein Tischlein vor ihr, das ist mit dem besten Essen besetzt, viel besser, als wir's hier haben; und wenn sie satt ist, so spricht sie:

'Zicklein, meck,
Tischlein, weg',

und alles ist wieder verschwunden; ich habe alles genau mit angesehen. Zwei Augen hatte sie mir mit einem Sprüchlein eingeschläfert, aber das eine auf der Stirne, das war zum Glück wachgeblieben." Da rief die neidische Mutter: "Willst du's besser haben als wir? Die Lust soll dir vergehen!" Sie holte ein Schlachtmesser und stieß es der Ziege ins Herz, daß sie tot hinfiel. Als Zweiäuglein das sah, ging es voll Trauer hinaus, setzte sich auf den Feldrain und weinte seine bitteren Tränen. Da stand auf einmal die weise Frau wieder neben ihm und sprach: "Zweiäuglein, was weinst du?"

"Soll ich nicht weinen!" antwortete es. "Die Ziege, die mir jeden Tag, wenn ich Euer Sprüchlein hersagte, den Tisch so schön deckte, ist von meiner Mutter totgestochen; nun muß ich wieder Hunger und Kummer leiden."

Die weise Frau sprach: "Zweiäuglein, ich will dir einen guten Rat erteilen, bitt deine Schwestern, daß sie dir das Eingeweide von der geschlachteten Ziege geben, und vergrab es vor der Haustür in die Erde, so wird's dein Glück sein." Da verschwand sie, und Zweiäuglein ging heim und sprach zu den Schwestern: "Liebe Schwestern, gebt mir doch etwas von meiner Ziege, ich verlange nichts Gutes, gebt mir nur das Eingeweide." Da lachten sie und sprachen: "Kannst du haben, wenn du weiter nichts willst." Und Zweiäuglein nahm das Eingeweide und vergrub's abends in aller Stille nach dem Rate der weisen Frau vor die Haustüre.

Am andern Morgen, als sie insgesamt erwachten und vor die Haustüre traten, so stand da ein wunderbarer prächtiger Baum, der hatte Blätter von Silber, und Früchte von Gold hingen dazwischen, daß wohl nichts Schöneres und Köstlicheres auf der weiten Welt war. Sie wußten aber nicht, wie der Baum in der Nacht dahingekommen war, nur Zweiäuglein merkte, daß er aus den Eingeweiden der Ziege aufgewachsen war, denn er stand gerade da, wo es sie in die Erde begraben hatte. Da sprach die Mutter zu Einäuglein: "Steig hinauf, mein Kind, und brich uns die Früchte von dem Baume ab." Einäuglein stieg hinauf, aber wie es einen von den goldenen Apfeln greifen wollte, so fuhr ihm der Zweig aus den Händen; und das geschah jedesmal, so daß es keinen einzigen Apfel brechen konnte, es mochte sich anstellen, wie es wollte.

Da sprach die Mutter: "Dreiäuglein, steig du hinauf, du kannst mit deinen drei Augen besser um dich schauen als Einäuglein." Einäuglein rutschte herunter, und Dreiäuglein stieg hinauf. Aber Dreiäuglein war nicht geschickter und mochte schauen, wie es wollte, die goldenen Äpfel wichen immer zurück. Endlich ward die Mutter ungeduldig und stieg selbst hinauf, konnte aber sowenig wie Einäuglein und Dreiäuglein die Frucht fassen und griff immer in die leere Luft.

Da sprach Zweiäuglein: "Ich will mich einmal hinaufmachen, vielleicht gelingt mir's eher." Die Schwestern riefen zwar: "Du, mit deinen zwei Augen, was willst du wohl!" Aber Zweiäuglein stieg hinauf, und die goldenen Äpfel zogen sich nicht vor ihm zurück, sondern ließen sich von selbst in seine Hand herab, also daß es einen nach dem andern abpflücken konnte und ein ganzes Schürzchen voll mit herunterbrachte. Die Mutter nahm sie ihm ab, und statt daß sie, Einäuglein und Dreiäuglein dafür das arme Zweiäuglein hätten besser behandeln sollen, so wurden sie nur neidisch, daß es allein die Früchte holen konnte, und gingen noch härter mit ihm um.

Es trug sich zu, als sie einmal beisammen an dem Baum standen, daß ein junger Ritter daherkam. "Geschwind, Zweiäuglein", riefen die zwei Schwestern, "kriech unter, daß wir uns deiner nicht schämen müssen", und stürzten über das arme Zweiäuglein in aller Eil ein leeres Faß, das gerade neben dem Baume stand, und schoben die goldenen Äpfel, die es abgebrochen hatte, auch darunter. Als nun der Ritter näher kam, war es ein schöner Herr, der hielt still, bewunderte den prächtigen Baum von Gold und Silber und sprach zu den beiden Schwestern: "Wem gehört dieser schöne Baum? Wer mir einen Zweig davon gäbe, könnte dafür verlangen, was er wollte."

Da antworteten Einäuglein und Dreiäuglein, der Baum gehörte ihnen zu, und sie wollten ihm einen Zweig wohl abbrechen. Sie gaben sich auch beide große Mühe, aber sie waren es nicht imstande, denn die Zweige und Früchte wichen jedesmal vor ihnen zurück. Da sprach der Ritter: "Das ist ja wunderlich, daß der Baum euch zugehört und ihr doch nicht Macht habt, etwas davon abzubrechen." Sie blieben dabei, der Baum wäre ihr Eigentum. Indem sie aber so sprachen, rollte Zweiäuglein aus dem Fasse ein paar goldene Äpfel heraus, so daß sie zu den Füßen des Ritters liefen, denn Zweiäuglein war bös, daß Einäuglein und Dreiäuglein nicht die Wahrheit sagten. Wie der Ritter die Äpfel sah, erstaunte er und fragte, wo sie herkämen. Einäuglein und Dreiäuglein antworteten, sie hätten noch eine Schwester, die dürfte sich aber nicht sehen lassen, weil sie nur zwei Augen hätte, wie andere gemeine Menschen. Der Ritter aber verlangte, sie zu sehen, und rief: "Zweiäuglein, komm hervor." Da kam Zweiäuglein ganz getrost unter dem Faß hervor, und der Ritter war verwundert über seine große Schönheit und sprach: "Du, Zweiäuglein, kannst mir gewiß einen Zweig von dem Baum abbrechen."

"Ja", antwortete Zweiäuglein, "das will ich wohl können, denn der Baum gehört mir." Und stieg hinauf und brach mit leichter Mühe einen Zweig mit seinen silbernen Blättern und goldenen Früchten ab und reichte ihn dem Ritter hin. Da sprach der Ritter: "Zweiäuglein, was soll ich dir dafür geben?"

"Ach", antwortete Zweiäuglein, "ich leide Hunger und Durst, Kummer und Not vom frühen Morgen bis zum späten Abend: wenn Ihr mich mitnehmen und erlösen wollt, so wäre ich glücklich."

Da hob der Ritter das Zweiäuglein auf sein Pferd und brachte es heim auf sein väterliches Schloß; dort gab er ihm schöne Kleider, Essen und Trinken nach Herzenslust, und weil er es so liebhatte, ließ er sich mit ihm einsegnen und ward die Hochzeit in großer Freude gehalten.

Wie nun Zweiäuglein so von dem schönen Rittersmann fortgeführt ward, da beneideten die zwei Schwestern ihm erst recht sein Glück. "Der wunderbare Baum bleibt uns doch", dachten sie, "können wir auch keine Früchte davon brechen, so wird doch jedermann davor stehenbleiben, zu uns kommen und ihn rühmen; wer weiß, wo unser Weizen noch blüht!"

Aber am andern Morgen war der Baum verschwunden und ihre Hoffnung dahin. Und wie Zweiäuglein zu seinem Kämmerlein hinaussah, so stand er zu seiner großen Freude davor und war ihm also nachgefolgt.

Zweiäuglein lebte lange Zeit vergnügt. Einmal kamen zwei arme Frauen zu ihm auf das Schloß und baten um ein Almosen. Da sah ihnen Zweiäuglein ins Gesicht und erkannte ihre Schwestern Einäuglein und Dreiäuglein, die so in Armut geraten waren, daß sie umherziehen und vor den Türen ihr Brot suchen mußten. Zweiäuglein aber hieß sie willkommen und tat ihnen Gutes und pflegte sie, also daß die beiden von Herzen bereuten, was sie ihrer Schwester in der Jugend Böses angetan hatten.

Simeliberg

Es waren zwei Brüder, einer war reich, der andere arm. Der Reiche aber gab dem Armen nichts, und er mußte sich vom Kornhandel kümmerlich ernähren; da ging es ihm oft so schlecht, daß er für seine Frau und Kinder kein Brot hatte.

Einmal fuhr er mit seinem Karren durch den Wald, da erblickte er zur Seite einen großen, kahlen Berg, und weil er den noch nie gesehen hatte, hielt er still und betrachtete ihn mit Verwunderung. Wie er so stand, sah er zwölf wilde große Männer daherkommen; weil er nun glaubte, das wären Räuber, schob er seinen Karren ins Gebüsch und stieg auf einen Baum und wartete, was da geschehen würde. Die zwölf Männer gingen aber vor den Berg und riefen: "Berg Semsi, Berg Semsi, tu dich auf."

Alsbald tat sich der kahle Berg in der Mitte voneinander, und die zwölfe gingen hinein, und wie sie drin waren, schloß er sich zu. Über eine kleine Weile aber tat er sich wieder auf, und die Männer kamen heraus und trugen schwere Säcke auf den Rücken, und wie sie alle wieder am Tageslicht waren, sprachen sie: "Berg Semsi, Berg Semsi, tu dich zu." Da fuhr der Berg zusammen und war kein Eingang mehr an ihm zu sehen, und die zwölfe gingen fort.

Als sie ihm nun ganz aus den Augen waren, stieg der Arme vom Baum herunter und war neugierig, was wohl im Berge Heimliches verborgen wäre. Also ging er davor und sprach: "Berg Semsi, Berg Semsi, tu dich auf", und der Berg tat sich auch vor ihm auf. Da trat er hinein, und der ganze Berg war eine Höhle voll Silber und Gold, und hinten lagen große Haufen Perlen und blitzende Edelsteine, wie Korn aufgeschüttet. Der Arme wußte gar nicht, was er anfangen sollte und ob er sich etwas von den Schätzen nehmen dürfte; endlich füllte er sich die Taschen mit Gold, die Perlen und Edelsteine aber ließ er liegen. Als er wieder herauskam, sprach er gleichfalls: "Berg Semsi, Berg Semsi, tu dich zu", da schloß sich der Berg, und er fuhr mit seinem Karren nach Haus. Nun brauchte er nicht mehr zu sorgen und konnte mit seinem Golde für Frau und Kind Brot und auch Wein dazu kaufen, lebte fröhlich und redlich, gab den Armen und tat jedermann Gutes.

Als aber das Geld zu Ende war, ging er zu seinem Bruder, lieh einen Scheffel und holte sich von neuem; doch rührte er von den großen Schätzen nichts an. Wie er sich zum drittenmal etwas holen wollte, borgte er bei seinem Bruder abermals den Scheffel. Der Reiche war aber schon lange neidisch über sein Vermögen und den schönen Haushalt, den er sich eingerichtet hatte, und konnte nicht begreifen, woher der Reichtum käme und was sein Bruder mit dem Scheffel anfinge. Da dachte er eine List aus und bestrich den Boden mit Pech, und wie er das Maß zurückbekam, so war ein Goldstück darin hängengeblieben. Alsbald ging er zu seinem Bruder und fragte ihn: "Was hast du mit dem Scheffel gemessen?"

"Korn und Gerste", sagte der andere. Da zeigte er ihm das Goldstück und drohte ihm, wenn er nicht die Wahrheit sagte, so wollt er ihn beim Gericht verklagen. Er erzählte ihm nun alles, wie es zugegangen war. Der Reiche aber ließ gleich einen Wagen anspannen, fuhr hinaus, wollte die Gelegenheit besser benutzen und ganz andere Schätze mitbringen.

Wie er vor den Berg kam, rief er: "Berg Semsi, Berg Semsi, tu dich auf." Der Berg tat sich auf, und er ging hinein. Da lagen die Reichtümer alle vor ihm, und er wußte lange nicht, wozu er am ersten greifen sollte, endlich lud er Edelsteine auf, soviel er tragen konnte. Er wollte seine Last hinausbringen, weil aber Herz und Sinn ganz voll von den Schätzen waren, hatte er darüber den Namen des Berges vergessen und rief: "Berg Simeli, Berg Simeli, tu dich auf." Aber das war der rechte Name nicht, und der Berg regte sich nicht und blieb verschlossen. Da ward ihm angst, aber je länger er nachsann, desto mehr verwirrten sich seine Gedanken, und halfen ihm alle Schätze nichts mehr.

Am Abend tat sich der Berg auf, und die zwölf Räuber kamen herein, und als sie ihn sahen, lachten sie und riefen: "Vogel, haben wir dich endlich, meinst du, wir hätten's nicht gemerkt, daß du zweimal hereingekommen bist, aber wir konnten dich nicht fangen, zum drittenmal sollst du nicht wieder heraus." Da rief er: "Ich war's nicht, mein Bruder war's", aber er mochte bitten um sein Leben und sagen, was er wollte, sie schlugen ihm das Haupt ab.

Die Sterntaler

Es war einmal ein kleines Mädchen, dem war Vater und Mutter gestorben, und es war so arm, daß es kein Kämmerchen mehr hatte, darin zu wohnen, und kein Bettchen mehr, darin zu schlafen, und endlich gar nichts mehr als die Kleider auf dem Leib und ein Stückchen Brot in der Hand, das ihm ein mitleidiges Herz geschenkt hatte. Es war aber gut und fromm.

Und weil es so von aller Welt verlassen war, ging es im Vertrauen auf den lieben Gott hinaus ins Feld. Da begegnete ihm ein armer Mann, der sprach: "Ach, gib mir etwas zu essen, ich bin so hungerig." Es reichte ihm das ganze Stückchen Brot und sagte: "Gott segne dir's", und ging weiter. Da kam ein Kind, das jammerte und sprach: "Es friert mich so an meinem Kopfe, schenk mir etwas, womit ich ihn bedecken kann." Da tat es seine Mütze ab und gab sie ihm.

Und als es noch eine Weile gegangen war, kam wieder ein Kind und hatte kein Leibchen an und fror: da gab es ihm seins; und noch weiter, da bat eins um ein Röcklein, das gab es auch von sich hin.

Endlich gelangte es in einen Wald, und es war schon dunkel geworden, da kam noch eins und bat um ein Hemdlein, und das fromme Mädchen dachte: "Es ist dunkle Nacht, da sieht dich niemand, du kannst wohl dein Hemd weggeben", und zog das Hemd ab und gab es auch noch hin. Und wie es so stand und gar nichts mehr hatte, fielen auf einmal die Sterne vom Himmel und waren lauter harte, blanke Taler; und ob es gleich sein Hemdlein weggegeben, so hatte es ein neues an, und das war vom allerfeinsten Linnen. Da sammelte es sich die Taler hinein und war reich für sein Lebtag.

Der Sperling und seine vier Kinder

Ein Sperling hatte vier Junge in einem Schwalbennest. Wie sie nun flügg sind, stoßen böse Buben das Nest ein, sie kommen aber alle glücklich in Windbraus davon. Nun ist dem Alten leid, weil seine Söhne in die Welt kommen, daß er sie nicht vor allerlei Gefahr erst verwarnet und ihnen gute Lehren fürgesagt habe.

Auf'n Herbst kommen in einem Weizenacker viel Sperlinge zusammen, allda trifft der Alte seine vier Jungen an, die führt er voll Freuden mit sich heim. "Ach, meine lieben Söhne, was habt ihr mir den Sommer über Sorge gemacht, dieweil ihr ohne meine Lehre in Winde kamet; höret meine Worte und folget eurem Vater und sehet euch wohl vor: kleine Vöglein haben große Gefährlichkeit auszustehen!"

Darauf fragte er den älteren, wo er sich den Sommer über aufgehalten und wie er sich ernähret hätte. "Ich habe mich in den Gärten gehalten, Räuplein und Würmlein gesucht, bis die Kirschen reif wurden."

"Ach, mein Sohn", sagte der Vater, "die Schnabelweid ist nicht bös, aber es ist große Gefahr dabei, darum habe fortan deiner wohl acht, und sonderlich, wenn Leut in Gärten umhergehn, die lange grüne Stangen tragen, die inwendig hohl sind und oben ein Löchlein haben."

"Ja, mein Vater, wenn dann ein grün Blättlein aufs Löchlein mit Wachs geklebt wäre?" spricht der Sohn.

"Wo hast du das gesehen?"

"In eines Kaufmanns Garten", sagte der Junge. "O mein Sohn", spricht der Vater, "Kaufleut, geschwinde Leut! Bist du um die Weltkinder gewesen, so hast du Weltgeschmeidigkeit genug gelernt, siehe und brauch's nur recht wohl und trau dir nicht zu viel."

Darauf befragt er den andern: "Wo hast du dein Wesen gehabt?"

"Zu Hofe", spricht der Sohn. "Sperling und alberne Vöglein dienen nicht an diesem Ort, da viel Gold, Sammet, Seiden, Wehr, Harnisch, Sperber, Kauzen und Blaufüß sind, halt dich zum Roßstall, da man den Hafer schwingt oder wo man drischet, so kann dir's Glück mit gutem Fried auch dein täglich Körnlein bescheren."

"Ja, Vater", sagte dieser Sohn, "wenn aber die Stalljungen Hebritzen machen und ihre Maschen und Schlingen ins Stroh binden, da bleibt auch mancher behenken."

"Wo hast du das gesehen?" sagte der Alte. "Zu Hof, beim Roßbuben."

"O mein Sohn, Hofbuben, böse Buben! Bist du zu Hof und um die Herren gewesen und hast keine Federn da gelassen, so hast du ziemlich gelernet und wirst dich in der Welt wohl wissen auszureißen, doch siehe dich um und auf; die Wölfe fressen auch oft die gescheiten Hündlein."

Der Vater nimmt den dritten auch vor sich: "Wo hast du dein Heil versucht?"

"Auf den Fahrwegen und Landstraßen hab ich Kübel und Seil eingeworfen und da bisweilen ein Körnlein oder Gräuplein angetroffen."

"Dies ist ja", sagt der Vater, "eine feine Nahrung, aber merk gleich wohl auf die Schanz und siehe fleißig auf, sonderlich wenn sich einer bücket und einen Stein aufheben will, da ist dir nicht lang zu bleiben."

"Wahr ist's", sagt der Sohn, "wenn aber einer zuvor einen Wand- oder Handstein im Busen oder Tasche trüge?"

"Wo hast du dies gesehn?"

"Bei den Bergleuten, lieber Vater, wenn sie ausfahren, führen sie gemeinlich Handsteine bei sich."

"Bergleut, Werkleut, anschlägige Leut! Bist du um Bergburschen gewesen, so hast du etwas gesehen und erfahren.

Fahr hin und nimm deiner Sachen gleichwohl gut acht,
Bergbuben haben manchen Sperling mit Kobold umbracht."

Endlich kommt der Vater an [den] jüngsten Sohn: "Du, mein liebes Gackennestle, du warst allzeit der alberst und schwächest, bleib du bei mir, die Welt hat viel grober und böser Vögel, die krumme Schnäbel und lange Krallen haben und nur auf arme Vöglein lauern und sie verschlucken; halt dich zu deinesgleichen und lies die Spinnlein und Räuplein von den Bäumen oder Häuslein, so bleibst du lang zufrieden."

"Du, mein lieber Vater, wer sich nährt ohn andrer Leut Schaden, der kommt lang hin, und kein Sperber, Habicht, Aar oder Weih wird ihm nicht schaden, wenn er zumal sich und seine ehrliche Nahrung dem lieben Gott all Abend und Morgen treulich befiehlt, welcher aller Wald_ und Dorfvöglein Schöpfer und Erhalter ist, der auch der jungen Räblein Geschrei und Gebet höret, denn ohne seinen Willen fällt auch kein Sperling oder Schneekünglein auf die Erde."

"Wo hast du dies gelernt?"

Antwortet der Sohn: "Wie mich der große Windbraus von dir wegriß, kam ich in eine Kirche, da las ich den Sommer die Fliegen und Spinnen von den Fenstern ab und hörte diese Sprüch predigen, da hat mich der Vater aller Sperlinge den Sommer über ernährt und behütet vor allem Unglück und grimmigen Vögeln."

"Traun! mein lieber Sohn, fleuchst du in die Kirchen und hilfest Spinnen und die sumsenden Fliegen aufräumen und zirpst zu Gott wie die jungen Räblein und befiehlst dich dem ewigen Schöpfer, so wirst du wohlbleiben, und wenn die ganze Welt voll wilder tückischer Vögel wäre.

Denn wer dem Herrn befiehlt seine Sach,
Schweigt, leidet, wartet, betet, braucht Glimpf, tut gemach,
Bewahrt Glaub und gut Gewissen rein,
Dem will Gott Schutz und Helfer sein."

Das Märchen vom Schlauraffenland

In der Schlauraffenzeit, da ging ich und sah, an einem kleinen Seidenfaden hing Rom und der Lateran, und ein fußloser Mann, der überlief ein schnelles Pferd, und ein bitterscharfes Schwert, das durchhieb eine Brücke. Da sah ich einen jungen Esel mit einer silbernen Nase, der jagte hinter zwei schnellen Hasen her, und eine Linde, die war breit, auf der wuchsen heiße Fladen. Da sah ich eine alte dürre Geiß, trug wohl hundert Fuder Schmalzes an ihrem Leibe und sechzig Fuder Salzes. Ist das nicht gelogen genug?

Da sah ich zackern einen Pflug ohne Roß und Rinder, und ein jähriges Kind warf vier Mühlensteine von Regensburg bis nach Trier und von Trier hinein in Straßburg, und ein Habicht schwamm über den Rhein; das tat er mit vollem Recht. Da hört ich Fische miteinander Lärm anfangen, daß es in den Himmel hinaufscholl, und ein süßer Honig floß wie Wasser von einem tiefen Tal auf einen hohen Berg; das waren seltsame Geschichten.

Da waren zwei Krähen, mähten eine Wiese, und ich sah zwei Mücken an einer Brücke bauen, und zwei Tauben zerrupften einen Wolf, zwei Kinder, die wurfen zwei Zicklein, aber zwei Frösche droschen miteinander Getreid aus. Da sah ich zwei Mäuse einen Bischof weihen, zwei Katzen, die einem Bären die Zunge auskratzten. Da kam eine Schnekke gerannt und erschlug zwei wilde Löwen. Da stand ein Bartscherer, schor einer Frauen ihren Bart ab, und zwei säugende Kinder hießen ihre Mutter stillschweigen. Da sah ich zwei Windhunde, brachten eine Mühle aus dem Wasser getragen, und eine alte Schindmähre stand dabei, die sprach, es wäre recht. Und im Hof standen vier Rosse, die droschen Korn aus allen Kräften, und zwei Ziegen, die den Ofen heizten, und eine rote Kuh schoß das Brot in den Ofen. Da krähte ein Huhn: "Kikeriki, das Märchen ist auserzählt, kikeriki."

Der Mond

Vorzeiten gab es ein Land, wo die Nacht immer dunkel und der Himmel wie ein schwarzes Tuch darübergebreitet war, denn es ging dort niemals der Mond auf, und kein Stern blinkte in der Finsternis. Bei Erschaffung der Welt hatte das nächtliche Licht ausgereicht.

Aus diesem Land gingen einmal vier Bursche auf die Wanderschaft und gelangten in ein anderes Reich, wo abends, wenn die Sonne hinter den Bergen verschwunden war, auf einem Eichbaum eine leuchtende Kugel stand, die weit und breit ein sanftes Licht ausgoß. Man konnte dabei alles wohl sehen und unterscheiden, wenn es auch nicht so glänzend wie die Sonne war. Die Wanderer standen still und fragten einen Bauer, der mit seinem Wagen vorbeifuhr, was das für ein Licht sei. "Das ist der Mond" antwortete dieser, "unser Schultheiß hat ihn für drei Taler gekauft und an den Eichbaum befestigt. Er muß täglich Öl aufgießen und ihn rein erhalten, damit er immer hell brennt. Dafür erhält er von uns wöchentlich einen Taler."

Als der Bauer weggefahren war, sagte der eine von ihnen: "Diese Lampe könnten wir brauchen, wir haben daheim einen Eichbaum, der ebenso groß ist, daran können wir sie hängen. Was für eine Freude, wenn wir nachts nicht in der Finsternis herumtappen!"

"Wißt ihr was?" sprach der zweite, "wir wollen Wagen und Pferde holen und den Mond wegführen. Sie können sich hier einen andern kaufen."

"Ich kann gut klettern", sprach der dritte, "ich will ihn schon herunterholen." Der vierte brachte einen Wagen mit Pferden herbei, und der dritte stieg den Baum hinauf, bohrte ein Loch in den Mond, zog ein Seil hindurch und ließ ihn herab. Als die glänzende Kugel auf dem Wagen lag, deckten sie ein Tuch darüber, damit niemand den Raub bemerken sollte. Sie brachten ihn glücklich in ihr Land und stellten ihn auf eine hohe Eiche. Alte und Junge freuten sich, als die neue Lampe ihr Licht über alle Felder leuchten ließ und Stuben und Kammern damit erfüllte. Die Zwerge kamen aus den Felsenhöhlen hervor, und die kleinen Wichtelmänner tanzten in ihren roten Röckchen auf den Wiesen den Ringeltanz.

Die vier versorgten den Mond mit Öl, putzten den Docht und erhielten wöchentlich ihren Taler. Aber sie wurden alte Greise, und als der eine erkrankte und seinen Tod voraussah, verordnete er, daß der vierte Teil des Mondes als sein Eigentum ihm mit in das Grab sollte gegeben werden.

Als er gestorben war, stieg der Schultheiß auf den Baum und schnitt mit der Heckenschere ein Viertel ab, das in den Sarg gelegt ward. Das Licht des Mondes nahm ab, aber noch nicht merklich. Als der zweite starb, ward ihm das zweite Viertel mitgegeben, und das Licht minderte sich. Noch schwächer ward es nach dem Tod des dritten, der gleichfalls seinen Teil mitnahm, und als der vierte ins Grab kam, trat die alte Finsternis wieder ein. Wenn die Leute abends ohne Laterne ausgingen, stießen sie mit den Köpfen zusammen.

Als aber die Teile des Mondes in der Unterwelt sich vereinigten, so wurden dort, wo immer Dunkelheit geherrscht hatte, die Toten unruhig und erwachten aus ihrem Schlaf. Sie erstaunten, als sie wieder sehen konnten; das Mondlicht war ihnen genug, denn ihre Augen waren so schwach geworden, daß sie den Glanz der Sonne nicht ertragen hätten. Sie erhoben sich, wurden lustig und nahmen ihre Lebensweise wieder an. Ein Teil ging zum Spiel und Tanz, andere liefen in die Wirtshäuser, wo sie Wein forderten, sich betranken, tobten und zankten und endlich ihre Knüttel aufhoben und sich prügelten. Der Lärm ward immer ärger und drang endlich bis in den Himmel hinauf.

Der heilige Petrus, der das Himmelstor bewacht, glaubte, die Unterwelt wäre in Aufruhr geraten, und rief die himmlischen Heerscharen zusammen, die den bösen Feind, wenn er mit seinen Gesellen den Aufenthalt der Seligen stürmen wollte, zurückjagen sollten. Da sie aber nicht kamen, so setzte er sich auf sein Pferd und ritt durch das Himmelstor hinab in die Unterwelt. Da brachte er die Toten zur Ruhe, hieß sie sich wieder in die Gräber legen und nahm den Mond mit fort, den er oben am Himmel aufhing.

Der Nagel

Ein Kaufmann hatte auf der Messe gute Geschäfte gemacht, alle Waren verkauft und seine Geldkatze mit Gold und Silber gespickt. Er wollte jetzt heimreisen und vor Einbruch der Nacht zu Haus sein. Er packte also den Mantelsack mit dem Geld auf sein Pferd und ritt fort. Zu Mittag rastete er in einer Stadt; als er weiter wollte, führte ihm der Hausknecht das Roß vor, sprach aber: "Herr, am linken Hinterfuß fehlt im Hufeisen ein Nagel."

"Laß ihn fehlen", erwiderte der Kaufmann, "die sechs Stunden, die ich noch zu machen habe, wird das Eisen wohl festhalten. Ich habe Eile." Nachmittags, als er wieder abgestiegen war und dem Roß Brot geben ließ, kam der Knecht in die Stube und sagte: "Herr, Euerm Pferd fehlt am linken Hinterfuß ein Hufeisen. Soll ich's zum Schmied führen?"

"Laß es fehlen", erwiderte der Herr, "die paar Stunden, die noch übrig sind, wird das Pferd wohl aushalten. Ich habe Eile." Er ritt fort, aber nicht lange, so fing das Pferd zu hinken an. Es hinkte nicht lange, so fing es an zu stolpern, und es stolperte nicht lange, so fiel es nieder und brach ein Bein. Der Kaufmann mußte das Pferd liegenlassen, den Mantelsack abschnallen, auf die Schulter nehmen und zu Fuß nach Haus gehen, wo er erst spät in der Nacht anlangte. "An allem Unglück", sprach er zu sich selbst, "ist der verwünschte Nagel schuld." Eile mit Weile.

Der Bauer und der Teufel

Es war einmal ein kluges und verschmitztes Bäuerlein, von dessen Streichen viel zu erzählen wäre; die schönste Geschichte ist aber doch, wie er den Teufel einmal drangekriegt und zum Narren gehabt hat.

Das Bäuerlein hatte eines Tages seinen Acker bestellt und rüstete sich zur Heimfahrt, als die Dämmerung schon eingetreten war. Da erblickte er mitten auf seinem Acker einen Haufen feuriger Kohlen, und als er voll Verwunderung hinzuging, so saß oben auf der Glut ein kleiner schwarzer Teufel. "Du sitzest wohl auf einem Schatz?" sprach das Bäuerlein. "Jawohl", antwortete der Teufel, "auf einem Schatz, der mehr Gold und Silber enthält, als du dein Lebtag gesehen hast."

"Der Schatz liegt auf meinem Feld und gehört mir", sprach das Bäuerlein. "Er ist dein", antwortete der Teufel, "wenn du mir zwei Jahre lang die Hälfte von dem gibst, was dein Acker hervorbringt; Geld habe ich genug, aber ich trage Verlangen nach den Früchten der Erde." Das Bäuerlein ging auf den Handel ein. "Damit aber kein Streit bei der Teilung entsteht", sprach es, "so soll dir gehören, was über der Erde ist, und mir, was unter der Erde ist."

Dem Teufel gefiel das wohl, aber das listige Bäuerlein hatte Rüben gesät. Als nun die Zeit der Ernte kam, so erschien der Teufel und wollte seine Frucht holen, er fand aber nichts als die gelben welken Blätter, und das Bäuerlein, ganz vergnügt, grub seine Rüben aus. "Einmal hast du den Vorteil gehabt", sprach der Teufel, "aber für das nächste Mal soll das nicht gelten. Dein ist, was über der Erde wächst, und mein, was darunter ist."

"Mir auch recht", antwortete das Bäuerlein. Als aber die Zeit zur Aussaat kam, säte das Bäuerlein nicht wieder Rüben, sondern Weizen. Die Frucht ward reif, das Bäuerlein ging auf den Acker und schnitt die vollen Halme bis zur Erde ab. Als der Teufel kam, fand er nichts als die Stoppeln und fuhr wütend in eine Felsenschlucht hinab. "So muß man die Füchse prellen", sprach das Bäuerlein, ging hin und holte sich den Schatz.

Der Trommler

Eines Abends ging ein junger Trommler ganz allein auf dem Feld und kam an einen See, da sah er an dem Ufer drei Stückchen weiße Leinewand liegen. "Was für feines Leinen", sprach er und steckte eines davon in die Tasche. Er ging heim, dachte nicht weiter an seinen Fund und legte sich zu Bett. Als er eben einschlafen wollte, war es ihm, als nennte jemand seinen Namen. Er horchte und vernahm eine leise Stimme, die ihm zurief: "Trommeler, Trommeler, wach auf." Er konnte, da es finstere Nacht war, niemand sehen, aber es kam ihm vor, als schwebte eine Gestalt vor seinem Bett auf und ab. "Was willst du?" fragte er. "Gib mir mein Hemdchen zurück", antwortete die Stimme, "das du mir gestern abend am See weggenommen hast."

"Du sollst es wieder haben", sprach der Trommler, "wenn du mir sagst, wer du bist."

"Ach", erwiderte die Stimme, "ich bin die Tochter eines mächtigen Königs, aber ich bin in die Gewalt einer Hexe geraten und bin auf den Glasberg gebannt. Jeden Tag muß ich mich mit meinen zwei Schwestern im See baden, aber ohne mein Hemdchen kann ich nicht wieder fortfliegen. Meine Schwestern haben sich fortgemacht, ich aber habe zurückbleiben müssen. Ich bitte dich, gib mir mein Hemdchen wieder."

"Sei ruhig, armes Kind", sprach der Trommler, "ich will dir's gerne zurückgeben." Er holte es aus seiner Tasche und reichte es ihr in der Dunkelheit hin. Sie erfaßte es hastig und wollte damit fort. "Weile einen Augenblick", sagte er, "vielleicht kann ich dir helfen."

"Helfen kannst du mir nur, wenn du auf den Glasberg steigst und mich aus der Gewalt der Hexe befreist. Aber zu dem Glasberg kommst du nicht, und wenn du auch ganz nahe daran wärst, so kannst du nicht hinauf."

"Was ich will, das kann ich", sagte der Trommler, "ich habe Mitleid mit dir, und ich fürchte mich vor nichts. Aber ich weiß den Weg nicht, der nach dem Glasberge führt."

"Der Weg geht durch den großen Wald, in dem die Menschenfresser hausen", antwortete sie, "mehr darf ich dir nicht sagen." Darauf hörte er, wie sie fortschwirrte.

Bei Anbruch des Tags machte sich der Trommler auf, hing seine Trommel um und ging ohne Furcht geradezu in den Wald hinein. Als er ein Weilchen gegangen war und keinen Riesen erblickte, so dachte er: "Ich muß die Langschläfer aufwecken", hing die Trommel vor und schlug einen Wirbel, daß die Vögel aus den Bäumen mit Geschrei aufflogen. Nicht lange, so erhob sich auch ein Riese in die Höhe, der im Gras gelegen und geschlafen hatte, und war so groß wie eine Tanne. "Du Wicht", rief er ihm zu, "was trommelst du hier und weckst mich aus dem besten Schlaf?"

"Ich trommle", antwortete er, "weil viele Tausende hinter mir herkommen, damit sie den Weg wissen."

"Was wollen die hier in meinem Wald?" fragte der Riese. "Sie wollen dir den Garaus machen und den Wald von einem Ungetüm, wie du bist, säubern."

"Oho", sagte der Riese, "ich trete euch wie Ameisen tot."

"Meinst du, du könntest gegen sie etwas ausrichten?" sprach der Trommler. "Wenn du dich bückst, um einen zu packen, so springt er fort und versteckt sich; wie du dich aber niederlegst und schläfst, so kommen sie aus allen Gebüschen herbei und kriechen an dir hinauf. Jeder hat einen Hammer von Stahl am Gürtel stecken, damit schlagen sie dir den Schädel ein." Der Riese ward verdrießlich und dachte: "Wenn ich mich mit dem listigen Volk befasse, so könnte es doch zu meinem Schaden ausschlagen. Wölfen und Bären drücke ich die Gurgel zusammen, aber vor den Erdwürmen kann ich mich nicht schützen."

"Hör, kleiner Kerl", sprach er, "zieh wieder ab, ich verspreche dir, daß ich dich und deine Gesellen in Zukunft in Ruhe lassen will, und hast du noch einen Wunsch, so sag's mir, ich will dir wohl etwas zu Gefallen tun."

"Du hast lange Beine", sprach der Trommler, "und kannst schneller laufen als ich, trag mich zum Glasberge, so will ich den Meinigen ein Zeichen zum Rückzug geben, und sie sollen dich diesmal in Ruhe lassen."

"Komm her, Wurm", sprach der Riese, "setz dich auf meine Schulter, ich will dich tragen, wohin du verlangst." Der Riese hob ihn hinauf, und der Trommler fing oben an, nach Herzenslust auf der Trommel zu wirbeln. Der Riese dachte: "Das wird das Zeichen sein, daß das andere Volk zurückgehen soll."

Nach einer Weile stand ein zweiter Riese am Weg, der nahm den Trommler dem ersten ab und steckte ihn in sein Knopfloch. Der Trommler faßte den Knopf, der wie eine Schüssel groß war, hielt sich daran und schaute ganz lustig umher. Dann kamen sie zu einem dritten, der nahm ihn aus dem Knopfloch und setzte ihn auf den Rand seines Hutes; da ging der Trommler oben auf und ab und sah über die Bäume hinaus, und als er in blauer Ferne einen Berg erblickte, so dachte er: "Das ist gewiß der Glasberg", und er war es auch. Der Riese tat nur noch ein paar Schritte, so waren sie an dem Fuß des Bergs angelangt, wo ihn der Riese absetzte. Der Trommler verlangte, er sollte ihn auch auf die Spitze des Glasberges tragen, aber der Riese schüttelte mit dem Kopf, brummte etwas in den Bart und ging in den Wald zurück.

Nun stand der arme Trommler vor dem Berg, der so hoch war, als wenn drei Berge aufeinandergesetzt wären und dabei so glatt wie ein Spiegel, und wußte keinen Rat, um hinaufzukommen. Er fing an zu klettern, aber vergeblich, er rutschte immer wieder herab. "Wer jetzt ein Vogel wäre", dachte er, aber was half das Wünschen, es wuchsen ihm keine Flügel. Indem er so stand und sich nicht zu helfen wußte, erblickte er nicht weit von sich zwei Männer, die heftig miteinander stritten. Er ging auf sie zu und sah, daß sie wegen eines Sattels uneins waren, der vor ihnen auf der Erde lag und den jeder von ihnen haben wollte. "Was seid ihr für Narren", sprach er, "zankt euch um einen Sattel und habt kein Pferd dazu."

"Der Sattel ist wert, daß man darum streitet", antwortete der eine von den Männern, "wer darauf sitzt und wünscht sich irgendwohin, und wär's am Ende der Welt, der ist im Augenblick angelangt, wie er den Wunsch ausgesprochen hat. Der Sattel gehört uns gemeinschaftlich, die Reihe, darauf zu reiten, ist an mir, aber der andere will es nicht zulassen."

"Den Streit will ich bald austragen", sagte der Trommler, ging eine Strecke weit und steckte einen weißen Stab in die Erde. Dann kam er zurück und sprach: "Jetzt lauft nach dem Ziel, wer zuerst dort ist, der reitet zuerst." Beide setzten sich in Trab, aber kaum waren sie ein paar Schritte weg, so schwang sich der Trommler auf den Sattel, wünschte sich auf den Glasberg, und ehe man die Hand umdrehte, war er dort. Auf dem Berg oben war eine Eb[e]ne, da stand ein altes, steinernes Haus, und vor dem Haus lag ein großer Fischteich, dahinter aber ein finsterer Wald. Menschen und Tiere sah er nicht, es war alles still, nur der Wind raschelte in den Bäumen, und die Wolken zogen ganz nah über seinem Haupt weg. Er trat an die Türe und klopfte an. Als er zum drittenmal geklopft hatte, öffnete eine Alte mit braunem Gesicht und roten Augen die Türe; sie hatte eine Brille auf ihrer langen Nase und sah ihn scharf an, dann fragte sie, was sein Begehren wäre. "Einlaß, Kost und Nachtlager", antwortete der Trommler. "Das sollst du haben", sagte die Alte, "wenn du dafür drei Arbeiten verrichten willst."

"Warum nicht?" antwortete er. "Ich scheue keine Arbeit, und wenn sie noch so schwer ist." Die Alte ließ ihn ein, gab ihm Essen und abends ein gutes Bett.

Am Morgen, als er ausgeschlafen hatte, nahm die Alte einen Fingerhut von ihrem dürren Finger, reichte ihn dem Trommler hin und sagte: "Jetzt geh an die Arbeit und schöpfe den Teich draußen mit diesem Fingerhut aus; aber ehe es Nacht wird, mußt du fertig sein, und alle Fische, die in dem Wasser sind, müssen nach ihrer Art und Größe ausgesucht und nebeneinandergelegt sein."

"Das ist eine seltsame Arbeit", sagte der Trommler, ging aber zu dem Teich und fing an zu schöpfen. Er schöpfte den ganzen Morgen, aber was kann man mit einem Fingerhut bei einem großen Wasser ausrichten, und wenn man tausend Jahre schöpft? Als es Mittag war, dachte er: "Es ist alles umsonst und ist einerlei, ob ich arbeite oder nicht", hielt ein und setzte sich nieder. Da kam ein Mädchen aus dem Haus gegangen, stellte ihm ein Körbchen mit Essen hin und sprach: "Du sitzest da so traurig, was fehlt dir?" Er blickte es an und sah, daß es wunderschön war. "Ach", sagte er, "ich kann die erste Arbeit nicht vollbringen, wie wird es mit den andern werden? Ich bin ausgegangen, eine Königstochter zu suchen, die hier wohnen soll, aber ich habe sie nicht gefunden; ich will weitergehen."

"Bleib hier", sagte das Mädchen, "ich will dir aus deiner Not helfen. Du bist müde, lege deinen Kopf in meinen Schoß und schlaf. Wenn du wieder aufwachst, so ist die Arbeit getan." Der Trommler ließ sich das nicht zweimal sagen. Sobald ihm die Augen zufielen, drehte sie einen Wunschring und sprach: "Wasser herauf, Fische heraus." Alsbald stieg das Wasser wie ein weißer Nebel in die Höhe und zog mit den andern Wolken fort, und die Fische schnalzten, sprangen ans Ufer und legten sich nebeneinander, jeder nach seiner Größe und Art. Als der Trommler erwachte, sah er mit Erstaunen, daß alles vollbracht war. Aber das Mädchen sprach: "Einer von den Fischen liegt nicht bei seinesgleichen, sondern ganz allein. Wenn die Alte heute abend kommt und sieht, daß alles geschehen ist was sie verlangt hat, so wird sie fragen: 'Was soll dieser Fisch allein?' Dann wirf ihr den Fisch ins Angesicht und sprich: 'Der soll für dich sein, alte Hexe.'"

Abends kam die Alte, und als sie die Frage getan hatte, so warf er ihr den Fisch ins Gesicht. Sie stellte sich, als merkte sie es nicht, und schwieg still, aber sie blickte ihn mit boshaften Augen an. Am andern Morgen sprach sie: "Gestern hast du es zu leicht gehabt, ich muß dir schwerere Arbeit geben. Heute mußt du den ganzen Wald umhauen, das Holz in Scheite spalten und in Klaftern legen, und am Abend muß alles fertig sein." Sie gab ihm eine Axt, einen Schläger und zwei Keile. Aber die Axt war von Blei, der Schläger und die Keile waren von Blech. Als er anfing zu hauen, so legte sich die Axt um, und Schläger und Keile drückten sich zusammen. Er wußte sich nicht zu helfen, aber mittags kam das Mädchen wieder mit dem Essen und tröstete ihn. "Lege deinen Kopf in meinen Schoß", sagte sie, "und schlaf, wenn du aufwachst, so ist die Arbeit getan." Sie drehte ihren Wunschring, in dem Augenblick sank der ganze Wald mit Krachen zusammen, das Holz spaltete sich von selbst und legte sich in Klaftern zusammen; es war, als ob unsichtbare Riesen die Arbeit vollbrächten.

Als er aufwachte, sagte das Mädchen: "Siehst du, das Holz ist geklaftert und gelegt: nur ein einziger Ast ist übrig, aber wenn die Alte heute abend kommt und fragt, was der Ast solle, so gib ihr damit einen Schlag und sprich: 'Der soll für dich sein, du Hexe.'"

Die Alte kam. "Siehst du", sprach sie, "wie leicht die Arbeit war: aber für wen liegt der Ast noch da?"

"Für dich, du Hexe", antwortete er und gab ihr einen Schlag damit. Aber sie tat, als fühlte sie es nicht, lachte höhnisch und sprach: "Morgen früh sollst du alles Holz auf einen Haufen legen, es anzünden und verbrennen." Er stand mit Anbruch des Tages auf und fing an, das Holz herbeizuholen, aber wie kann ein einziger Mensch einen ganzen Wald zusammentragen? Die Arbeit rückte nicht fort. Doch das Mädchen verließ ihn nicht in der Not: es brachte ihm mittags seine Speise, und als er gegessen hatte, legte er seinen Kopf in den Schoß und schlief ein. Bei seinem Erwachen brannte der ganze Holzstoß in einer ungeheuern Flamme, die ihre Zungen bis in den Himmel ausstreckte. "Hör mich an", sprach das Mädchen, "wenn die Hexe kommt, wird sie dir allerlei auftragen: tust du ohne Furcht, was sie verlangt, so kann sie dir nichts anhaben; fürchtest du dich aber, so packt dich das Feuer und verzehrt dich. Zuletzt, wenn du alles getan hast, so packe sie mit beiden Händen und wirf sie mitten in die Glut."

Das Mädchen ging fort, und die Alte kam herangeschlichen. "Hu! mich friert", sagte sie, "aber das ist ein Feuer, das brennt, das wärmt mir die alten Knochen, da wird mir wohl. Aber dort liegt ein Klotz, der will nicht brennen, den hol mir heraus. Hast du das noch getan, so bist du frei und kannst ziehen, wohin du willst. Nur munter hinein." Der Trommler besann sich nicht lange, sprang mitten in die Flammen, aber sie taten ihm nichts, nicht einmal die Haare konnten sie ihm versengen. Er trug den Klotz heraus und legte ihn hin.

Kaum aber hatte das Holz die Erde berührt, so verwandelte es sich, und das schöne Mädchen stand vor ihm, das ihm in der Not geholfen hatte; und an den seidenen goldglänzenden Kleidern, die es anhatte, merkte er wohl, daß es die Königstochter war. Aber die Alte lachte giftig und sprach: "Du meinst, du hättest sie, aber du hast sie noch nicht." Eben wollte sie auf das Mädchen losgehen und es fortziehen, da packte er die Alte mit beiden Händen, hob sie in die Höhe und warf sie den Flammen in den Rachen, die über ihr zusammenschlugen, als freuten sie sich, daß sie eine Hexe verzehren sollten. Die Königstochter blickte darauf den Trommler an, und als sie sah, daß es ein schöner Jüngling war, und bedachte, daß er sein Leben darangesetzt hatte, um sie zu erlösen, so reichte sie ihm die Hand und sprach: "Du hast alles für mich gewagt, aber ich will auch für dich alles tun. Versprichst du mir deine Treue, so sollst du mein Gemahl werden. An Reichtümern fehlt es uns nicht, wir haben genug an dem, was die Hexe hier zusammengetragen hat."

Sie führte ihn in das Haus, da standen Kisten und Kasten, die mit ihren Schätzen angefüllt waren. Sie ließen Gold und Silber liegen und nahmen nur die Edelsteine. Sie wollte nicht länger auf dem Glasberg bleiben, da sprach er zu ihr: "Setze dich zu mir auf meinen Sattel, so fliegen wir hinab wie Vögel."

"Der alte Sattel gefällt mir nicht", sagte sie, "ich brauche nur an meinem Wunschring zu drehen, so sind wir zu Haus."

"Wohlan", antwortete der Trommler, "so wünsch uns vor das Stadttor." Im Nu waren sie dort, der Trommler aber sprach: "Ich will erst zu meinen Eltern gehen und ihnen Nachricht geben, harre mein hier auf dem Feld, ich will bald zurück sein."

"Ach", sagte die Königstochter, "ich bitte dich, nimm dich in acht, küsse deine Eltern bei deiner Ankunft nicht auf die rechte Wange, denn sonst wirst du alles vergessen, und ich bleibe hier allein und verlassen auf dem Feld zurück."

"Wie kann ich dich vergessen?" sagte er und versprach ihr in die Hand, recht bald wiederzukommen. Als er in sein väterliches Haus trat, wußte niemand, wer er war, so hatte er sich verändert, denn die drei Tage, die er auf dem Glasberg zugebracht hatte, waren drei lange Jahre gewesen. Da gab er sich zu erkennen, und seine Eltern fielen ihm vor Freude um den Hals, und er war so bewegt in seinem Herzen, daß er sie auf beide Wangen küßte und an die Worte des Mädchens nicht dachte. Wie er ihnen aber den Kuß auf die rechte Wange gegeben hatte, verschwand ihm jeder Gedanke an die Königstochter. Er leerte seine Taschen aus und legte Händevoll der größten Edelsteine auf den Tisch. Die Eltern wußten gar nicht, was sie mit dem Reichtum anfangen sollten. Da baute der Vater ein prächtiges Schloß, von Gärten, Wäldern und Wiesen umgeben, als wenn ein Fürst darin wohnen sollte. Und als es fertig war, sagte die Mutter: "Ich habe ein Mädchen für dich ausgesucht, in drei Tagen soll die Hochzeit sein." Der Sohn war mit allem zufrieden, was die Eltern wollten.

Die arme Königstochter hatte lange vor der Stadt gestanden und auf die Rückkehr des Jünglings gewartet. Als es Abend ward, sprach sie: "Gewiß hat er seine Eltern auf die rechte Wange geküßt und hat mich vergessen." Ihr Herz war voll Trauer, sie wünschte sich in ein einsames Waldhäuschen und wollte nicht wieder an den Hof ihres Vaters zurück. Jeden Abend ging sie in die Stadt und ging an seinem Haus vorüber; er sah sie manchmal, aber er kannte sie nicht mehr. Endlich hörte sie, wie die Leute sagten: "Morgen wird seine Hochzeit gefeiert." Da sprach sie: "Ich will versuchen, ob ich sein Herz wiedergewinne."

Als der erste Hochzeitstag gefeiert ward, da drehte sie ihren Wunschring und sprach: "Ein Kleid, so glänzend wie die Sonne." Alsbald lag das Kleid vor ihr und war so glänzend, als wenn es aus lauter Sonnenstrahlen gewebt wäre. Als alle Gäste sich versammelt hatten, so trat sie in den Saal. Jedermann wunderte sich über das schöne Kleid, am meisten die Braut, und da schöne Kleider ihre größte Lust waren, so ging sie zu der Fremden und fragte, ob sie es ihr verkaufen wollte. "Für Geld nicht", antwortete sie, "aber wenn ich die erste Nacht vor der Türe verweilen darf, wo der Bräutigam schläft, so will ich es hingeben." Die Braut konnte ihr Verlangen nicht bezwingen und willigte ein, aber sie mischte dem Bräutigam einen Schlaftrunk in seinen Nachtwein, wovon er in tiefen Schlaf verfiel. Als nun alles still geworden war, so kauerte sich die Königstochter vor die Türe der Schlafkammer, öffnete sie ein wenig und rief hinein:

"Trommler, Trommler, hör mich an,
Hast du mich denn ganz vergessen?
Hast du auf dem Glasberg nicht bei mir gesessen?
Habe ich vor der Hexe nicht bewahrt dein Leben?
Hast du mir auf Treue nicht die Hand gegeben?
Trommler, Trommler, hör mich an."

Aber es war alles vergeblich, der Trommler wachte nicht auf, und als der Morgen anbrach, mußte die Königstochter unverrichteter Dinge wieder fortgehen.

Am zweiten Abend drehte sie ihren Wunschring und sprach: "Ein Kleid, so silbern als der Mond." Als sie mit dem Kleid, das so zart war wie der Mondschein, bei dem Fest erschien, erregte sie wieder das Verlangen der Braut und gab es ihr für die Erlaubnis, auch die zweite Nacht vor der Türe der Schlafkammer zubringen zu dürfen. Da rief sie in nächtlicher Stille:

"Trommler, Trommler, hör mich an,
Hast du mich denn ganz vergessen?
Hast du auf dem Glasberg nicht bei mir gesessen?
Habe ich vor der Hexe nicht bewahrt dein Leben?
Hast du mir auf Treue nicht die Hand gegeben?
Trommler, Trommler, hör mich an."

Aber der Trommler, von dem Schlaftrunk betäubt, war nicht zu erwecken. Traurig ging sie den Morgen wieder zurück in ihr Waldhaus. Aber die Leute im Haus hatten die Klage des fremden Mädchens gehört und erzählten dem Bräutigam davon; sie sagten ihm auch, daß es ihm nicht möglich gewesen wäre, etwas davon zu vernehmen, weil sie ihm einen Schlaftrunk in den Wein geschüttet hätten. Am dritten Abend drehte die Königstochter den Wunschring und sprach: "Ein Kleid, flimmernd wie Sterne." Als sie sich darin auf dem Fest zeigte, war die Braut über die Pracht des Kleides, das die andern weit übertraf, ganz außer sich und sprach: "Ich soll und muß es haben." Das Mädchen gab es, wie die andern, für die Erlaubnis, die Nacht vor der Türe des Bräutigams zuzubringen.

Der Bräutigam aber trank den Wein nicht, der ihm vor dem Schlafengehen gereicht wurde, sondern goß ihn hinter das Bett. Und als alles im Haus still geworden war, so hörte er eine sanfte Stimme, die ihn anrief:

"Trommler, Trommler, hör mich an,
Hast du mich denn ganz vergessen?
Hast du auf dem Glasberg nicht bei mir gesessen?
Habe ich vor der Hexe nicht bewahrt dein Leben?
Hast du mir auf Treue nicht die Hand gegeben?
Trommler, Trommler, hör mich an."

Plötzlich kam ihm das Gedächtnis wieder. "Ach", rief er, "wie habe ich so treulos handeln können, aber der Kuß, den ich meinen Eltern in der Freude meines Herzens auf die rechte Wange gegeben habe, der ist schuld daran, der hat mich betäubt." Er sprang auf, nahm die Königstochter bei der Hand und führte sie zu dem Bett seiner Eltern. "Das ist meine rechte Braut", sprach er, "wenn ich die andere heirate, so tue ich großes Unrecht." Die Eltern, als sie hörten, wie alles sich zugetragen hatte, willigten ein. Da wurden die Lichter im Saal wieder angezündet, Pauken und Trompeten herbeigeholt, die Freunde und Verwandten eingeladen wiederzukommen, und die wahre Hochzeit ward mit großer Freude gefeiert. Die erste Braut behielt die schönen Kleider zur Entschädigung und gab sich zufrieden.

Die Kornähre

Vorzeiten, als Gott noch selbst auf Erden wandelte, da war die Fruchtbarkeit des Bodens viel größer, als sie jetzt ist: damals trugen die Ähren nicht funfzig_ oder sechzigfältig, sondern vier_ bis fünfhundertfältig. Da wuchsen die Körner am Halm von unten bis oben hinauf: so lang er war, so lang war auch die Ähre. Aber wie die Menschen sind, im Überfluß achten sie des Segens nicht mehr, der von Gott kommt, werden gleichgültig und leichtsinnig.

Eines Tages ging eine Frau an einem Kornfeld vorbei, und ihr kleines Kind, das neben ihr sprang, fiel in eine

Pfütze und beschmutzte sein Kleidchen. Da riß die Mutter eine Handvoll der schönen Ähren ab und reinigte ihm damit das Kleid. Als der Herr, der eben vorüberkam, das sah, zürnte er und sprach: "Fortan soll der Kornhalm keine Ähre mehr tragen: die Menschen sind der himmlischen Gabe nicht länger wert." Die Umstehenden, die das hörten, erschraken, fielen auf die Knie und flehten, daß er noch etwas möchte an dem Halm stehen lassen: wenn sie selbst es auch nicht verdienten, doch der unschuldigen Hühner wegen, die sonst verhungern müßten. Der Herr, der ihr Elend voraussah, erbarmte sich und gewährte die Bitte. Also blieb noch oben die Ähre übrig, wie sie jetzt wächst.

Jungfrau Maleen

Es war einmal ein König, der hatte einen Sohn, der warb um die Tochter eines mächtigen Königs, die hieß Jungfrau Maleen und war wunderschön. Weil ihr Vater sie einem andern geben wollte, so ward sie ihm versagt. Da sich aber beide von Herzen liebten, so wollten sie nicht voneinander lassen, und die Jungfrau Maleen sprach zu ihrem Vater: "Ich kann und will keinen andern zu meinem Gemahl nehmen." Da geriet der Vater in Zorn und ließ einen finstern Turm bauen, in den kein Strahl von Sonne oder Mond fiel. Als er fertig war, sprach er: "Darin sollst du sieben Jahre lang sitzen, dann will ich kommen und sehen, ob dein trotziger Sinn gebrochen ist." Für die sieben Jahre ward Speise und Trank in den Turm getragen, dann ward sie und ihre Kammerjungfer hineingeführt und eingemauert und also von Himmel und Erde geschieden. Da saßen sie in der Finsternis, wußten nicht, wann Tag oder Nacht anbrach.

Der Königssohn ging oft um den Turm herum und rief ihren Namen, aber kein Laut drang von außen durch die dicken Mauern. Was konnten sie anders tun als jammern und klagen? Indessen ging die Zeit dahin, und an der Abnahme von Speise und Trank merkten sie, daß die sieben Jahre ihrem Ende sich näherten. Sie dachten, der Augenblick ihrer Erlösung wäre gekommen, aber kein Hammerschlag ließ sich hören, und kein Stein wollte aus der Mauer fallen: es schien, als ob ihr Vater sie vergessen hätte. Als sie nur noch für kurze Zeit Nahrung hatten und einen jämmerlichen Tod voraussahen, da sprach die Jungfrau Maleen: "Wir müssen das Letzte versuchen und sehen, ob wir die Mauer durchbrechen." Sie nahm das Brotmesser, grub und bohrte an dem Mörtel eines Steins, und wenn sie müd war, so löste sie die Kammerjungfer ab.

Nach langer Arbeit gelang es ihnen, einen Stein herauszunehmen, dann einen zweiten und dritten, und nach drei Tagen fiel der erste Lichtstrahl in ihre Dunkelheit, und endlich war die Öffnung so groß, daß sie hinausschauen konnten. Der Himmel war blau, und eine frische Luft wehte ihnen entgegen, aber wie traurig sah ringsumher alles aus: das Schloß ihres Vaters lag in Trümmern, die Stadt und die Dörfer waren, so weit man sehen konnte, verbrannt, die Felder weit und breit verheert; keine Menschenseele ließ sich erblicken. Als die Öffnung in der Mauer so groß war, daß sie hindurchschlüpfen konnten, so sprang zuerst die Kammerjungfer herab, und dann folgte die Jungfrau Maleen.

Aber wo sollten sie sich hinwenden? Die Feinde hatten das ganze Reich verwüstet, den König verjagt und alle Einwohner erschlagen. Sie wanderten fort, um ein anderes Land zu suchen, aber sie fanden nirgend ein Obdach oder einen Menschen, der ihnen einen Bissen Brot gab, und ihre Not war so groß, daß sie ihren Hunger an einem Brennesselstrauch stillen mußten.

Als sie nach langer Wanderung in ein anderes Land kamen, boten sie überall ihre Dienste an, aber wo sie anklopften, wurden sie abgewiesen, und niemand wollte sich ihrer erbarmen. Endlich gelangten sie in eine große Stadt und gingen nach dem königlichen Hof. Aber auch da hieß man sie weitergehen, bis endlich der Koch sagte, sie könnten in der Küche bleiben und als Aschenputtel dienen.

Der Sohn des Königs, in dessen Reich sie sich befanden, war aber gerade der Verlobte der Jungfrau Maleen gewesen. Der Vater hatte ihm eine andere Braut bestimmt, die ebenso häßlich von Angesicht als bös von Herzen war. Die Hochzeit war festgesetzt und die Braut schon angelangt, bei ihrer großen Häßlichkeit aber ließ sie sich vor niemand sehen und schloß sich in ihre Kammer ein, und die Jungfrau Maleen mußte ihr das Essen aus der Küche bringen.

Als der Tag herankam, wo die Braut mit dem Bräutigam in die Kirche gehen sollte, so schämte sie sich ihrer Häßlichkeit und fürchtete, wenn sie sich auf der Straße zeigte, würde sie von den Leuten verspottet und ausgelacht. Da sprach sie zur Jungfrau Maleen: "Dir steht ein großes Glück bevor, ich habe mir den Fuß vertreten und kann nicht gut über die Straße gehen; du sollst meine Brautkleider anziehen und meine Stelle einnehmen: eine größere Ehre kann dir nicht zuteil werden."

Die Jungfrau Maleen aber schlug es aus und sagte: "Ich verlange keine Ehre, die mir nicht gebührt." Es war auch vergeblich, daß sie ihr Gold anbot. Endlich sprach sie zornig: "Wenn du mir nicht gehorchst, so kostet es dir dein Leben: ich brauche nur ein Wort zu sagen, so wird dir der Kopf vor die Füße gelegt." Da mußte sie gehorchen und die prächtigen Kleider der Braut samt ihrem Schmuck anlegen. Als sie in den königlichen Saal eintrat, erstaunten alle über ihre große Schönheit, und der König sagte zu seinem Sohn: "Das ist die Braut, die ich dir ausgewählt habe und die du zur Kirche führen sollst." Der Bräutigam erstaunte und dachte: "Sie gleicht meiner Jungfrau Maleen, und ich würde glauben, sie wäre es selbst, aber die sitzt schon lange im Turm gefangen oder ist tot." Er nahm sie an der Hand und führte sie zur Kirche. An dem Wege stand ein Brennesselbusch, da sprach sie:

"Brennettelbusch,
Brennettelbusch so klene,

Wat steist du hier allene?
Ik hef de Tyt geweten,
Da hef ik dy ungesaden,
Ungebraden eten."

"Was sprichst du da?" fragte der Königssohn. "Nichts", antwortete sie, "ich dachte nur an die Jungfrau Maleen." Er verwunderte sich, daß sie von ihr wußte, schwieg aber still. Als sie an den Steg vor dem Kirchhof kamen, sprach sie:

"Karkstegels, brik nich,
Bün de rechte Brut nich."

"Was sprichst du da?" fragte der Königssohn. "Nichts", antwortete sie, "ich dachte nur an die Jungfrau Maleen."

"Kennst du die Jungfrau Maleen?"

"Nein", antwortete sie, "wie sollt ich sie kennen, ich habe nur von ihr gehört." Als sie an die Kirchtüre kamen, sprach sie abermals:

"Karkendär, brik nich,
Bün de rechte Brut nich."

"Was sprichst du da?" fragte er. "Ach", antwortete sie, "ich habe nur an die Jungfrau Maleen gedacht." Da zog er ein kostbares Geschmeide hervor, legte es ihr an den Hals und hakte die Kettenringe ineinander. Darauf traten sie in die

Kirche, und der Priester legte vor dem Altar ihre Hände ineinander und vermählte sie. Er führte sie zurück, aber sie sprach auf dem ganzen Weg kein Wort. Als sie wieder in dem königlichen Schloß angelangt waren, eilte sie in die Kammer der Braut, legte die prächtigen Kleider und den Schmuck ab, zog ihren grauen Kittel an und behielt nur das Geschmeide um den Hals, das sie von dem Bräutigam empfangen hatte.

Als die Nacht herankam und die Braut in das Zimmer des Königssohns sollte geführt werden, so ließ sie den Schleier über ihr Gesicht fallen, damit er den Betrug nicht merken sollte. Sobald alle Leute fortgegangen waren, sprach er zu ihr: "Was hast du doch zu dem Brennesselbusch gesagt, der an dem Weg stand?"

"Zu welchem Brennesselbusch?" fragte sie, "ich spreche mit keinem Brennesselbusch."

"Wenn du es nicht getan hast, so bist du die rechte Braut nicht", sagte er. Da half sie sich und sprach:

"Mut herut na myne Maegt,
De my myn Gedanken draegt."

Sie ging hinaus und fuhr die Jungfrau Maleen an: "Dirne, was hast du zu dem Brennesselbusch gesagt?"

"Ich sagte nichts als:

'Brennettelbusch,
Brennettelbusch so klene,

Wat steist du hier allene?
Ik hef de Tyt geweten,
Da hef ik dy ungesaden,
Ungebraden eten.'"

Die Braut lief in die Kammer zurück und sagte: "Jetzt weiß ich, was ich zu dem Brennesselbusch gesprochen habe", und wiederholte die Worte, die sie eben gehört hatte. "Aber was sagtest du zu dem Kirchensteg, als wir darübergingen?" fragte der Königssohn. "Zu dem Kirchensteg?" antwortete sie, "ich spreche mit keinem Kirchensteg."

"Dann bist du auch die rechte Braut nicht." Sie sagte wiederum:

"Mut herut na myne Maegt,
De my myn Gedanken draegt."

Lief hinaus und fuhr die Jungfrau Maleen an: "Dirne, was hast du zu dem Kirchsteg gesagt?"

"Ich sagte nichts als:

'Karkstegels, brik nich,
Bün de rechte Brut nich.'"

"Das kostet dich dein Leben", rief die Braut, eilte aber in die Kammer und sagte: "Jetzt weiß ich, was ich zu dem Kirchsteg gesprochen habe", und wiederholte die Worte. "Aber was sagtest du zur Kirchentür?"

"Zur Kirchentür?" antwortete sie, "ich spreche mit keiner Kirchentür."

"Dann bist du auch die rechte Braut nicht." Sie ging hinaus, fuhr die Jungfrau Maleen an: "Dirne, was hast du zu der Kirchentür gesagt?"

"Ich sagte nichts als:

'Karkendär, brik nich,
Bün de rechte Brut nich.'"

"Das bricht dir den Hals", rief die Braut und geriet in den größten Zorn, eilte aber zurück in die Kammer und sagte: "Jetzt weiß ich, was ich zu der Kirchentür gesprochen habe", und wiederholte die Worte. "Aber, wo hast du das Geschmeide, das ich dir an der Kirchentür gab?"

"Was für ein Geschmeide", antwortete sie, "du hast mir kein Geschmeide gegeben."

"Ich habe es dir selbst um den Hals gelegt und selbst eingehakt: wenn du das nicht weißt, so bist du die rechte Braut nicht." Er zog ihr den Schleier vom Gesicht, und als er ihre grundlose Häßlichkeit erblickte, sprang er erschrokken zurück und sprach: "Wie kommst du hierher? Wer bist du?"

"Ich bin deine verlobte Braut, aber weil ich fürchtete, die Leute würden mich verspotten, wenn sie mich draußen erblickten, so habe ich dem Aschenputtel befohlen, meine Kleider anzuziehen und statt meiner zur Kirche zu gehen."

"Wo ist das Mädchen", sagte er, "ich will es sehen, geh und hol es hierher." Sie ging hinaus und sagte den Dienern, das Aschenputtel sei eine Betrügerin, sie sollten es in den Hof hinabführen und ihm den Kopf abschlagen. Die Diener packten es und wollten es fortschleppen, aber es schrie so laut um Hilfe, daß der Königssohn seine Stimme vernahm, aus seinem Zimmer herbeieilte und den Befehl gab, das Mädchen augenblicklich loszulassen.

Es wurden Lichter herbeigeholt, und da bemerkte er an ihrem Hals den Goldschmuck, den er ihm vor der Kirchentür gegeben hatte. "Du bist die rechte Braut", sagte er, "die mit mir zur Kirche gegangen ist: komm mit mir in meine Kammer." Als sie beide allein waren, sprach er :"Du hast auf dem Kirchgang die Jungfrau Maleen genannt, die meine verlobte Braut war; wenn ich dächte, es wäre möglich, so müßte ich glauben, sie stände vor mir: du gleichst ihr in allem". Sie antwortete: "Ich bin die Jungfrau Maleen, die um dich sieben Jahre in der Finsternis gefangengesessen, Hunger und Durst gelitten und so lange in Not und Armut gelebt hat; aber heute bescheint mich die Sonne wieder. Ich bin dir in der Kirche angetraut und bin deine rechtmäßige Gemahlin." Da küßten sie einander und waren glücklich für ihr Lebtag. Der falschen Braut ward zur Vergeltung der Kopf abgeschlagen.

Der Turm, in welchem die Jungfrau Maleen gesessen hatte, stand noch lange Zeit, und wenn die Kinder vorübergingen, so sangen sie:

"Kling, klang, kloria,
Wer sitt in dissen Toria?
Dar sitt en Königsdochter in,
Die kann ik nich to seen krygn.
De Muer, de will nich bräken,
De Steen, de will nich stechen.
Hänschen mit de bunte Jak,
Kumm unn folg my achterna".

Der goldene Schlüssel

Zur Winterszeit, als einmal ein tiefer Schnee lag, mußte ein armer Junge hinausgehen und Holz auf einem Schlitten holen. Wie er es nun zusammengesucht und aufgeladen hatte, wollte er, weil er so erfroren war, noch nicht nach Haus gehen, sondern erst Feuer anmachen und sich ein bißchen wärmen. Da scharrte er den Schnee weg, und wie er so den Erdboden aufräumte, fand er einen kleinen goldenen Schlüssel. Nun glaubte er, wo der Schlüssel wäre, müßte auch das Schloß dazu sein, grub in der Erde und fand ein eisernes Kästchen. "Wenn der Schlüssel nur paßt!" dachte er. "Es sind gewiß kostbare Sachen in dem Kästchen." Er suchte, aber es war kein Schlüsselloch da, endlich entdeckte er eins, aber so klein, daß man es kaum sehen konnte. Er probierte, und der Schlüssel paßte glücklich. Da drehte er einmal herum, und nun müssen wir warten, bis er vollends aufgeschlossen und den Deckel aufgemacht hat, dann werden wir erfahren, was für wunderbare Sachen in dem Kästchen lagen.